江汉大学中国语言文学重点学科资助项目
湖北省人文社会科学重点研究基地
江汉大学武汉语言文化研究中心资助项目

江汉大学中国语言文学学术文库

（第一辑）

主编 彭松乔 吴艳

但红光 著

大别山之谜：刘醒龙创作研究

中国社会科学出版社

图书在版编目（CIP）数据

大别山之谜：刘醒龙创作研究／但红光著 . —北京：中国
社会科学出版社，2017.8
ISBN 978 - 7 - 5161 - 9998 - 5

Ⅰ.①大…　Ⅱ.①但…　Ⅲ.①刘醒龙—
文学创作研究　Ⅳ.①I206.7

中国版本图书馆 CIP 数据核字（2017）第 047622 号

出 版 人　赵剑英
责任编辑　张　湉
责任校对　朱妍洁
责任印制　李寡寡

出　　　版　中国社会科学出版社
社　　　址　北京鼓楼西大街甲 158 号
邮　　　编　100720
网　　　址　http://www.csspw.cn
发 行 部　010 - 84083685
门 市 部　010 - 84029450
经　　　销　新华书店及其他书店

印　　　刷　北京明恒达印务有限公司
装　　　订　廊坊市广阳区广增装订厂
版　　　次　2017 年 8 月第 1 版
印　　　次　2017 年 8 月第 1 次印刷

开　　　本　710×1000　1/16
印　　　张　15.5
字　　　数　229 千字
定　　　价　65.00 元

目　　录

导论　还原作家的心灵史

张承志在《心灵史·前言·走进大西北》中说:

> 我站在人生的分水岭上。
> 我如此渺小;而世界却在争抢着我。
> 而我的任务,却是描述他们。①

王安忆在小说讲稿《心灵世界》中认为,小说不是现实,而是个人的"心灵世界",这个世界有着另一种规律、原则、起源和归宿。这个心灵世界的价值,就在于开拓了精神空间,建筑了精神宫殿。② 对作家而言,描摹现实只是表象,而真正的本质是其通过具体的事件表达出的心灵空间和精神内涵。

对刘醒龙作品的研究,现有的走向大多是文化社会学方向;刘醒龙之被文坛关注,主流意识形态一直发挥着关键作用,无论是《村支书》《凤凰琴》《分享艰难》,还是《圣天门口》《天行者》,主流意识形态那"看不见的手"似乎总在背后起着作用。但事实是,刘醒龙还有"大别山之谜"系列神秘、怪诞、先锋意味明显作品,还有《红颜》《秋风醉了》《大树还小》《弥天》《致雪弗莱》等一系列与主流意识形态并不合拍的作品,但关于后者的批评文章少之又少;

---

① 《心灵史》(改定版),湖南文艺出版社 2012 年版,第 3 页。
② 《心灵世界:王安忆小说讲稿》,复旦大学出版社 2007 年版。

批评的选择性可见一斑，但过分失之单调，且与文学似乎偏离太远。艾布拉姆斯认为"作品、宇宙、作家、读者"是组成文学密切相关的四要素，但对于刘醒龙的创作研究，长期以来似乎只有宇宙，作品、作家和读者因素极少涉及。它反映了刘醒龙研究中极为不正常的现状：批评基本只关注"写什么"，而绝少关注"怎么写"，至于"为什么写"更加少人问津。这一现状与刘醒龙创作的现实观照不无关系，但写作首先是作家的主观映照下的客观现实，在关注严峻、敏感的现实的同时，对作家个人的心灵世界给予重视尤为重要。

在《镜与灯——浪漫主义文论及批评传统》中，艾布拉姆斯同时指出，作家的心灵既像"镜子"一样反映客观世界，更如"灯"一样照亮客观世界，照亮自己未知的领域，在事物中投射出自己的主体精神，展示出自我的存在。这一理论表明作家主体精神对写作的决定性作用。因此，在我们对客观世界进行探讨之外，对于作家心灵的探讨亦不可或缺。从心灵史方面解读刘醒龙的创作是本书靠近刘醒龙写作的方式。

一　本选题的研究意义和学术价值

选择刘醒龙作为研究对象，除了作家本身的重要性之外，更因为刘醒龙研究现状尚有很多的片面性和误解及不足之处。

文学史上总有这样一批作家：他们并非处在潮流前沿，但却能不时地显示出其存在的价值；他们的作品也许并不畅销，但在相对主流的文学评价体系中，却常常能够脱颖而出[①]；在同期或其后的文学史书写中他们不一定能留下深刻印记，但作为圣殿的基石，他们亦是无法撼动的存在。我认为，刘醒龙就是这样的一位作家。很难说他真正引领过某种文学潮流[②]，读者群偏小且较为传统、边缘[③]，覆盖其创

[①] 这里主要指官方的文学评奖体系。

[②] 刘醒龙曾被当作"现实主义冲击波"的代表作家之一，但作者个人一再否认，反复撇清。

[③] 在《我的心灵在成长》中，刘醒龙说："我的读者群从来不大……我前期作品更多的读者生活在中小城市。"参见江汉大学作家作品研究资料中心编《刘醒龙研究资料汇编（三）》，第719页。

作时期的现有文学史著作从没有专列章节讲解过，甚至提及的也不多。但这并非说明其不重要，只能说他不讨巧，作品缺乏过分炫目的标记性特征；既没有语言、结构等叙述形式的标新立异（强烈的先锋性），也没有题材和内容方面的惊世骇俗（如私人化小说）。在强调异质性和以知识归类为特征的文学史写作中，他们很难得以出头，在讲求卖点的市场大潮中，他们的作品很难热销。他们要想凸显自己只有一种途径：厚重！——像江底的岩石一样，抵抗潮来潮涌，大浪淘洗，将自己沉潜。

迄今为止，国内重要且权威的文学奖项都认可过刘醒龙作品的价值，他既获得过包括茅盾文学奖、鲁迅文学奖、庄重文文学奖、屈原文学奖等专家评定的重要奖项，也多次获得大型文学选刊《小说月报》百花奖、《中篇小说选刊》文学奖及《上海文学》等读者投票产生的小说大奖。在当今国内作家中，享有同等荣誉的寥寥可数。这种官方和民间、专家和大众的多重认可，无可争辩地宣示了其价值。但这种文学性上的价值并不总能转化为市场价值和批评价值。这种不同价值间的脱节现实是刘醒龙等现实主义风格作家很难避免的宿命，但是作为研究者，既有必要关注文学圈内的新异特质，亦有必要避热趋冷，关注不回避现实，在思想深度和人性探索方面表现突出的作家和作品。

从 1979 年开始创作[①]，到如今刘醒龙的创作已经历经 34 年；从1984 年发表第一部作品至今，刘醒龙已经驰骋文坛 30 年。在不同时期他都取得了值得重视的成果，但对这些成果，现有的批评界还没有作出过全面或比较深入的评判。作为一位有影响、有价值的作家，批评界理应在不同历史时期对其作出应有的总结、梳理与反馈，以尊重其创作成果，表彰其独特的精神给予，并激发或影响其进一步的创作。

刘醒龙的创作无论从个体意义上还是从类的代表性上，都有其值

---

① 参见樊星《跋：生命中不可缺少之重》，见刘醒龙《秋风醉了》，长江文艺出版社1994 年 8 月版，第 363 页。也有文章谈到其文学创作始于 1978 年或更早。

得发掘的价值。

个体方面，刘醒龙的创作有着鲜明的地域特色。这种地域特色一方面体现在作品的楚地风俗、民情特征明显。另一方面体现在地貌特色极其突出，大别山区山水缠绕、云遮雾罩，天堂寨、牛背脊骨山、倒挂金钩岭、东河、西河、美女现羞瀑……在某种程度上，这些都已经成为其小说的特色和角色之一，值得关注。再者，他笔下的大别山历史有着丰富和深厚的内涵，交织着革命、暴力、忠诚与背叛、愚昧与文明……值得挖掘。

同时，他还有着稳定的创作立场和价值取向，沉潜但并不停歇的掘进姿态，并取得了丰硕的创作成就。他来自山村，以山村知识精英的眼光看世界，虽然充满乡土气息和愚顽感，但并不趋附潮流，人云亦云。他继承并坚守着古老的父辈哲学，在长年的创作中不断修正并完善自己的认识，以似乎笨拙但却坚韧的艺术方式表达了一种与众不同，不被关注，但却不容忽视的生命哲学。从最初走上文坛时的"大别山之谜"系列小说始，刘醒龙就立足自己所处的大别山区，以魔幻的手法和近乎寻根的姿态表现大别山区人们的愚昧与智慧，善良与凶残，以及对自然、社会、生活陈腐却自成一体的生存哲学。20世纪90年代初，刘醒龙抛弃了原始气息浓郁的奇幻又腐朽的根基梳理，在多个层面展开了其对乡村世界的探索，作品直指当下，具有很强的现代感和现时性：在《村支书》《凤凰琴》《农民作家》等一系列作品中，他敏锐地将目光转向了村支书、代课教师及农民知识分子三类的乡村精英，表达了他们面对传统与现代的矛盾与彷徨，在社会上产生了较大反响；同期，《秋风醉了》《清流醉了》《暮时课诵》等作品表达了他对城镇下层官员精神层面的关注与挖掘，表达了中国式的官场文化，在一定层面上开了官场小说之先河；而长篇《威风凛凛》则以历史追溯的方式挖掘了民间善与恶的根源，超脱了具体问题小说的窠臼，表现出了较好的哲学思辨意识。90年代中期，《分享艰难》《挑担茶叶上北京》《路上有雪》等的问世使刘醒龙成为"现实主义冲击波"的代表人物，作品主要书写的是乡镇干部在市场改革与民生吁求间的两难平衡。在《大树还小》《黄昏放牛》等作品中，刘醒龙关注到城乡对立的二元格局，并对之展开了深入的探讨，这种探讨在长篇《生命是劳动与仁慈》中较深层次地得到体现，并回到了前一阶段提出的善恶主题，对之作答，认为唯有劳动和仁慈才能解决社会改革中的恶习与不义。他长期的写作过程同时也是自我学习、思考与成长的过程，新世纪以来，刘醒龙通过《政治课》《痛失》等作品进一步修正以前的认识，最终在《圣天门口》《天行者》等作品中将其长期的探索与追寻形成了相对完善的哲学认识，并通过艺术性的形象体系表达出来。

在整体创作风格上，刘醒龙秉承传统的现实主义，敢于直面现实社会问题，极其敏锐地指出，并痛陈、批判，寻求解决之道；作品厚重、朴实，但并不呆板。在现实的同时，亦能以浪漫的手法表达其飞扬的人生情怀。

总体而言，刘醒龙迄今为止的创作中坚持不懈地关注山村人民的生存表象与精神实质，并以山村为突破口进而思考整个中国的社会现状与精神内在，试图对民族甚至人类的生存提出自我的哲学思考。长期以来，刘醒龙被视为乡土作家，在都市日益强大，乡村日益式微、文学大量城市化与物质化、欲望化的今天，这种对作为文学之根，家国根基的乡土的坚守值得敬佩与关注。但刘醒龙并非局限于乡村生活的原生态展示，他的作品同时展露了无穷的意蕴与开放性的主题，如三农问题、城乡问题、乡村知识精英的出路问题、知青问题、"文化大革命"问题、革命与传统、传统与现代的对接问题、人性的改造与社会的救治问题，等等。

同时，刘醒龙又代表了共和国（"50后"）一代作家的整体创作风貌，与其后的作家们形成了整体的区分。这一代人与共和国共成长，历经了新中国成立以来的苦难与兴衰，乡土气息浓厚，忧患意识深重，精神偏于高蹈，既承续了传统，又直面着现代的冲击。作为即将步入退休年龄（60周岁）的一代人，他们既是共和国的同龄人，也是我们即将老去的父辈的代表，但这一批作家们却正走向他们人生的高峰，批评界应该总结他们宝贵的精神财富。

另外，刘醒龙研究又存在极大的片面性和误读。因为题材的现实特色，刘醒龙创作社会性的一面被不断阐发，意识形态的需要掩盖了作家鲜明的个体特色和其作品整体体现出的独特意蕴；其作品似乎问题意识极强，具有极强的社会参与意识和针砭力度。但实际上，在刘醒龙现实的题材和沉重的责任感背后隐藏着一颗浪漫、纯洁的心灵和对于社会秩序、道德伦理和自我归属等方面的理想化设计和焦灼的探寻欲望，但这些却很少受到关注。

二　研究现状及本书的创新之处

迄今，关于刘醒龙的研究总量还比较少见，整体表现为零碎化和应景式，学术含量不够。在《中国知网》"哲学与人文社会科学"类下以"刘醒龙"为主题进行检索，共得到相关信息 626 条，除去重要报纸上的介绍性文章（259 篇）、各类文学性作品及作者本人的创作谈（50 篇）和重复文章及简单提及类文章等外，真正发表在各类学术刊物、会议论文和硕、博毕业论文总计 200 篇（部）左右①；江汉大学语言文学研究所 2010 年 6 月版《刘醒龙研究资料汇编》收录包括 42 则创作谈在内的各类研究信息共 211 篇②。直接以刘醒龙创作为研究选题的硕士论文共有 13 篇，博士论文 1 篇③；《中国知网》之外的相关专著只有程世洲 2000 年出版的《血脉在乡村一侧：刘醒龙论》；在研究性文章中，解读单篇小说的文章占了绝大部分，对其作品全面整体观照的文章极其少见；真正覆盖其各时期重要作品，进行整体研究的著作，仍未见到。这样的研究总量和现状对于有 30 年持续文学创作历史，获得过茅盾文学奖、鲁迅文学奖等多种重大文学奖的作家而言委实有些寒碜。

在所有的研究性文章中，从全局把握刘醒龙创作的文章并不多

---

① 为 2013 年 8 月 10 日上午 11：37 分数据。数据因时间和检索方式不同而具有极大的变化。2012 年 10 月 23 日，笔者在《中国知网》"中国文学"类目下检索关键词"刘醒龙"得到信息 466 条，排除各类报刊介绍和作者个人署名的作品，共得到学术类文章数为 153 篇，其中包括 11 部以刘醒龙为研究对象的硕士论文，无博士论文。

② 江汉大学武汉作家作品研究资料中心编：《刘醒龙研究资料汇编》，2010 年 6 月版。

③ 硕士论文涉及刘醒龙作品的共有 26 篇，博士论文涉及刘醒龙作品的共有 4 篇。

见，且现有的文章的全局性实际是较为不足的。程世洲《血脉在乡村一侧：刘醒龙论》是最早研究刘醒龙创作的专著。该书从文本读解入手，勾画出刘醒龙的生命流程与创作流程、道德理想与文化坚守，对刘醒龙在城市题材与性爱话语方面的开拓作了比较深入的评析，不足之处是文章构架不够清晰，过分局限于文本分析，过程研究极其有限，视野也不够开阔；对刘醒龙20世纪80年代的作品仅限于提及；因为出版较早，对分量最重的刘醒龙新世纪文学没有涉及，实为其20世纪90年代作品分析。唯一的博士论文《有灵魂和血肉的写作：刘醒龙小说研究》对刘醒龙的创作进行了阶段性梳理，并着重分析了其现实主义创作手法和优雅、高贵的风格，不足之处是过分简单，深度和广度都有欠缺；文章对刘醒龙"大别山之谜"系列作品着笔较少，对他影响较小但较有深意的作品缺乏交代；总体而言，流于现有研究成果的归纳和总结，新意不足。单篇论文王春林《刘醒龙小说创作论》较值得关注，文章从现实主义和历史书写角度从整体上论述了刘醒龙20世纪90年代以来的代表作品，认为这是一个美学上的增长和历史认识的逐步深化的过程。较早且较有学术心得的当数金宏宇老师发表于《黄冈师专学报》1991年第1期的《刘醒龙"大别山之谜"系列小说述略》和彭韵情发表于《文学评论》1993年第5期上的《从迷的追寻到人的写真——评刘醒龙的小说创作》，前者从独特的地域文化切入探讨了刘醒龙写"大别山之谜"的原因，对刘醒龙的"大别山之谜"系列作品进行了具体的分类和文本剖析，并分析了其艺术特色，是当前对刘醒龙90年代前作品最早且唯一全面解读的成果，后者先局部后整体地解读了刘醒龙新现实主义初期及以前的创作，对其创作转型原因作了合理的分析，并找出了二者的承接点和共同之处，但二者因为写作较早而无法真正体现刘醒龙创作的整体性。此后，直至2003年郭学军的硕士论文《刘醒龙小说论》又一次力图整体论述刘醒龙的创作，文章用两章探讨了刘醒龙的现实主义特色和他对现实主义的新延伸，整体分析了其创作的乡土特色并指出了其创作局限性；文章新意不多，对此前关于刘醒龙创作的主要观点进行了较全面的总结，不足之处是对刘醒龙前期作品涉猎较少，由于创作时间的局限，对后期重要的作品《圣天门口》等均未涉及。2005 年第 5 期《中南大学学报》（社会科学版）上苏晓芳《文明的质询自然的挽歌——试论刘醒龙小说中的道家文化意蕴》认为道家文化贯穿在刘醒龙乡村、乡镇与都市工业题材的小说之中，主要体现为对自然素朴的乡村文明的追慕、对异化人性的现代文明的厌弃，及其宽容柔顺的道德观和女性崇拜，是一篇较早从宗教情感和性别伦理分析刘醒龙创作的作品。而周新民《小说评论》2007 年第 1 期《和谐：当代文学的精神再造——刘醒龙访谈录》则奠定了对刘醒龙创作的阶段划分，此后论者皆以此为准。借《圣天门口》的影响，2008 年之后关于刘醒龙的硕士论文开始涌现，当年即有 6 篇问世。占所有以刘醒龙为题的硕士论文的近 50%。这些论文中，李亮的《刘醒龙长篇小说论》最值得关注，该文以刘醒龙的 10 部长篇为对象，梳理了刘醒龙长篇小说的创作历程，分析其衍变过程，把握其小说创作的特色并指出其某些瑕疵，论见有一定新意，但依然失之简单和片面。另外，王明波的《"精神家园"的守望者——论刘醒龙对"精神家园"的寻找与建构》从"精神家园"的角度论述了刘醒龙小说不同时期"精神家园"的类型、衍变和代表性的人物，赵蕾的《刘醒龙小说中的文化品格》通过对刘醒龙小说的解读，从乡土情怀、现实审察、人文关怀等方面讨论刘醒龙小说的文化品格，力图整体呈现刘醒龙的创作图景。2011 年，李鲁平《刘醒龙小说创作的艺术特色》概要地从地域文化、现实主义及历史书写三方面总结了刘醒龙的整体创作风格。

探讨刘醒龙某一时期创作或基于某一部或一类作品进行分析的文献占据绝大部分。1995 年第 5 期《江汉大学学报》上，赵怡生和吕幼安分别发文《刘醒龙与新乡村小说》和《故事新说——刘醒龙"新改革小说"印象》，将刘醒龙 90 年代以来作品归为"乡土小说"和"新改革小说"；1996 年雷达在《文艺报》第 855 期发文《现实主义冲击波及其局限》将刘醒龙与谈歌、何申等新现实主义作品称为"现实主义冲击波"，指出它们尖锐而真实地揭示以改革中的经济问题为核心的社会矛盾，注重当下的生存境况和摆脱困境的奋斗，显示出一种共同的把握生活的方式和创作的新取向，但不能深触社会深层的问题，批判力度不够，从而掀起了一轮对"现实主义冲击波"的讨论与批判热潮。在讨论中，刘醒龙作品被评论家称为"在主流与边缘来回游戏滑动"，批判主体暧昧不清（见丁帆《论文化批判的使命——与刘醒龙的通信》，《小说评论》1997 第 3 期）。此后对刘醒龙作品现实主义创作风格剖析的论文持续出现。代表性的如王彬彬 1996 年《文艺争鸣》第 1 期发表的《当前文学中的现实主义问题》，秦晋在《文学评论》1997 年第 2 期发表的《走向发展、开放、多元的现实主义》，1999 年第 2 期《黄冈师专学报》沈嘉达的《现实主义品格·乡村情怀·生命意义——刘醒龙小说解读》较早地对刘醒龙作品的现实主义视阈进行了总结和简要类型概括，对其乡村书写的根源和作品的终极追求作了初步的探讨；1999 年第 3 期《复旦学报》杨剑龙发表的《论新现实主义小说的审美风格》谈及了新现实主义贴近生活、直面社会、丰厚真实、注重人物等四个特色。《圣天门口》发表后，关于刘醒龙小说中的现实主义特色又一次受到集中关注，代表性的作品如《南京师范大学文学院学报》2008 年第 3 期发表的《恢复"现实主义"的尊严——汪政、刘醒龙对话〈圣天门口〉》，文中刘醒龙强调了自己的现实主义手法并将其发展利用。李萍的文章《刘醒龙：现实主义作品都是正面强攻》（《深圳特区报》2011 年 11 月 25 日）和翟业军的《向内："分享艰难"的一种方法——论刘醒龙〈天行者〉》（《文艺争鸣》2011 年 10月），2009 年王香玲的硕士论文《善是一种信仰——从伦理维度论刘醒龙的现实主义写作》从伦理学角度探讨刘醒龙现实主义下的精神及伦理世界。

在小说题材类型方面，论者的切入点从多到少依次为：乡土，如曾镇南的《中国乡土小说三家略论》将刘醒龙、何申、谈歌三位作家的乡土风格进行了比较，以及吴晓红的《从土地上滋长出的个性——刘醒龙、陈应松小说比较》，程世洲的《现代审美视野中的新景观——刘醒龙"新乡土话语"的叙事分析》，陆琳的《刘醒龙的〈黄昏放牛〉与中国的乡土文学》，李正武的《对乡土中国的深切忧患——作家刘醒龙印象》等；地域，如樊星的《湖北文学的地域文化版图》（《文艺报》2006 年 11 月 7 日）讨论了鄂地不同的地域文学特征，对刘醒龙、邓一光、林白所书写的鄂东文学进行了大略概括，刘川鄂的《鄂地乡村的苦难叙事——以刘醒龙、陈应松为例》从直面、反思和悲悯三个方面思考了刘醒龙的地域性写作，周新民的《"文学鄂军"的精神气质与艺术风度——1990 年代以来的湖北文学》从文化保守主义角度分析了 20 世纪 90 年代以来的湖北作家创作；知青，如郭小东的《中国知青文学——非主流倾向的现状表述》认为刘醒龙等的知青文学与以往主流价值观的知青文学不同，而贺绍俊的《绕不开理想情绪的知青小说》从理想情结方面分析了刘醒龙看似反知青的小说，认为二者实为一体，丁帆的《走出角色的怪圈——知青文学片论》则认为知青作家要跳出角色限制，理性反思知青文学等；父辈形象，如 1999 年刘兴祥的《寻找失落的人性——刘醒龙笔下农村基层干部形象初探》是关于刘醒龙创作的第一篇硕士论文，集中分析了刘醒龙 20 世纪 90 年代创作中的乡村干部形象，对其进行了分类，并用精神分析法分析了其精神世界，并比较了与同期作家笔下乡村干部的区别；其他，如历史小说、女性形象也多次被谈及，代表性的研究如余勤安的硕士论文《主题·模式·策略——刘醒龙小说叙事研究》，文章从叙事学的主题、模式和叙事策略三方面探讨了刘醒龙 20 世纪 90 年代以来的创作。单篇作品，《圣天门口》受关注最多，评价也最高，陈晓明认为它是对现代历史的彻底还原——革命起源、革命主体、民间叙事和人性的还原，洪治纲认为它是史诗信念与民族传统的深层传达之作，宋炳辉认为它是极具史诗传统并对民族伦理进行了深刻反思，赵吉祥将它与《白鹿原》进行了比较，认为两者是基督文化与儒家文化间的不同；其次是茅盾文学奖获奖作品《天行者》，《分享艰难》因为是"现实主义冲击波"代表作品之一，也一再被谈及，作为第一部长篇小说《威风凛凛》也多次被探讨。

总体而论，现有的刘醒龙创作研究在多个层面都有开展，也出现了较为深入的成果，但系统性研究，真正有创意、有发现的观点并不多见，大量作品还处于表层，满足于人云亦云式阐释，且主要为针对单篇作品的散点式即兴之作，理论性强、观点新异、发人深省的作品不多。同时，这些批评都有一个最为显著的特色和共同的不足之处：过分重视社会学批评和文化批评，很少能关注到作家主体的精神世界和心灵发展史，很少关注作家创作的内部驱动。"文学是人学"，文学刻画人类社会生活，表现社会生活在作家心中的投影，但同时，"小说的写作，不仅仅是反映社会现实，而且是通过一系列人物的塑造和主体话语的营构来塑造自己的现实和历史的形象"①。胡风认为文学创作是作家"主观战斗精神"的体现，作家不仅仅受制于现实生活，作家的创作更是主观精神与现实"肉搏"的体现，是对现实生活的拥抱、把捉，是对现实生活扩展的一种主观精神的体现，是一种"体验的现实主义"②。在这其中，现实生活对作家主体的影响及作家内心激烈的斗争场景，都是应该得到重视并占主导地位的。因此我们有必要从作家个人的主体感受入手，寻找作家在作品中建构的心灵史和对现实的体验史。

因此，本书力图在前人成果的基础上，纠正上述不足和偏颇，展示出自己的新意：

（一）在作家与作品之间建立联系，知人论世地分析作家与作品，力图挖掘刘醒龙创作所展示的心灵史和他文学中反抗的世界和想要建立的世界。

刘醒龙的创作并非遵命文学，也非对现实原生态的展示，其作品中有一股非常强韧的质疑与反抗精神存在，这种从头到尾的不和谐展示了其内心与现实激烈斗争的存在，其作品在抗争什么，急欲建构什么，都是值得探析的问题。好在刘醒龙能比较深入地分析自己创作与自己生活之间的关系；他有比较成熟的创作理论，发表了较多的创作谈，且对外界批评十分关注。因此，对他进行知人论世地分析十分必

---

① 参见黎湘萍《台湾的忧郁——论陈映真的写作与台湾的文学精神》，生活·读书·新知三联书店 2004 年版，第 5 页。

② 严家炎语，见温儒敏《中国现代文学批评史》，北京大学出版社 1993 年版，第 206 页。

要。通过作品与作家人生阅历的联系，我们能发现许多关于刘醒龙的研究是值得存疑的，如对其作品"现实主义冲击波"或"现实主义"的概括和"乡土作家"的简单定位。同时，通过其整体创作的精神特征、情感倾向，剖析刘醒龙创作共同的精神指向，找到其作品之间的共同的东西。作品是作家心灵图景的主观呈现，虽然它们为作家不同时期内的灵感演绎，但具有不可磨灭的个人印记。有些作家作品很少有变化，一再同主题重复，有些作家的文章却不断寻求突破，但其隐微个体的风格和精神投射依然有迹可循。

本书在追述刘醒龙的个人经历，研读其所有创作谈的基础上，结合其不同时期的作品，通过二者的对照与互相阐释的关系，体会到在刘醒龙不同时期的作品中共同体现出浓烈的"十七岁情结"，一种十七岁少年面对大自然、社会和人生价值的向往、恐慌、无措和质疑的情感，它表明刘醒龙面对世界的迷茫和不信任的感觉。为了解除这种困惑与不信任，刘醒龙最终向自己的亲人来寻求答案；因此，刘醒龙作品的发展历程实为作家个人精神上的"解谜之旅"，这一精神上的谜题实为一直困惑刘醒龙的"身份问题"和"故乡问题"，而他最终的解谜方式是通过对亲人人格和思想价值的认同来确定个人的身份，其"故乡感"也相应地投射在亲人身上，形成了刘醒龙独有的"亲人故乡"；这种对亲人的情感又反向投射在周围环境和人群之中，贯彻在刘醒龙作品的批判与颂扬之中。

（二）克服散点式研究，力图点面结合研究刘醒龙的创作，体现其整体性；还原刘醒龙创作的过程性和发展性，找出其增长变化的因素，克服静态研究的孤立状态。

刘醒龙说："我的文学创作明显地存在三个阶段。早期阶段的作品，比如《黑蝴蝶，黑蝴蝶……》、'大别山之谜'，是尽情挥洒想象力的时期，完全靠想象力支撑着，作者对艺术、人生缺乏具体、深入的思考，还不太成熟。第二个阶段，以《威风凛凛》为代表，直到后来的《大树还小》，这一时期，现实的魅力吸引了我，我也给现实主义的写作增添了新的魅力。第三个阶段是从《致雪弗莱》开始的，到现在的《圣天门口》。这个阶段很奇怪，它糅合了我在第一、第二个时期写作的长处而摈弃了那些不成熟的地方。"① 这一创作分期出自作家的自我指认，与评论家的认识完全吻合，也得到了其后的批评者的一致认可，它清晰地道出了刘醒龙创作的过程性与整体性，这种过程性与整体性辩证地结合在一起。但在现有的刘醒龙评论中，评论家们往往倾向于以断裂的方式来评价刘醒龙的创作，很少见到真正从整体上定位其创作的批评文章；现有文章对其第一阶段作品极少涉及或仅限于提及，对其第二阶段作品评述大多集中于"现实主义冲击波"相关作品，对刘醒龙第三阶段作品则集中于相对影响较大的《圣天门口》和《天行者》两部，而此期作品间的联系则难见有文章论及。而刘醒龙本人，对其第一阶段作品也鲜有提及与选载，似乎有因其不够成熟而有意回避的心态②。本书无意否认前有观点和作家自身的认识能力，但以上的分期和评价完全站在艾布拉姆斯所言的"宇宙"的立场之上，是一种作品世界的外观材料展现，基本没有关注作家内部世界，没有体现出胡风所言的作家内心与世界的能动的改造与剧烈的搏击过程。

王安忆说："我觉得现在有些作家写作没有什么变化，恐怕就是因为他们写作不动脑筋；如果动脑筋就会有深入，要深入就会有变化有进步。我的写作直到现在也没有评论家所说的突变，写作同样也不存在着突变。"③ 刘醒龙是一个善于不断总结思考的作家，其创作迄今为止发生过两次突变，但其如何从渐变走向突变？突变之间始终不变的内核是什么？对这些问题，批评一直置之阙如，似乎是不言自明的事实。本书按刘醒龙写作的成熟度将其作品分为：迷茫期（第一阶段）、探索期（第二阶段）和成熟期（第三阶段），并据此分析其作品的整体性与过程性，找出其作品真正的精神实质。

---

① 周新民、刘醒龙：《和谐：当代文学的精神再造——刘醒龙访谈录》，见《小说评论》2007 年第 1 期，第 62 页。

② 刘醒龙的作品选本较多，但只在《刘醒龙文集》中和《恩重如山》《长江文艺出版社文库》等极少数选本中选有第一阶段作品，而第二阶段作品则一再重复选入，第三阶段虽然大都为长篇，但也都出版过多个版本的单行本。

③ 参见《王安忆：我喜欢有感情的作品》，见张英著《文学人生：作家访谈录》，上海教育出版社 2005 年版，第 29 页。

本书研究认为，刘醒龙作品鲜明地体现出其世界观的发展过程由最初对大自然意义上的大别山世界的迷茫，逐渐过渡到对现实社会生存秩序的迷茫，最后过渡到对人类世界伦理秩序和价值法则的迷茫，演绎了一个清晰而又完整，不断深入的历程。这也是一个作家个人和作品同步成长的解谜过程，在对时代价值观念和社会问题的思考和解答过程中，刘醒龙和其作品像"小蝌蚪找妈妈"一样，不断蜕变、健全、壮大——在"大别山之谜"的共同主题之下，无论是关注的焦点还是情感指向，或是价值形象代表都迥然有异，具有很大的跨越性——从景到人到世界，从黑到灰到白，从祖父到父亲到奶奶，作品的整体结构也体现出童话色彩和现实与浪漫并存的风格。

同时，本书力图将其各个时期的主要作品都纳入心灵史的视野之内，既深入分析，又找出其中的联系，体现其创作的全面性和整体性。重点挖掘转折性作品的承接与转换意义，疏通刘醒龙创作中变化中不变的部分，如对"谜"的解答和不同阶段故乡的人格化特征；其作品中"十七岁少年出门远行"的情结和少年与长者对话的启蒙模式，等等。同时又抓住其创作中转折性的作品，如《威风凛凛》《分享艰难》《致雪弗莱》等特色及其异质性因素。

（三）厘清了刘醒龙乡土小说作家的真正意蕴，否定了刘醒龙是通常意义上的乡土小说作家的说法。

本书认为刘醒龙并非传统的乡土小说作家，其乡土情感并非传统意义上的对本乡本土的依恋，而是一种经过传统宗法观念和道德情感改造后的乡土情感。而这种乡土情感在其创作的不同阶段实质已经人格化和亲情化，从而成为一种"亲情乡土小说"。

（四）在结构上，将其作品定义为整体的童话式创作，局部的现实主义作品；在表现手法上，本书认为刘醒龙的创作并非通常定义上的现实主义文学，认为其作品中现实与浪漫并呈与交融，是充满了理想色彩的诗意表达。

（五）在共时与历时两方面研究刘醒龙创作，将其置入乡土、地域和中国当代文学创作的不同层面，在横的坐标上研究其创作；参考时代潮流研究其创作，确立其创作的纵的坐标点，突出其文学时代的特征，将其置于 50 年代作家之中，考察其代际特色。

（六）发掘其作品的精神内核：现代性的诉求、仁爱意识；并通过文化研究、作品细读等方式，给予作品以新的视角，找到独特的解读方式。

总体而论，本书对刘醒龙的写作既作具体阐释，又进行整体观照，使其局部的光彩与整体的宏大都能得到体现；在历时性的关注中，揭示其过程性、成长性和时代性，通过共时性的比较，标示出其作品在时代中的位置和独特性；通过地域、代际的比较对其作品作出评价与定位，并揭示出其所代表的地域与代际文学的特征。这种研究对深入理解刘醒龙的创作，整理其迄今以来的创作成果都很重要，为后来的研究人员进一步研究其文学创作或许能提供经验或教育性的启示，对后来的文学创作人员或许能提供一点点帮助。

在具体研究方法方面，首先，本人通过大量阅读作家作品，细细领会其文本特色与哲学表达；其次，通过对作家本人进行多次访谈，了解其创作心态和作品背后的故事；还有，本人曾亲自去作家的故乡、出生地、写作地和故事发生地进行了原地体验。在具体理论上，本人将采用传统的知人论世分析法，作品细读法，景观学分析方法等多种方式进行研究。

本书的逻辑结构如下：

导论：《还原作家的心灵史》。本部分在阐释选题价值和意义的基础上，整体分析了刘醒龙创作的研究现状，认为其尚处于简单、孤立和片面的状态之中，并表明，本书将一纠常见的社会学研究法，从作家心灵发展史的角度展开探析，展示刘醒龙不同阶段创作的内心困惑和变化缘由，并以"解谜"这一主题串起全文，通过刘醒龙不同时期对"故乡"和"身份"这两大谜的解答来展示其不同阶段创作的发展、演进和整体特征，最终对谜底进行靠近与揭示。

第一章：《流浪的灵魂：刘醒龙的文学地图》。本章主要通过刘醒龙的人生经历和对其创作生涯有重要影响的人与事，揭示其作品中的主要"心结"——寻找故乡，而对故乡的寻找实质是对自我的寻找，这种寻找同样也是其社会困惑的投影。

第二章：《爷爷的山寨》。本章主要分析刘醒龙第一阶段作品的神秘主义特色及非神秘的现实主义作品，以及其作品背后体现的传统文化心态。

第三章：《父亲的乡镇》。本章分析了刘醒龙第二阶段作品现实主义创作风格及"现实主义冲击波"带来的冲击与刘醒龙的突围。

第四章：《奶奶的天堂》。本章分析了刘醒龙第三阶段作品，并通过对长篇小说这一文体的整体回顾梳理了刘醒龙创作的哲学关注，并重点分析了其代表性作品《圣天门口》。

结语：《有灵魂和血肉的写作》。

三　切入点：迷茫的"十七岁情结"

几乎是不由自主地，在阅读刘醒龙作品的过程中，我常常联想起他十七岁那年高中毕业在家待业的日子。那时，他趴在贺家桥镇租住房间的窗户上，羡慕地看着窗外的武汉"知青"们显摆优越感，想接近，但大人们告诫说他们是坏孩子，于是他只得做做数学题，想想遥远的天边外的事情，比如成为华罗庚或入伍杀敌。我总认为，这一段时间对其创作极其重要，那是他离开学校即将踏入社会，充满畅想但都悬而未决的时光；此后，刘醒龙几乎全部的重要作品都开始于这一段光景，都有着"十七岁情结"，反反复复地书写着一位十七岁少年①面对陌生世界的故事。这位少年在"大别山之谜"系列作品中是即将出门当兵的阿波罗，在《威风凛凛》中是去城里上学的高中生学文，在《凤凰琴》中是刚走入社会的张英才，在《生命是劳动与仁慈》中是少年陈东风，在《大树还小》中是病中的少年大树，《弥天》中是刚出校门，走上工地的温三和，在《圣天门口》中是傍着梅外婆成长的雪柠；他们都一样青涩，一样纯真和理想化，对未知世界充满了好奇和憧憬，以及怀疑。虽然故事情节出入很大，但他们却有着许多共同之处：书写主人公进入了一个新的空间，面临人生断裂

① 作品中青年主人公年龄大都设置为十七岁，部分作品稍有出入，但也在十六岁至十八岁之间，本书以十七岁代之。

和角色转换；他们以懵懂少年崭新的目光和年轻的视角认识陌生的世界，在碰撞与撕裂中，认清社会，找到自我。这些认识的任务，在不同阶段完全不同。在"大别山之谜"系列作品中，阿波罗们要认识的是家门口黑森林一样的大别山的风物；在《威风凛凛》中，学文要认清的是小镇居民的劣根性和生活中的善与恶；《凤凰琴》中，张英才认识到的是艰苦环境掩藏的道德操守和理想主义情怀；《生命是劳动与仁慈》中，进城使陈东风认识到了城乡的矛盾及生活本质；《大树还小》通过"知青还乡"的情境再现了"知青下乡"的故事，使少年大树认清了曾有的一段被遮蔽历史的本质；《弥天》通过修水库的经历，温三和认识到一段历史的恶和藏在民间的真正美好；《圣天门口》中雪柠通过切身经历认识到救赎的正确途径。伽达默尔说"艺术是对人类理解力提出的挑战"①，虽说他主要就艺术的阐释发言，但也在一定程度说明了，作家通过艺术品来洞悉不可知世界的初衷。刘醒龙作品中大量存在的懵懂十七岁少年，无疑是对世界不可知的双重强调和双重探索，作家借助少年全新的眼睛来面对世界的陌生；同时，少年们也是作家的化身，他们借了作家的目光和情感打量着世界。布迪厄在解读福楼拜《情感教育》时说，作品设置了一个十八岁，刚刚通过毕业会考的青年弗雷德里克被母亲给了足够的钱，打发去勒阿弗尔找叔叔的故事，这个故事建立起了作品内在的、但未表露的结构模式，它有助于理解整个故事：其结构模式表明了主人公是个不确定的存在，总在左右两极摇摆，其生活与未来的选择总受制于遭遇②。刘醒龙的作品与此类似，这些十七岁出门的故事，本身隐藏着寻找、遭遇与解答难题的冒险与解谜的内在结构。

　　首先，"十七岁"这一将熟未熟的年龄设置，是一个有待确定的世界象征。作品中青年主人公具有对人生、社会的一定认识，但对于其复杂面，对于生活、人性的具体现状及在真实生活中如何应对遭遇

　　① 转引自［法］皮埃尔·布迪厄《艺术的法则：文学场的生成与结构》，刘晖译，中央编译出版社 2001 年版，第 2 页。
　　② ［法］皮埃尔·布迪厄：《艺术的法则：文学场的生成与结构》，刘晖译，中央编译出版社 2001 年版，第 8—10 页。

的问题尚缺乏了解，他们急迫地想融入世界，了解世界，改造世界。因此，"十七岁故事"必然是一个寻找谜底的故事。正如《雪婆婆的黑森林》中的阿波罗一直憧憬着对黑森林的探究。其次，这是一个理想化的年龄，理想和现实的非同一性也喻示着这是一些充满矛盾冲突的故事。正如《凤凰琴》中张英才的理想生活是《小城里来的年轻人》中所描摹的城市生活，但现实的生活却是界岭偏僻的山区；张英才理想的教师人格不允许徇私舞弊，虚造入学人数，但基于界岭的现实，能保持现有入学规模已经极为不易。还有，"十七岁"的故事一定是找寻和冒险的故事。从这一意义而言，总体看刘醒龙的创作，它又可归结为成长型创作，或者是关于少年冒险之旅的童话故事——虽然刘醒龙早已远非十七岁的年纪。也因此，刘醒龙的创作也并非批评所公认的简单的现实主义创作，其神秘、浪漫的因素与现实的反映并呈。

人类精神家园与现实所在总处于分离的状态之中，现实中的精神主体总是处于对理想精神家园的畅望之中，对于从事艺术工作的作家更是如此。在这一意义上，"十七岁出门远行"这一行为意象，也即对现实家园的远离和对精神家园的靠近。在刘醒龙不同的创作时期共同呈现出的"十七岁出门远行"意象所体现出的找寻内涵却判然不同，在第一阶段他找到的是传奇的古文化，在第二阶段找到的是具体的精神实体，在第三阶段他找到的是形而上学的社会伦理和人生哲学。

"大别山之迷"是刘醒龙早期作品的命名①，但它昭示了刘醒龙其后作品的诞生，这种"迷"既有执迷、迷恋的含义，更有迷失、困惑与解谜的内蕴。

根据刘醒龙对其作品的分期，我们能清晰地领悟到其破译世界的历程：在第一阶段"大别山之迷"时期，他对大别山空间、大别山景物的迷恋明显大于对人物和文化的迷恋，虽然他也大量涉及大别山

---

① 据刘醒龙所言，这组作品原名为"大别山之迷"，后编者改为"大别山之谜"，也即读者今天所见的这一系列作品命名。本书认为，在某种层面上两者确有互通的意义，"迷"起源于"谜"，"迷"也反过来诱发"谜"。

人和大别山区文化，但"神秘"始终是这一时期作品的关键词。在第一部作品中，他就引入《大山的女儿》的画作，以神秘的黑蝴蝶来隐喻人生和命运的不可捉摸性；作品通过舍弃了大别山生活和曾经爱情的知青林桦在数年之后再一次归来，并重新爱上了曾经背弃的一切，表明人生的非理性和人对世界选择的迷乱。其后，他在此阶段的核心作品"大别山之谜"系列中，书写了大别山的自然之谜：如灵兽、千年古树；文化之谜：如轮回报应、招魂；人性之谜：如家族仇恨、历史恩怨；发展之谜：如传统与现代、权威与科学；等等。但所有的一切的"迷"与"谜"都根源于大别山幽深、偏僻的自然环境和古老的历史背景。

在这一阶段，在其所有的作品中，没有塑造出令人印象深刻的"人"，时代特征并不明显。在第二阶段，刘醒龙跳出了前一阶段的误区，真正回归到了对人的执迷，塑造了一系列鲜活、可感的典型人物形象，如村支书方建国、民办教师张英才、文化馆王副馆长、镇长孔太平等乡镇社会的精英阶层，文章将他们的存在困境与社会现实紧密相连，通过对他们在夹缝中的突围窘状的描画表达了整个乡村社会的困顿与乡村文明的分裂，体现出了深厚的忧黎民、忧苍生的心态。刘醒龙第三阶段的作品再一次与前阶段形成断裂，作品的意境扩大，辐射空间更有广延性，由此前的景的关怀和人的关怀转变为对文化的关怀。从《致雪弗莱》中"我们的父亲"对组织的信仰沉沦始，《弥天》转向对历史的关注，《圣天门口》转向对文化关注，而《天行者》则将关注点投向了一种职业和一类人的历史。

从大别山的"景"到大别山"人"到大别山的"文化和历史"是迄今为止刘醒龙创作的三个阶段，其间的跨越经历了34年，并始终在进行之中，这种执迷与对谜的探究，使其作品已经不仅仅局限于文学意义上的作品，而更多地具有了社会学的内涵和文化学的意义，作家也已经不仅仅只是常规意义上的作家，其对于未知世界的执着精神使其创作永远处于"十七岁"的年轻与新鲜状态，一直在解答着人生与社会的谜题。

四　"小蝌蚪找妈妈"式的蜕变与童话结构

巴赫金认为"小说结构的所有成分之间都存在着对话关系……对话关系是无所不在的现象，渗透了人类生活的一切关系和一切表现形式，总之是浸透了一切蕴含着意义的事物。"① 昆德拉在《小说艺术》中也谈到小说是可笑的人类对于理解上帝所作出的解谜式的努力，是人类获取智慧得以成长的一种方式。这一方式在卢卡奇的《小说理论》中被认为是"拯救现代罪恶的方式"，他认为在现代之前的总体性时代，这一认识问题并不存在，因为人类的完满性上天已经给予，那一阶段的文学作品，如《荷马史诗》，作品主人公不存在成长的主题，其性格、相貌等从一开始就得到了完成和定型，不会随时间和空间的变化而改变，而现代人总在挣扎着寻找家园，在时间和空间中寻找存在感和生存的意义、生命的完满②。这种现代小说的内在属性在刘醒龙的作品中表现得极为明显，贯穿其创作的整体过程之中。这一解谜与寻找过程实为自我身份的确定过程，也即文化上的自我找寻与自我塑造的过程。

在童话《小蝌蚪找妈妈》中，年幼的蝌蚪们自出生之时就开始了寻找母亲的旅程，它们不停地向世界打探着其母亲的真实形象，不停地与世界进行着对话；在不同的遭遇中，它们一步步地完善着对母亲形象的认识，并在这一认识的过程中完成着自身的成长；最终，它们找到了母亲并成长为母亲的形象。这一童话极形象地隐喻着刘醒龙创作的旅程和其创作结构。刘醒龙作品中的解谜结构不仅存在于其每一篇中的解谜、探险式的篇章结构，也存在于其创作整体的解谜框架与思维模式，这一框架与思维不仅体现出其创作"小蝌蚪找妈妈"式的童话性，也体现出其成长性和阶段性蜕变的本质。根据大英百科全书，成长教育小说涉及的是个人性格发展时的经历，是关于一个笨

---

① 《史诗与小说》，见《巴赫金全集》第三卷，河北教育出版社 1998 年版，第 506 页。

② 李茂增：《现代性与小说形式：以卢卡奇、本雅明和巴赫金为中心》，东方出版中心 2008 年版，第 52 页。

小孩离开家到社会上寻求冒险，经过一系列艰苦的磨难终于获得智慧的故事；它起源于 18 世纪，是现代社会发展的产物①。刘醒龙作品的成长性体现在其创作的不同时期诉求不同，且呈现出飞跃式的递进增长及层层深入的文化与社会关注。

在第一个时期的创作中，刘醒龙尚未形成清晰的创作方向和目标，他的作品整体体现出对失落的传统文化的找寻和维护，这种过程与其说是家园找寻旅程，毋宁说是一种对传奇的热衷与呼应。在作品中，景物成为核心；对景物的过分重视和对人物的忽视，对描写的热衷与叙事的薄弱都表明这一时期创作思想内涵的不足和逻辑力量的弱势，这种薄弱表明其身份定位与认同的迷茫。作品虽涉及面较广：传统文化与现代思潮、青年发展与社会问题、历史与创伤等都有涉及，但并未形成稳定的意图所指。虽然其重要作品"大别山之谜"系列关注是传统文化，但这种关注与其说是自发的内心诉求，不如说是时代思潮的反映；部分作品透露出为古老、怪诞而罔顾故事逻辑的特色，有为文化而文化、为先锋而先锋的趋向；对人物的兴趣明显小于景观，而对景观的兴趣则体现为对荒诞、奇异事与物的传写。整体而言，这一时期作者关注点多而杂，虽然对传统文化相对较为重视，但这种重视更多地出于跟风和个人的创作风格的营造，作家没有形成固定的人生与文化理想，尽管在多部作品中作家思想相对保守，力倡对传统文化的继承，批判现代意识中的唯利是图和伦理失落，但在另一些作品中，观点会有迥然的差异，甚至在同一部作品中，作家思想都处于来回游移，捉摸不定的状态。如在《河西》中钟华与十三爷两个形象的暧昧价值定位，钟华思想解放，十三爷垄断、专制、迷信；钟华唯利是图，十三爷重视文化伦理，宽厚有加；《鸡笼》中，作者在宿命论和现代意识中莫衷一是，《大水》对传统家族纷争和图腾文化也处于展览与批判之间的暧昧状态。这一时期可以称为刘醒龙创作的迷茫期，在广泛关注的基础上，作家希望通过以古老文化为切入

---

① 李茂增：《现代性与小说形式：以卢卡奇、本雅明和巴赫金为中心》，东方出版中心 2008 年版，第 46 页。

点，来找寻打开世界和家园的钥匙，因此作家创作了"大别山之谜"系列作品。

20世纪90年代，刘醒龙创作中暧昧的文化找寻随着社会的商业化趋势而表现出更强烈的时代对抗意味，作品中文化精神直接转换成人格精神，诉诸对理想人格形象的树立与弘扬。而这种理想人格的承担者则再一次回归到过去，回归到革命浪漫主义时期的父辈英雄人物角色，他们忍辱负重、力挽狂澜，无私且坚定。只是这一理想人格的完成也经历了一番漫长而艰辛的演进历程，从最初对国民性批判中被打倒的父辈形象（如《威风凛凛》中的赵长子），到此后舍己为人、忍辱负重的普罗米修斯式的父辈形象（如《村支书》中方建国和《凤凰琴》中余校长），再到身肩道义、默默无闻、润物无声的父辈形象（如《黄昏放牛》中胡长升和《生命是劳动与仁慈》中的陈老小），再到放下组织的荣耀回归家庭的父辈形象（如《致雪弗莱》中"我们的父亲"），这一长廊式形象谱系书写了"我们的父亲"① 与时代格格不入，但却足以成为时代精神楷模的品质。

新世纪以来，刘醒龙在一系列长篇作品中逐渐隐去了父亲的时代性特色和对抗性品格，改以爱与包容来重新塑造其作品核心人物形象，这一人格体系的普世性和超越性表明作家的理想精神形象又一次发生了嬗变与飞跃。这些理想人格形象都由女性来担当，在《弥天》中女性的温柔、优雅与爱情是对抗政治暴力的最有力武器；《圣天门口》中，女性的包容、温馨与高贵成了抵抗暴力与黑暗的最佳良药，传播仁慈、抚慰伤痛的最好选择；《天行者》中女性的温柔是高贵英雄的最好的慰藉。在这一时期，作者所追寻的乃是非暴力的人类普世性价值和美德，真正描绘出了人类生存的平凡与高贵面貌。

三个不同时期的三次寻找，整体展现出作家由传奇、激越的人生取向至平淡生活价值的追求，体现出作家文化精神的演进与飞跃，及个体精神的成熟与完善，这一过程正如"小蝌蚪找妈妈"一样，最终实现了自我的完成，也体现出刘醒龙整体创作的童话式结构。

---

① 刘醒龙作品《致雪弗莱》中用语，其足以称谓刘醒龙作品中的所有父亲形象。

五　异乡人与亲情故乡

作家对世界的探究同时必然地包括对自我的探究，同时对自我的探究必然涉及对世界的探究，二者互为彼此，难以分清。刘醒龙对大别山之"谜"的探寻实际源于对自我的探寻。

刘醒龙说："我的身份一直是十分可疑。而我亦更相信自己生来漂泊无定，没有真正意义的故乡和故土。我的老家无法像大多数人那样，有一座老屋可以寄放，有一棵同年同月同日生的树木作为标志，再加上无论走得多远都能让内心踏实可感的一块土地。三十岁那年，为了替垂危的爷爷选一块墓地，父亲第一次带我回到他的老家。当他指着一块已被别人做了菜地的废墟，说这就是当年栖身之所，那个关于老家的仅有的梦，突然裂成碎片，四散地一去不返了。从此，我就有了这个问题的最终答案：除了将心灵作为老家，我实在别无选择。"① 所以从寻找家园、身份认同这个主题进入刘醒龙的写作无疑是一种必须贯彻且更为合理的方式。

刘醒龙出生在黄冈市，但成年前在黄冈居住的时间不到一年且处于婴儿期，此后他跟随父母在大别山村镇四处流转，居无定所，20年后首次回黄冈已经属于"陌生人"去"陌生的城"；他祖籍在黄冈市团风镇的乡村，但故乡只存在于亲长的口中，它存在却不能触及和居留，这影响着刘醒龙对其他地域的故乡认定；在30多岁后刘醒龙才首次"回"乡，感觉依然是人地两生。大部分时间他在村镇居住，由于不断搬家，没有自己的房子，不是农民，乡民无法将其认定为乡民，彼此难以建立起长久的情感。在某种程度上来说，他是一个没有故乡的人。但由于长年生活在大别山区，虽然住所不够固定，在另一层面上，大别山区可谓他的故乡之地。——只是故乡在何处，却无法落实到具体的地点，思乡之情无处寄托。因此，刘醒龙只能是"身在故乡的异乡人"。

---

① 朱小如、刘醒龙：《血脉流进心灵史——〈圣天门口〉访谈录》，《文学报》2005年7月21日第3版。

　　根据《现代汉语词典（第 5 版）》，"故乡，名词，出生或长期居住过的地方；家乡；老家。"①"异乡，名词，外乡，外地（对做客的人而言）。"相对字面上意义的简单，"故乡"与"异乡"的情感内涵和文化意蕴要丰富得多。无疑，作为抽象词汇，它们很难有真正科学上的定义。苏轼"日啖荔枝三百颗"就能"不辞长作岭南人"，苏武牧羊 19 载，蔡文姬胡地 10 年，都挡不住一颗回归的心，所以从居住时间上我们无法定义故乡或异乡。它们更多在情感意义上和文化归属上使用，所谓"不辞长作岭南人""故土难离"表达更多的是情感上的归属，而苏武拒降更多的是文化上的归属。在具体的地理空间之外，具有"抽象冲动"本能的主体（人）同时会营造自己个人精神世界，在其精神宇宙中搭建个人理想的精神之乡，以实现精神还乡的愿望。本书所言"故乡"与"异乡"既指具体的地理空间，更是情感与精神、文化意义上的所指。而"故乡"与"异乡"的并立同时表明，本书所言及的文本是一种对抗性文本，它实质涉及两种情感与精神状态的抗争。

　　与静态意义上的"故乡"和"异乡"相对应，永不停歇地在地理空间中流动的个体不可避免地遭遇"离乡"与"思乡""还乡"的动态过程。这种人类社会学上的"原型模式"成为文学史上经典的"母题"，而其西西弗斯式的困境在经济日益全球化和文化多元化的现代社会更成为一个普遍的心理表征。在地理空间上的冲突与阻滞之外，文化上的冲击与认同更加剧烈，在这种地理和文化的夹缝中，人们一次次"失根"——"寻根"，精神主体不得不苦苦寻求一次又一次的越界。"故乡"不仅是地理空间上的身份归属，更是情感的心灵皈依，也是文化认同的理想之乡，三者是确定个体人格属性的立体空间，对有些精神个体，它们是同一的，但对有些个体，它们却水火不容；如废名的黄梅故乡，沈从文的湘西世界都是他们笔下的理想世界；而鲁迅的鲁镇和萧红的呼兰河，虽然也是他们魂牵梦萦的地理上的故乡却远非他们精神向往的理想世界。"长歌以当哭，远望以当

---

　　① 《现代汉语词典（第 5 版）》，商务印书馆 2005 年版，第 493 页。

归"文学上的"思乡"之情各逞其态。其乡大可指国,乡思实为故国之思,小可指家、指室,或以一人一物代之。

本书刘醒龙的"故乡"是一活动的能指。刘醒龙作品中的故事发生地是以大别山区为原型的地理空间,可具体指称也可以普泛的山村替代,如"大别山之谜"系列的很多作品,有些作品专指某一乡村,如《凤凰琴》中的界岭村。因此,这"山""村"又如何不可以作为乡土中国,"山坳上的中国"的隐喻?在这一角度,针对刘醒龙的作品的分析又不可避免地要廓大视域,在一个更大的文化空间里阐释。而在情感空间和精神空间上,作者也会有不同的展示,它们都是文章中"故乡"所指。与之相对"异乡"则是"故乡"的他者,是在生理、情感或精神上所排斥的"他乡"。"身在故乡的异乡人"体现的是空间或时间、阶级身份或文化归属上的矛盾性及由此带来的矛盾本身。刘醒龙祖籍黄冈团风镇下巴河乡,出生在黄州城内,在英山县乡镇间长大,它们谁是故乡,谁是异乡完全取决了刘醒龙个人的情感取舍。这些地区都在大别山区,从大的方面讲它们都可以唤作"故乡",在更大的视阈里(如全球),整个华夏都是故乡,其余则是他乡。其次,从阶级身份而言,刘醒龙是干部子弟,是与其作品所书写的大别山农民们相对的城市人,但与城市人相比,他却属乡下人;在文化归属上,城与乡,传统与现代,山区与山外都存在差异,它们都属于故乡与异乡的分野。在象征意义上,"异乡"与"故乡"共同抽象地指称着矛盾性,城与乡、传统与现代、暴力与和平……多方面的矛盾性。在刘醒龙的故乡之惑中,他的故园迷思实际已经幻化成了时间上过去与现代的冲突,空间上城市与乡村的冲突,精神品格上优雅高贵与低俗卑下的冲突,这种冲突并非遵循时间流程的单向流动,有序地演变发展,而是作为一种文化选择和价值取向深入了其思想与血液,贯彻在其不同阶段的作品中;在不同的时期和情境下,根据不同的背景它们会演化成不同的故事。尽管这些故事在不同时期会有主题表达上的雷同,或在同一时期不同作品中主题表达上会有冲突与歧异,但它们都服从这一精神取向与价值选择。不同的是其侧重点的不同和思想深度、写作能力的差别。

　　因此，尽管故乡似真似幻，家园无法具体落实，但如果廓开视野就会发现，虽然"云深不知处"，但一切"只在此山中"。刘醒龙早年创作的所有故事地都在大别山区，他的几乎全部的文学作品也都是关于大别山的故事，所以，从大的背景着眼，大别山是他实际的和精神上的故乡。而进一步廓开视野，整个华夏大地，甚至整个宇宙又何尝不是其寄居的故乡，而那些异于自己，个体情感和价值选择无法相容的地区、文化和行为则是其心理和文化上的异乡。但抽象的故乡只是象征意义上的存在，对于情感和心灵的需求而言，它实际等同于无。情感和身份的认同必须借助实有家园来确定归属，而具体的故乡的消逝，使刘醒龙的故园之思无枝可依，所以他说"除了将心灵作为老家，我实在别无选择"。他的这一老家之思最后停留在亲人之上，成了他活动的家园。他所有的作品都可以用"爷爷的故事""父亲的故事"和"奶奶的故事"来归类，是另一种"家族世系"小说系列。程世洲说："刘醒龙小说世界里的'爷爷'、'奶奶'其实是作家理想中的乡土社会的象征，是作家孜孜以求的精神家园，是作家的生命理念。"① 这道出了刘醒龙作品的真谛。

　　在《刘醒龙文集·荒野随风·序》中刘醒龙写道："在我最早的那些有关大别山神秘的故事里，我爷爷总是化作一个长者在字里行间里点化着我，如同幼年时躺在夏夜的竹床上和冬日的火塘旁，听老人家讲述那些让人不信不行的故事。那时，一切的别人都是无关紧要的，唯有我爷爷例外。②" 刘醒龙由爷爷带大，在爷爷的童话故事里成长，他说："我爷爷没有看到也没有料到，在他死后的第五年也就是 1991 年里，被他的长孙追认为自己的文学启蒙者。""没有我爷爷，谁能再造一个作家！"③ 因此，其第一阶段有关大别山之谜的作品，我们完全可以归入"爷爷的故事"之列。这一归类不仅仅是因为其作品中大量存在爷爷形象的主人公，还因为其作品中宣扬着与时代思潮格格不入的传统的伦理价值观念，还因为"我爷爷是一种心

---

① 《"父亲"形象的文化意味》，《湖北大学学报》2001 年第 3 期，第 48 页。
② 《刘醒龙文集》，群众出版社 1997 年版。
③ 同上。

灵的传说,这种传说可以鄙视一切庸俗的私利与卑劣的嫉恨"①。故事来源、人物形象、价值观念与情感上的亲情与认同感,使刘醒龙第一阶段的作品深深地打上了爷爷的烙印,可以称为献之爷爷的作品和关于爷爷的作品。这种文化和价值、情感的认同,使刘醒龙找到了故乡的另一种依附。

　　刘醒龙第二阶段作品中的"父亲形象"曾被多位批评者研究过。如程世洲曾评析说:"刘醒龙小说世界中最吸引人的自然是那些'父亲'形象。几乎每一部作品中都有令人尊敬的'父亲'形象。这既有'传说'的成分,但更多的是写实。"②"传说"是刘醒龙心中父亲形象的写照,"写实"则是刘醒龙生活中父亲形象的文学描摹。无疑,二者是一体的。刘醒龙父亲是一位乡镇领导,此期是刘醒龙现实主义创作时期,其作品被称为"新现实主义"文学,在谈及《村支书》写作时,刘醒龙就曾坦言故事以其父亲为原型。而这种有意识地因父亲而抒情的举动在《致雪弗莱》中,以主人公"我们的父亲"的称谓表露无遗。此期作品中,"父亲们"大多执着、隐忍地存在着,他们勤劳、善良、坚守乡土和本职,有情有义,有着朴素的道德情感和伦理操守,成为社会的最后良心,是拯救社会的诺亚。这些"父亲"形象当然不仅止于"传写",更多的是情感的依恋和价值观的认同。对于乡村的父老乡亲们,刘醒龙说:"我一直不敢在自己的写作中,对中国乡村中的父老乡亲们有半点伤害。在他们面前,我没有半点文化上的优越感。每当面对那些被风霜水土草禾粪肥浸蚀成斑驳状态的手背和面孔时,内心深处总感觉自己做了某种亏心事……他们是天生的哲学家、社会学家和历史学家。"③语言中表露出对父辈的敬仰和观念的认同与敬畏。这种价值观念和人生楷模对 20 世纪 90 年代的市场经济环境下的道德失范状态更是一剂良药。在《黄昏放牛》《生命是劳动与仁慈》《孔雀绿》等作品中,刘醒龙再三强调了

---

① 《刘醒龙文集》,群众出版社 1997 年版。
② 《"父亲"形象的文化意味》,《湖北大学学报》2001 年第 3 期,第 48 页。
③ 参见《中国当代作家选集丛书·刘醒龙卷》序言《听笛》,人民文学出版社 1999 年版。

父辈曾经的劳模形象，再三回忆起他们红色理想的岁月，因此，这些"父亲"形象和父辈故事同时也是作者对往事的一种回味，和对自己情感开掘出的回乡通道，表露出精神价值的"还乡冲动"。

人近中年，经历了爷爷的传说，面对现实的无奈之后，刘醒龙在《〈疼痛温柔〉序》中写道："没有奶奶曾经的爱抚，中年将是一个非常难以度过的时期，青春的那部分残余还在编织着许多梦幻与理想，而衰败又在远处隐隐约约地唱着悲凉的酒歌，那苦涩的老酒必须用一股子豪情与煎熬共同咽下去，这就是成熟的中年现实。"① 他同时认为，当今的社会也是一个没有奶奶的社会，奶奶所象征的包容、慈爱与温馨会让社会更加和谐、美好。这种对温柔、慈爱情感的渴盼和母性的眷恋来自生命和人性本身的需要；大而化之，对于一个充斥着暴力的历史和张扬强权的社会，回归包容、慈善的人性和哲学，更是一个社会回归和谐，实现人本的正途。对奶奶的依恋，刘醒龙在作品中很早就体现出来，如《雪婆婆的黑森林》《白雪满地》等作品已经开始刻画，这种依恋实为对女性所代表的善意及温馨的依恋和对雄性武力和强势的一种反拨，但只有到了第三阶段，在《圣天门口》《弥天》和《天行者》中，作者才开始真正集中地从哲学高度表达出"奶奶"所带给世界的改变。在此奶奶实际成了天堂的守护者，和哲学上理想栖居的创建者。这一哲学形象的构建既是对宗教中圣母情怀的渴盼，又是对儒家传统的回归，因此，它使刘醒龙的文学创作达到了超越性的高度。

六　发现大别山

在刘醒龙出门远行寻找家园的故事中，大别山始终充当着炫惑、神秘莫测的空间形象而存在着。这一空间形象既是出门少年需要认识和征服的对象，又为少年的精神与智能发掘提供了机遇，少年对世界的认识与征服是通过对大别山的认识与征服来实现的。在地理意义上，大别山是自然空间的所指，而在政治和文化意义上，大别山有政

---

① 《刘醒龙文集》，群众出版社 1997 年版。

治形态和文化形态的象征意义。

　　美国作家华纳斯·斯特纳说过，一个地方在有一个诗人之前，是不能够称其为地方的。地方只有被发现才能真正地存在，文学上的地方的发现必须通过有影响力的诗人（作家）和作品来完成。对于现代湘西来说，沈从文就是使它诞生的诗人；莫言使山东高密诞生；贾平凹使商州诞生；对于大别山而言，刘醒龙是使它诞生的诗人。虽然此前也有作家书写过大别山，如废名，如何存中等作家，但废名的鄂东小山村虽然属于大别山区的一部分，但早已被废名置换为其心造的桃园（桃源）胜地，不再具有大别山的实有形象与现实生活场景的描摹，而何存中等作家描写的更多的是大别山区的军事故事，而很少真正以大别山作为其空间形象具体、立体展示的。真正将大别山贯串其全部写作，集中、从多个层面书写，不断深入地探究大别山这一空间形象的作家，只有刘醒龙。

　　刘醒龙出生于大别山区的黄冈市，身为干部子弟，童年和青少年时期却都在苍莽、神秘的大别山村镇度过，大别山区特有的历史和文化对他进行了全面的塑造和浸染，他几乎全部的作品立足于书写大别山。从最初的《黑蝴蝶，黑蝴蝶……》到近年的《圣天门口》《天行者》；从大别山神秘而苍老的景、艰辛而倔强的人，到大别山仁厚且暴戾的文化……他从多个层面立体地书写了大别山，他是无可置疑的"大别山之子"，大别山文化的代言人，而"大别山区"早已作为最重要的一个角色潜藏在刘醒龙的每一部作品中。

　　同时，刘醒龙笔下的大别山早已超越了其原本的地理概念和空间范围，它更是作为一种空间的象征体系存在着。作为人类栖居的大别山空间，刘醒龙的作品故事发生地基本在山区，写的是"山村的故事"，作为故事的空间要素之一，"山""村"同时具有其文化含义。

　　首先，"山"既是一个地理名称，指称具体的高大、苍莽的山林和山脉，又指山村，乡土，意喻一种原始、野蛮、古朴、与尘杂无染的自然地理状态，也可指山民们古老的生活状态与方式，以及其待开放的潜在需求。

　　其次，"山"也是一种时间状态，连接古与今，传统与现代，封闭与敞开的静态时间。

再者，"山"还可以指代一种文学形态："乡土文学"，一种对出生地，对精神家园的向往与依恋；对父老乡村、弱势群体的关注与呵护；对民族劣根文化的抨击与警醒的文学样态。

"山"还可以是一种文学表现手法，关注问题，直面现实，超越现状的现实主义手法；一种哲学价值观，传统儒家仁者乐山，克己达人，仁爱宽厚，关注现世的哲学观念；一种形象体系：泰然耸立、兼收并蓄、礼遇天下、普济苍生的尊长、仁厚的形象；一种代际文化：50后社会中坚的一代，他们怀抱理想主义情怀，保守主义心态。

与山相伴的是"村"这种自然形成的社会群落。"村"在自然形态之外，本书中它更有其政治含义。它具有群落性、组织性、稳定性的特点。"山村"代指乡土中国，一个封闭、稳定的政治、文化系统，具有乡村伦理，乡村文化，乡村政治等方面的含义。

刘醒龙笔下的大别山山村有如下的文化内涵和生发演绎。

（一）

在《宽容》中房龙写道：

> "在宁静的无知山谷里，人们过着幸福的生活。
>
> 永恒的山脉向东西南北各个方向蜿蜒绵亘。"
>
> "守旧的老人们被搀扶出来，他们在荫凉的角落里度过了整个白天，对着一本神秘莫测的古书苦思冥想。"
>
> "在无知山谷里，古老的东西受到尊敬。"
>
> "谁否认祖先的智慧，谁就会遭到正人君子的冷落。"[①]

在这里，山成了宁静、古老、庞大、无知、封闭、神秘、阻滞的象征。在中国，山也是类似的指称，家喻户晓的寓言《愚公移山》表达的也是相近的意旨，而"三座大山"更是让国人深恶痛绝的现

---

① ［美］亨德里克·房龙：《宽容》，迮卫、靳翠微译，生活·读书·新知三联出版社1985年版，第1—2页。

代民族罪恶之源。如果说这些"山"隐喻着一种现代意义上的文化价值指向，是民族现代性的阻隔势力的代指。但同时在中国传统文化中，"山"的另一重文化更加根深蒂固。

在中国文化里，山的地位近乎神灵，享受着人们长期的敬畏与朝拜。自夏商开始，历代帝王都有登山封禅和祭祀山帝的传统。春秋前后，朝廷专设掌管大山的官吏"岳"；岳管辖所在地的居民，同时有荐举官员的权力，因此，山又称为"岳"。五岳实为中国文化的五大山脉，其首泰山为帝王之山，泰山区域为儒教创始人孔子的诞生地和主要活动区域。其他山岳也都是道教、佛教及各种文化的发祥或主要传播地，完全可以说山岳是中国文化传承和集聚的最重要基地之一。与此相应，山居文化也成为中国传统文化极璀璨的一部分，名人雅士多爱隐居山林，如陶渊明隐居终南山，黄庭坚晚年隐居富春山；白居易筑草堂于北香炉峰……中国古代的文人墨客、雅士鸿儒爱寄情于山水，以达到物我两忘的超然境界。在中国革命战争时期，山又成为中国革命的摇篮，井冈山、延安宝塔山、太行山、沂蒙山、狼牙山以及刘醒龙寄情的大别山都成为革命圣地。

山既是民族文化和革命发源地，也是安全的庇护所，它守护了智慧，阻隔了邪恶，滋养了灵魂。在陶渊明的《桃花源记》里，大山给逃难的人们提供了一个理想世界，这里时间停滞（"乃不知有汉，无论魏晋"），人们安居乐业。同时，大山也是守护灵魂，保持节操的所在，从伯夷、叔齐忠于旧主，绝食于首阳山始，历代许多隐士都避身山中，以表明自身高洁，不同流合污。中国历史上的山川很少有负面的称谓，相反在中华文化中它们大都被人格化为仁义、高洁、险峻等不朽的正面象征。

这些关于"山"的种种文化含义，在刘醒龙的作品中都能得到体现，如果说大别山之谜时期的大别山是神秘、古老、封闭、灵异的；刘醒龙20世纪90年代作品中的山，则是封闭、宽厚、纯净、仁慈和革命的山，在新世纪的《圣天门口》等作品中，山变得博大、仁爱和包容，成为一种道德理想（"天堂"）。在刘醒龙的作品中，大别山既有王者风范，也有绿林和江湖之义，还有烟火之气，更有灵异之迹。

而"村"更在于体现其古老的村落居住形式和政治形态。"村落"既是指农业社会中人们共同居住、生产、生活的空间，又是指在这一空间中生活的一个群体，此外还是指一种制度性的人群组织类型。① "它虽然只是一个小小圈子，但由于内部关系紧密、互动频繁、习俗丰富，所以成为一个不仅在物质需求上，而且在精神需求上可以自感满足的生存空间。"②

在刘醒龙笔下的大别山文化实质就是大别山地区的村落文化，那里的人们缘山而居，在长期的农作生活中形成了自己独有的文化心态（如迷信、好斗、刚强），交往群体及人们之间的交往方式和人际组织形式。他们有自己自古传承的价值观念和文化习俗，虽然外来因素不时侵入，现代社会政治一再施展其开化、启蒙或解体的功能，但变动的只是表象，历史的沉潜和积淀依然深厚。刘醒龙的几乎全部的作品所刻画的生活空间虽然并不完全一致，但很少越出大别山区，都可以称为"村落"。其早期作品描述了大别山区的奇诡和军属、无赖、知青等各色人等，展示了大别山区广阔的爱和恨；20 世纪 90 年代《威风凛凛》《凤凰琴》《村支书》《农民作家》等作品也是直接以村落为单位，讲述其间的愚昧与奉献，劣根与优良之处，纵使《分享艰难》《路上有雪》等写城镇官员生活情境的，其生活空间、处理事务也实为村落空间和村庄事务。史诗性的作品《圣天门口》实为一个村落的几十年兴衰史。如果说写作之初，刘醒龙对其笔下的村落仅满足于对其原始一面的简单反映，那么在 20 世纪 90 年代之后他开始对乡村政治投注了极大的关注，并进一步思考了村落的文化更新与现代走向，体现出了其深沉的忧愤心态与济世情怀。

自魏晋以来，我们将陶渊明、谢灵运、王维、孟浩然等称为"山水田园诗人"，现代文学史上很少有"山村作家"或"山乡作

---

① 参见刘铁梁《村落——民俗传承的生活空间》，《北京师范大学学报》（社会科学版）1996 年第 6 期，第 42 页。

② 刘铁梁：《村落——民俗传承的生活空间》，《北京师范大学学报》（社会科学版）1996 年第 6 期，第 46 页。

家""村镇作家"的称谓，比较统一的称谓是乡土作家或农村题材作家。如果有，我想刘醒龙称得上，如果没有，今后不妨以"山村作家"称之。我认为这比"乡土作家""新现实主义作家"或"现实主义冲击波代表作家"等更恰切。同时，现当代文学史上对村落文学的研究似乎并不易见，它长期被隐没在乡土文学的研究之中，然而，这实在是一件非常值得整理的工作。

（二）

从景观学的视角探讨刘醒龙作品中的山村和作者看山村的方式，"山村"在空间和时间上实际有着其自身的独特寓意。

在房龙笔下，山村是封闭、保守的象征，山充当的是文明阻隔者的负面角色，但从辩证的角度，山实际连接的是山里和山外，保守和开放两个方面，它可以充当的并非只有像"刀"一样的切断与隔绝的角色，它还能充当像"桥"一样的连接与媒介的角色。在房龙的作品里，山充当的是前一角色，但在刘醒龙作品中山却是后者。有论者认为刘醒龙作品里每一个山村背后都有一个城市与之对应。在处女作《黑蝴蝶，黑蝴蝶……》中，林桦被现代生活和各种情感弄得疲惫不堪，毅然从城市回到了知青时期生活的大别山，以整理自己的生活，寻求情感慰藉。故事连接着山里山外，山外是现代的，是实现个人价值与理想的所在，山里是拾拣曾经的纯真、找寻失落灵魂的所在。在大别山之谜系列中，山村是一个古老、神秘的童话王国，神秘、灵异、善恶分明，是青年烈士阿波罗的成长地，而这背后实质依托的是城市的简单、空洞以及累累恶行。在《威风凛凛》中，山是恩情所在，山外的赵长子放弃优渥生活来通过教书的方式为父辈报恩，但山里的恩人后裔们长期虐待他，杀他威风，最后将他杀害；因此山同时又是愚昧的象征，是启蒙与无知，文明与野蛮的交会点。在《分享艰难》《路山有雪》等作品中，山村是（城市）政治的炼狱，孔太平、安乐等人在这里积攒了政绩，但也认识到民间的力量、财富与艰辛，乡村为他们耗尽了最后一丝能量（冬茶）和奉献了美丽的姑娘（孔太平表妹被洪塔山所奸污）。在《村支书》《凤凰琴》《生命是劳动与仁慈》等一批作品中，山分裂成了山里与山外两个相对的空间，山里是落后贫穷的象征，山外是先进处所，但同时山也是仁慈宽厚之地，是灵魂的救赎地，是真正的生命所在地。山里的留守者村支书用自己的死救赎了年轻的村支书，余校长、余四海等人用自己的留守救赎着整个村庄的希望，他们是如耶稣一般地献祭出了自己，而这里原是圣地。在《秋风醉了》等作品中，山村回到其传统形态，成了士大夫文人的失意退守之所，是隐居之地；在《圣天门口》山村真正成为革命的摇篮，是民族的根基。这里的山村实际连接的是传统与现代，过去与未来，它呈现了问题，也孕育着希望。

　　另外，从时间上看，山村的时间总是古老又现代。古老的传统、习俗在这里根深蒂固地存在着。它保存着人类早初时期的混沌与蒙昧，这里的人们敬畏山神，相信灵异，将獐、鹿等封为灵兽，坚信树王的法力，在千百年流传下来的信守和传统之下谨慎度日，唯恐越界。他们相信死者的亡灵不死，所以阿波罗奶奶不懈地请人为阿波罗招魂，于军的母亲不敢拆除破旧的房屋，担心儿子回乡后找不到家。男尊女卑深入人心，导致石得宝在妻子卧病期间，因为谨守男人不能倒马桶的禁忌，家里差点水漫金山；女人摸了男人头发能引起一场家庭战争。他们用女人裤头避邪，认为清明前后不宜做买卖，等等。同时他们又是现代的，他们为了国家和民族不惜前赴后继地献出生命和亲人，他们向往着山外世界的文明。但总体而言，刘醒龙作品里的时间是古老的，这也是刘醒龙理想世界的时间，他独有的大别山时间。

　　如果将文学作品的情感时间分类，有些作品倾向于超越现有的存在状态，寄希望于未来的更加好的生活，如梁启超的《新中国未来记》、"十七年"和"文化大革命"期间的许多作品；有些作品立足当下，从现时的生活中感受到了一种自足性和诗性韵味，如棉棉的《糖》，池莉的《烦恼人生》等作品；还有一些作品立足向后看，从对过去的回忆、怀恋中寻找到一种情感的慰藉和补偿，如普鲁斯特的《追忆似水年华》，林海音的《城南旧事》等。而刘醒龙的作品基本都属于向后看之列，它们大都以现今为批判对象，以过去为其理想目标，以爷爷奶奶（父辈或祖父辈）为其理想人物，以山村田园为其诗意栖居之地。这已为不少论者注意到，通过刘醒龙的许多作品中的老年智者形象也可意会。

从某种意义上说，刘醒龙的山村实为人格化为爷爷奶奶的山村。在早期大别山之谜系列作品中，是童话里的奶奶，像巫婆般诡异，引导着孙子畅游神秘的丛林，呼唤孙子夜晚回家。在"新现实主义"系列作品中却是一位大智不言的爷爷或老父亲，他教给孙子处世道理、殚精竭虑、熬尽老骨头送孙子上学（《威风凛凛》）；他以身作则，为儿子宣示做人的道理（《生命是劳动与仁慈》）；深沉睿智，默默为儿子铺路（《秋风醉了》）。新世纪代表性的长篇小说《圣天门口》中，其化作了梅外婆，将生命哲学通过自己的行为体现出来，包容、大度、博爱。

（三）

在刘醒龙作品的村落表达中，乡村政治是其中不可忽略的一维。尽管这也许并非作家个人的出发点，但它潜在地出现在刘醒龙的绝大部分作品中①，成为一股强大的力量和一个隐形的主角，充当着故事讲述的角色。文学是作家心灵世界的显现，也许这也是刘醒龙在《分享艰难》之后被封为"新现实主义代表作家"的原因。

"政治"也就是众人之治，"最广义上是人们制定、维系和修正其生活一般规则的活动"。在乡村这一空间之内，政治主要表现为维系乡村文化稳定，支撑乡民们交往、生活的传统习俗、生活观念和思维方式，及各种权力关系等方面。尽管有的作家认为中国所有的小说作品都打上了乡村政治文化的印记，但我不想将其过分泛化，认为乡村政治更多的应是一种乡村的组织方式，一种乡村文化的结构力量；不同地区的乡村政治文化会有非常不同的差异性。在刘醒龙的作品中，乡村最初是以情感的凝聚力，文化的安抚作用来显示其角色力量的，在《黑蝴蝶，黑蝴蝶……》中，乡村既留住了邱光等知识青年，又吸引了厌倦城市浮华和人际冷漠的文化精英林桦的回归；在《白菜萝卜》《生命是劳动与仁慈》等作品中乡村的温情和纯净使大河、陈东风等经历了"从城市到乡村"的"归去来"模式。在这一模式

① 尽管刘醒龙谈到过，他写作从不关注政治，只关注情感和人物命运。

中城市总是乡村的对立面，乡村是一个对抗城市文明，否定现代化的传统存在。其后在《河西》《异香》《老寨》《威风凛凛》等作品中又通过乡村中残留的封闭观念与现代意识，原始善与人性恶较量来表明乡村政治实际就是一种文明与野蛮，愚昧与开化之间的博弈，而这种博弈又绝非简简单单先进与落后，新与旧的对抗，其复杂性十分耐人寻味，既有对传统文化劣根性的批判，也有对乡村家族斗势比拼的慨叹，还有对乡村温厚的人情的赞许。如《河西》中钟华在交通不便的西河上造了一座收费通过的桥，却遭到西河权威十三爷的百般抵制和破坏；《异香》中，老灰和梅所长之间恶与善的长年较量；《威风凛凛》中所反映的好杀人威风的劣根性；以及《灵狄》《牛背脊骨》等作品中反映的乡村的原始自然观和温厚的人情。另一面，刘醒龙的作品又大量反映了原始的宗法乡村在共产党政权进驻后所体现出来的政治权力斗争，而这种权力斗争的对立则体现了一种奇特的空间政治意味。在人类社会，空间的意识形态特性从来都极其明显，从《诗经》《硕鼠》《伐檀》到《古诗十九诗》中《出东门》，再到唐诗《蚕妇》"遍身罗绮者，不是养蚕人"，及《卖炭翁》中"手把文书口称敕"等，官民关系及城乡关系都极言城乡的欺压与对立，而在刘醒龙的作品中，除了大量表达这种欺压与对立外，还从另一侧面写及了乡村儒家的温厚对乡村的有效治理。前者如《心情不好》《路上有雪》等，后者如《白雪满地》等。

第一章　流浪的灵魂：刘醒龙的文学地图

　　人是被文化规定的动物，融合与认同始终是人类生活的主题。周宪认为认同的核心是差异，由于社会学上的区分导致了对差异的自觉意识，而产生了对认同的需要①。斯图亚特·霍尔认为身份研究是探究共同的历史经验和共有的文化语码上的一种共有的文化，是寻找集体中的真正自我②，本尼迪克特·安德森认为它实际是一种"我们对身份、家园之想象"的"想象共同体"③。而这种身份认同的需要实际上追问的是"我是谁"的问题，以及如何和为什么要追问"谁"的问题④，这种认同可在民族、种族、族群、阶级、性别、职业、宗教、语言等多个层面展开。对刘醒龙，这种身份认同显得更加与众不同。基于刘醒龙的写作与其人生互照的关系，本节将以知人论世的方式结合身份认同和文化地理学的观点对其人和作品进行剖析。

　　散文中，刘醒龙写道："在人生的旅途上忘乎所以地走了又走，最终不会像一滴自天而降的雨水，化入江湖不见毫发，那是因为灵魂

---

　　① 周宪：《全球化与文化认同》，见《中国文学与文化的认同》，北京大学出版社2008年版，第20页。

　　② ［英］斯图亚特·霍尔：《文化身份与族裔散居》，见罗刚、刘象愚《文化研究读本》，中国社会科学出版社2000年版，第209—211页。

　　③ ［美］本尼迪克特·安德森：《想象的共同体——民族主义的起源与散布》，吴睿人译，上海人民出版社2003年版，第68页。

　　④ 阎嘉：《文化身份与文化认同研究的诸问题》，见《中国文学与文化的认同》，北京大学出版社2008年版，第7页。

总是系着我们的痕迹之根。"① 正如"一切历史都是当代史"，一切作品都是作者自叙传，都是具有作家生活印记的心灵纪实；鲁迅说其作品无非两种类型，一为写原型，一为取其一点，演绎生发。无论文学是再现客观世界还是表现主观世界的观点，都不否认文学与现实生活，与个人生活际遇的密切联系。所不同的是，有的作家想象力极其丰沛，能于一点生发出无限，那极小的一点"影子"在其作品中几乎难以捕捉，如莫言、余华、苏童，他们的作品并不以写实取胜，想在他们的作品中寻求到个人的生活轨迹殊为困难；而另一些作家，他们的创作必须依靠实有事件才能进行下去，否则想象无从依附，故事难以落实，这样的作家极其多见，如梁晓声、方方、邓一光、张欣等。这类作家写实性较强，但他们也有不同，有的只求有一个现实原型，人物和事件是否与自己密切相关并不十分在意，如王安忆、邱华栋，但有的更倾向于书写自己，故事大多和个人密切相关或发生在自己身边，如许多"知青"和"右派"作家等。当然，这种差异只是表现方式的差异，与作家的优秀程度并没有必然的联系。有思想深度、有表现力的作家在寻常的材料中也能挖掘出极深的内蕴，如列夫·托尔斯泰，而有些作家更倾向于发挥个人抽象的想象力，天马行空地传达出一些意味，真正面对具体的事件反而无法处置，如部分先锋作家和部分散文体小说作家。我们很难把刘醒龙往某一类写作上限定，在不同时期他有不同的表现手法，但无疑，他的作品更偏重于写实，偏重于书写个人的经历和身边所发生的事件，是自传性特色非常明显的作家②，我们几乎可以在他的作品中将他整个的人生经历连缀起来；他也一再谈到要为现实主义文学正名，虽然"现实"并非"现事"，但作品反映的是时代精神和个人的心理真实。对于自己的作品，刘醒龙说："我写了我所熟知的生存真实、命运真实、灵魂真实，尽管那些全是发生在小山下、小溪旁、小屋里，连教堂都很小的

---

① 《一滴水有多深》，作家出版社 2009 年版，第 1 页。
② 他谈到《弥天》是一部自传性的作品，《致雪弗莱》也几乎可以和他个人生活直接对应，其他关于文化馆系列，关于乡镇干部系列我们都能找出相应的原型，以及他个人的生活轨迹。

地方上的人和事，它们却无一例外地与我们民族的兴衰息息相关。"①
基于这种相关性，我们可以通过将其作品与其人生轨迹作一番互照，
以更深入地理解其文与人。当然，二者有相关性，并不意味着二者可
以等同。正如王安忆所言："小说不是直接反映现实的，它不是为我
们的现实画像，它是要创造一个主观的世界。这个世界是不真实的，
于是造成它的两难处境，因它所使用的材料却是现实的。"② 我们需
要了解的是其客观生活和主观世界之间的联系与转化，从现实材料中
体悟其精神世界的真实。

第一节 我从何处来？

"漂泊是我的生活中，最纠结的神经，最生涩的血液，最无解的
思绪，最沉静的呼唤。"③ 在不同的场合，刘醒龙都表达出了其人生
的无根性和灵魂的漂泊感。在人到中年，声名日隆之后，刘醒龙的
祖籍地湖北黄冈团风县和他曾经工作和生活的湖北英山县都将刘醒
龙当作本地文化名人对外宣传，争夺之势虽然比不上某些历史名人，
但也足以对刘醒龙造成困扰。何况这一问题多年来一直让他百思不
得其解，此时提出更显得残酷无比。面对两个于自己都有深厚渊源
的地名，最后刘醒龙说："关于我的籍贯，前些时，终于与团风和英
山两地的朋友一起达成共识：我的灵魂与血肉是团风给的，而思想
与智慧是在英山丰富的。"④ 当然这只是平息外界索解的回应，但其
内心的争斗能否真正平息，尚不得而知。而在这一回答之前，这一
问题已经深深地在其人生，在其写作中烙下了印记。这是一个困扰
了千百万哲人，始终悬疑的问题，何况刘醒龙的经历更有其自身的
独特性。

---

① 《百万字长篇小说给谁看？》，《北京青年报》2005 年 6 月 15 日。
② 王安忆：《小说课堂》，商务印书馆 2012 年版，第 1 页。
③ 刘醒龙：《钢构的故乡》，北京十月文艺出版社 2011 年版，第 1 页。
④ 百度百科：http://baike.baidu.com/link? url = zA8zSkCYdftAsIo7JmzP-BzCxZ9m_
q9QTtx4p9FUCpXVKFDwAo2yNW1_ FBiPCEpK。

一 小镇与学校

1988 年的秋天，因为爷爷去世，刘醒龙才第一次踏上祖籍意义的故乡，团风县上巴河镇张家寨村。这时他 32 岁，已在异乡成家立业，做了一个男孩的父亲。本是为儿子解决"你是谁？""你从何处来？"等问题的年龄，他此时却对自己的出身仍不甚了了。这个从自己孩童时起就在祖父和父母口中流传的"祖宗之地"，原来是一片废墟，周围长满了芭茅草和茂盛的野生植物。虽然祖父最终安息此处和周围村民热情的招呼让刘醒龙感觉到了些许归属与认同，但多年漂泊造成的疏离与伤害无法短期内愈合，陌生感还是那么明显地存在着。他说："当他（父亲）指着一块已被别人做了菜地的废墟，说这就是当年栖身之所，那个关于老家的仅有的梦，突然裂成碎片，四散地一去不返了。从此，我就有了这个问题的最终答案：除了将心灵作为老家，我实在别无选择。"① 相较而言，他更熟悉且无法割舍那些生命中给过自己恩泽的其他地区，尤其是那一座座给了自己人生鲜活印记的小镇。

李遇春认为，小镇成就了 20 世纪中国文学中很多有名的大师和作品，如鲁迅的鲁镇，茅盾的乌镇，古华的芙蓉镇和韩少功的马桥镇，"文学意义上的刘醒龙是小镇造成的"。② 的确，对于小镇文学，研究者还缺乏应有的敏感，在乡村和都市之外，它不应成为一个被忽略的存在，鲁镇、乌镇、牯岭、徐迟的江南小镇、张炜的狸洼镇、古华的芙蓉镇、池莉的沔水镇、陈世旭、余华、王安忆、毕飞宇、徐则臣等的江南小镇……它们足以撑起一片厚重的文学景观。作为乡村的政治、经济与文化中心③，小镇一头连接农村，一头连接城市，一头连接着传统，一头连接着现代。与城市强大的政治话语和现代经济、

---

① 朱小如、刘醒龙：《血脉流进心灵史——〈圣天门口〉访谈录》，《文学报》2005年 7 月 21 日第 3 版，括号注解为本书作者所加。

② 参见《文学是小地方的事情——刘醒龙、李遇春对话录》，2012 年 12 月 15 日下午，材料为刘醒龙提供。

③ 胡耀邦语。参见费孝通《小城镇四记》，新华出版社 1986 年版，第 19 页。

文化控制不同，新中国成立前行政力量对国家控制只能及于县以上城市，新中国成立后民间小镇的传统文化和日常生活对政治话语亦有强大的自我消解能力，每一个小镇都有自己不曾被改写的鲜活的小历史和隐秘的记忆，这种历史与记忆没有被时代大词与套语所改造，保持了自己原初的特性，承载着鲜活的民间记忆①，而文学的力量很可能就是来自于这种民间记忆的东西。刘醒龙的文学很大量地保持了小镇的昨日记忆。只是刘醒龙笔下的小镇与芙蓉镇（古华《芙蓉镇》）和狸洼镇（张炜《古船》）的不同之处是，它处于大别山腹地，商业和文化活动并不活跃，除了作为行政基站之外，它与村并无太大差异。

1956 年 1 月 10 日，刘醒龙在湖北省黄冈县黄州镇内的黄冈地委招待所二楼出生，这个紧邻旅途寄身地的家隐喻了他此后多年的漂泊之旅。其时，母亲在团风镇酒厂上班，满月之后，刘醒龙就随母亲搬家到团风酒厂；次年，由于父亲调任英山县石头嘴镇石镇区区长，他和姐姐又被人用箩筐挑到了石头嘴镇安家，与他们随行的全部家当在另一挑箩筐里。那是个大别山腹地典型的乡村小镇，既有美丽的自然风光，也有历史的悠久流传。虽然小镇是农村的政治、经济、文化中心，但费孝通也认为小镇同时也是分高低层次的，比如他研究的吴江、震泽、盛泽、同泽等四个小镇就属东部沿海交通便利、经济、文化发展比较好的小镇，辐射能力相对较强，而有些小镇只是一个政治中转点，如果不设行政机构就会消失，商业网点极其稀少②。石头嘴镇就是这样的小镇，身处大别山盆地之中，交通不便，经济较为落后，与其说是镇，不如说是行政机构在村落中的驻点。在刘醒龙的记忆里，小镇在黛黑的群山与宽阔的河流③的环绕之中，山上常传来狼的号叫，镇上常有"狼吃人"的传说；镇上有座教堂，民国初年的"安徽教案"事件就发生在这里，虽然传教士早就被打跑了，但传说还在；镇后边的山顶草地上放着一个百叶箱，百叶箱里面只有一支温

---

① 杨念群：《"儒学地域化"概念再诠释——兼谈儒学道德实践的若干形态》，见《〈儒学地域化的近代形态〉再版序言》，生活·读书·新知三联书店 2011 年版。
② 费孝通：《小城镇四记》，新华出版社 1986 年版，第 51 页。
③ 刘醒龙小说中常常提及的东河、西河和巴河都是这里的真实存在。

度计，每天早中晚都有人去查看。在这里，刘醒龙夏天常常光屁股在河里游泳，河上的废桥、河边的石雕和河中常有的淘沙人在他的多部小说中出现过；夏夜在河滩上，他边乘凉边听爷爷讲故事，故事里常有鬼魅和神怪出入；这幽深的丛林和绵延、高耸的大别山，平时望上一眼心里就会涌现出无数的奇思怪想；在黑夜里听着老人的神鬼、传奇故事更加让人胆战心惊。刘醒龙常被故事或阴森的环境和村民们"狼来了"的叫声所吓倒；他也曾跟在气象员身后看百叶箱，对科学知识有了最初的意识。离石头镇不远就是大别山主峰天堂寨。在那个饥荒年代里，潜伏的"美蒋特务"和土匪依然是一种潜在的担忧；经常有信号弹在夜空中升起，有时候还有枪响，镇上的民兵不时集体搜山。同时，在这里他开始了最初的入学启蒙①。这是一个在刘醒龙成长和文学创作道路上影响深刻的小镇。在这里，传说和历史，神话和科学都对他有了初步的启蒙，他后来的许多作品就是以这个小镇为原型或以小镇上的故事为素材，这一特殊的环境也形成了他作品中人生之"谜"的最初印记。其中"狼吃人"的故事在许多作品中都一再提到，衍化为其作品的一种经典意象。在《凤凰琴》里它是恶劣、原始生存境况的隐喻，在《民歌》《圣天门口》等小说中它暗指人性兽性化，生存竞争恶劣。在广有口碑的《圣天门口》中，教堂、气象站、天堂寨、西河等许多地理空间成为故事的重要背景和构成故事情节非常重要的一环。

　　石头嘴镇本是他人生重要的一站，在这里刘醒龙刚刚有了家的感觉，但由于工作需要，父亲不断迁调，他们又不得不搬家。1962 年春天，刘家搬到八十里外的红山区的满溪坪公社金家墩村，刘醒龙在金家墩小学上学。传说这个学校的数学老师是反动军官的小老婆，在那个阶级色彩浓厚的年代，这让学生们对她有种莫名其妙的害怕，只要她出现就躲到一边去。这位老师有位身患癫痫的女儿，而她之所以得病是因为随"四清"工作队去村子背后的乌云山上砸庙里的菩萨，据说她是被菩萨敲了，这都让刘醒龙感到非常恐惧和神秘。这段经历

---

①　1960 年秋天，四岁半的刘醒龙和姐姐同时入学就读英山县石镇区中心小学。

我们在《倒挂金钩》和《往事温柔》《弥天》《鸭掌树》中都能看到影子。这种神秘的地理环境和周围怪诞的故事都在一定程度上加剧了刘醒龙对大别山的迷惑感，为其后的作品增添了神秘气息。

其后，他又先后待过贺家桥镇、西汤河镇、雷店镇等小镇。这些小镇虽然在地图上相距并不远，但对儿童刘醒龙而言仿佛隔着千山万水，每一次搬家都是一次和熟悉的环境、同学、邻居的告别，都是一次情感上的撕扯与痛楚。不断地搬家，不得不一次次重新面对陌生的环境和人群，这使好强且倔强的刘醒龙更加敏感、不合群；无奈的告别带来了长久的记忆与深深的怀念。童年的许多细小且日常的事情，当日的同学们已经毫无印象，但刘醒龙依然记忆清晰①。在贺家桥镇，刘家的生活十分艰苦，因为孩子多，房子不够住，家里租住两处小房子，刘醒龙和爷爷等租住在山坳里一个姓石的农民家里。整个山坳就这么一栋房子，干打垒的土屋，屋梁倾斜，墙上裂缝很大，白天麻雀从裂缝里飞进飞出，晚上透过缝隙月亮和星星把家里照得亮堂堂。一次下雨，父亲在外地上班，母亲在另屋居住，老家过来的亲戚和房东找了几根柱子从外面把房子撑住才使房子没有倒塌。在这所房子里刘醒龙住了7年，每一天都提心吊胆。因为家境贫苦，爷爷常在周围开荒种地，但因为非农业户口，地种熟了就被村里收回，周而复始，并多次遭受欺侮，但有地可种，爷爷依然很感激。不过，这里也给了他许多有趣的故事和对优雅与高贵的最初记忆。在住屋的对面山坳里，一户富裕中农家婆婆和媳妇在同一天生孩子，这让他们觉得好笑。另一家让他一直印象极其深刻并心存敬畏。那是一户地主，家中一贫如洗，衣衫破烂，但家里始终干净、整齐，衣服虽然布满补丁，但洁净、熨帖，全家每天刷牙，带着破布做的小手帕，周身也清爽、干净。

贺家桥虽然艰苦，饱受歧视，时间长了，也有了家的感觉；但刚习惯，家又搬到了西汤河镇。这时"文化大革命"在镇上闹得正凶。按进程，刘醒龙本应进入中学，但中学闹革命停课了，停止招生，小

---

① 参见《文学是小地方的事情——刘醒龙、李遇春对话录》，2012年12月15日下午，材料由刘醒龙提供。

学还在继续办着。于是，刘醒龙在西汤河小学又读了一个六年级。在这里，刘醒龙见识了"文化大革命"的邪恶与残暴，他第一次看到曾经敬畏的老师，被孩子们折腾、批斗、谩骂；老师从没有教过的邪恶的、肮脏的字眼，纷纷在学生写作的大字报和小字报上出现。在西汤河镇，他们租住农民家的一间半房子，爷爷带着五个孩子住一间，另外半间在牛棚隔壁，用来做饭、吃饭。生活依然很艰苦，好在他们已经习惯了。当时刘醒龙父亲是区长，在各地蹲点，不能回家；母亲是供销社的售货员，白天卖货，晚上值班。几个孩子全靠七十多岁的爷爷照顾。因为不忍对老师们表示不敬，不能融入当地的学生之中，他多次被当地学生和孩子警告。因为很快升入了中学，拳头最后被弟弟妹妹们承受了。但因为母亲没能给房东买到便宜布，全家人一再受到房东的排挤，刘醒龙自己也被房东儿子揍了一顿。作为外来人，他们在镇上只得小心翼翼地生活，总想讨好镇上及村里的邻居和同学，以便能融入其中，使自己的生活不致过分紧张。刘醒龙谈到，至今和人交流，听到对方说是来自西汤河小学，他都心有余悸。

　　辗转的迁徙生活也加深了刘醒龙的漂泊感和自卑感。在超级稳定的农耕环境中，他们却在不断地搬家，难以与周围人建立长期稳定的关系。刘醒龙一家貌似城里人，但身份的优越却无法在日常生活中得到体现，反倒表明了二者间差异与隔膜。在村镇，乡民们有自己固定的房舍，有标示自己所有权的土地，他们却总在寄人篱下，租住乡民的房子，靠乡民的施舍才能短暂耕种一块随时可能被收回的荒地，乡民们是以"房东"和"领主"的身份出现在他们的生活中。加之他们不事稼穑，靠乡民养活的事实，加重了刘醒龙的屈辱感和羞愧感。面对过房东的蔑视，经受过乡镇少年、儿童的欺负，领导、居民的轻侮，住过裂缝足以飞过大鸟及与耕牛同居一室的房子后，刘醒龙说："我曾渴望自己是个有土地的农民""当身体上的男性特征一天比一天明显时，我无法摆脱周围的环境，开始像所有乡村中的男孩，一边想着四周哪个女子是自己的爱情，一边想着如何拥有一所自己的房屋。"①

---

① 《一滴水有多深》，作家出版社 2009 年版，第 204 页。

多年以后，评论家们喜欢轻易地妄称刘醒龙为乡土作家，个人认为绝非如此简单。刘醒龙的作品虽然以乡村为背景，但实际写的都是外来人的故事，每个故事的主人公都是外来者，都是一个与周围环境格格不入的"他者"。他对乡土的感情既有热爱，更有屈辱、羞愧和亏欠，这种羞愧和亏欠还包含了一份赵园在《地之子》中所谈及的，远离乡土的传统中国知识分子对生民们普遍的情感，这种情感从《诗经·硕鼠》一直绵延至今。① 刘醒龙的乡土之情更多地来源于对过去痕迹的留恋和生命对自然的本能亲近，而其中自觉的部分，个人认为，评论者们的强加和启发也不容忽视。

1973 年元月，刘醒龙在贺家桥镇读完中学，举家搬到雷店区。因为待业在家，又没有朋友，这时他非常孤独。当时镇上很多来自武汉的"知青"，他们衣着光鲜，见多识广，谈吐不凡，是镇上人羡慕的对象，但他们良莠不齐的个人素质，胆大妄为的行为方式也使刘醒龙和宁静、和善、保守的山民们对之侧目不已。此时，刘醒龙处在两种身份之间：既不能融入小镇，被村镇居民当作"外乡人"，在"知青"面前他又以镇上居民自居，难以融入他们。其后，"知青"文学大量涌现，刘醒龙是踊跃的读者，在其处女作《黑蝴蝶，黑蝴蝶……》和部分作品中也以"知青"为题材，但他对"知青文学"中体现的话语霸权、过分自恋和撒娇的态度一直存有不满。作为一个长年在山村生活的见证者，他在《牛背脊山》《大树还小》和部分言论中指证了历史的真实，表达了自己和广大乡村百姓的知青观点。当然，每一种真实都只是庐山的一面，但对于公正认识"知青"历史无疑作出了应有的贡献。

在家待业到当年 5 月，刘醒龙去了英山县占河水库管理处做计划内临时工。因为临时加入，分享了其他人的前期成果，刘醒龙说："管理处的人，从管理处的处长到下面的员工，差不多都在排斥我。"② 7 月，他转入县水利局做测量员，参与测量绘制张家嘴水库库

---

① 赵园：《地之子》，北京大学出版社 2007 年版，第 12—16 页。
② 参见《文学是小地方的事情——刘醒龙、李遇春对话录》，2012 年 12 月 15 日下午，材料由刘醒龙提供。

容地形图和下游河道地形图；10 月起，他任施工员，先后参加石镇区桃花冲水库和草盘区岩河岭水库的施工管理。这期间的故事，在自传体小说《弥天》中有比较详细的介绍。

在这期间，刘醒龙每次回家会在红花镇搭车，这里的桥，从大路上流过的河，及河中的钓鱼人等都给刘醒龙留下了深深的印象。

这些镇，包括父亲工作期间一再在父母口里提及的胜利镇等，以及霍水河镇，虽然刘醒龙都只是过客，长长短短地住过些日子，但都在他的生命中留下了难以磨灭的印记。对这些小镇的情感，也许他自己也难以理清，那些小镇给过他人生最有趣的回忆，但他并不能真正融入小镇，自己也不能完全被小镇接受。这样的小镇该不该算作故乡？如果算，那么故乡是不是太多了？如果算，自己的"祖宗之地"该如何置？如果不算，情感上却又那么靠近。

小镇的生活趣事多，这些趣事许多刘醒龙并没有亲自参与，大多得之于他好奇的眼睛和耳朵，以及敏感的心灵。作为干部子弟、非农人员，他与乡镇始终格格不入。在这一过程中，与小镇同样格格不入的是小镇的教师们。他们作为小镇的知识精英，大多是外来人员，很少参与稼穑活动，因为小心翼翼地维持着传统的师道尊严，与小镇居民们也存在着一定距离。因为对知识的敬畏，因为他们见多识广，因为成绩优秀被老师关注，刘醒龙对小镇的教师极有亲切感。在贺家桥上学期间，刘醒龙有一位姓金的语文老师，又瘦又长，迂腐呆板，因为平时教书很严格，很多学生都不喜欢，所以被贴了很多大字报并被批斗得非常厉害。在这些活动中，刘醒龙从来都不曾真正参与，而是体恤地见证着老师们的受难。在这期间，教数学的郭老师因为刘醒龙的聪慧对他十分关照，体育老师教刘醒龙打乒乓球、吹笛子、打篮球……这些与学校和老师们的缘分和交往，使刘醒龙十分感恩，其作品中大量书写老师的故事，这些关于"老师的故事"大多写得深刻、感人，大都成为他作品中的精品。而关于学校的故事在他不同时期的作品中都曾大量出现，如《倒挂金钩》《威风凛凛》《凤凰琴》《路上有雪》《分享艰难》《弥天》《天行者》，等等。与许多对教师和学校形象颇多非议的作品不同，刘醒龙关于教师和学校的写作从来都充满着关怀、敬仰和同情。

今天的文学作品研究越来越细致，但对教师和学校题材作品关注远远不够，而对刘醒龙作品中的教师形象除了结合《凤凰琴》和《天行者》有过关注外，其整体形象探讨并未曾有人涉足，这实在是一个不应有的疏忽。在刘醒龙作品中，教师和现代性关系极其密切，首先他们是启蒙者和拯救者。在《威风凛凛》中赵长子充当的是鲁迅《药》中夏瑜的角色，启蒙愚昧却被杀身死。《恩重如山》写了智者教师与村民的愚顽的劣根性间的对抗。《凤凰琴》与《天行者》中塑造的是身肩道义，舍生取义的教师形象，他们如普罗米修斯一样播下知识的火种，自己永受煎熬；学校仿佛挪亚方舟一样纯净、圣洁。《往事温柔》中的教师则是现代观念的代指，"我"不再像大姑和细姑压抑于纲常、伦理，更多地遵从个人内心意愿，寻找自我的幸福；而《分享艰难》《路上有雪》等作品中，教师们则是清贫的受难者和需要救赎的对象……

这种对教师和学校的书写，完全可以看作刘醒龙在小镇身份不能被认同情况下的一种群体认同寻求，是在作为异乡的小镇之外的一种乡土替代物，也是面对小镇愚昧的一种反抗方式，和对现代文明的吁求。

二　工厂

1974 年冬天，刘醒龙从水利工地赶回家参加征兵体检，因为没有城镇兵员指标，当兵的梦想终成泡影；最终他被英山县农机厂（后改名为阀门厂）录用为集体所有制工人。此时，刘醒龙 18 周岁，在刚好成年的年龄他由乡镇走入了县城，生活开始了新的一页。

地域和身份的转变使刘醒龙从边缘进入了中心。小镇在刘醒龙眼里实为乡村，城市与乡村的地域差异体现的是先进与落后、地位、前景、文化、经济等全方位的差异。英山县城虽然远算不上发达，但图书馆、歌舞厅、商场都有，女孩子比镇上的漂亮得多，市民更有素养，大家都是非农身份，心理距离更近；其次，他从尴尬的乡镇边缘人变成城市工人，成为了国家领导阶级，虽然只是大集体制工人，依然让人骄傲。在 20 世纪 70 年代，工人老大哥是最受国民尊敬的阶层。此前在身份认同上，刘醒龙处在无可奈何的被动适应中，此时，新的身份满足了他此前角色认同的某些期望，他以积极的姿态去进行新的身份认同。在这家工厂里，刘醒龙一待就是十年，先后干过车工、车间副主任、采购员、厂办公室秘书等，连年被评为先进工作者。18—28 岁，这是人生的黄金时期，也是刘醒龙人生最难忘的一页。他满意新获得的工人的身份和三班倒的日子，这让他有一种实实在在为祖国奉献青春、添砖加瓦的感觉，这是他在小说中看过许多次的主人公的生活形态。工作之余，他和工友们吹拉弹唱，打打篮球，办办板报，或者换上干干净净的衣服，到县城里去逛街，到百货商场看看漂亮的女售货员。在刘醒龙后来的写作中关于这一段经历可以对应起来的文字极少。除了处女作《黑蝴蝶，黑蝴蝶……》聊可对应出一段相关的工厂故事外，其他的关于工厂的故事主要在 20 世纪 90 年代中后期的作品《生命是劳动与仁慈》《孔雀绿》《寂寞歌唱》《棉花老马》中体现，而这些作品中关于工厂穷困潦倒、工人普遍下岗状态的生活描写已然与七八十年代工人阶级主人翁自居，优越感十足的生活状态大为不同，无法形成真正的对应。在创作谈中，刘醒龙多次表达过对这一段生活的感恩和近乡情怯的心态。但根据笔者2013 年实地考察，发现这是一个规模较小，设备粗笨，工艺简单的工厂；纵使回到 40 年前，它也称不上先进。笔者揣测，它之所以让刘醒龙难忘，除了缘于当时工人阶级的优越感外，更因为它结束了作家长久以来对身份问题的迷茫，结束了作家此前居无定所、寄人篱下的漂泊生活，给了他真正的稳定感和存在感。如果说以前的乡镇总给他异乡的感觉，在这里这种感觉已经消失，是他稳定踏实的家。

然而，这种感觉只适应于 20 世纪 80 年代之前。随着"文化大革命"结束，"四人帮"被打倒，知青们大批回城，高考制度恢复，"右派"们相继平反，知识分子政策正在落实，国家百废待兴。1978年全国科学大会召开，宣告文学、科学的春天已经来到；1979 年召开了十一届三中全会，现代化的要求被再次提出，政治、文化、经济活动逐渐走上正轨，日益活跃，国家对知识、对人才的需求日渐突出；

1979 年 10 月，中国文学艺术工作者第四次代表大会召开，邓小平要求在掀起经济建设高潮的同时，掀起文化建设的高潮，认为"真正实现百花齐放，百家争鸣这个马克思主义方针的条件，也在日益成熟"①。曾经一潭死水的生活，不知不觉中竟变得生机盎然，改变正蓄势待发；报纸和广播里的声音依然高亢，但已经和以前的空洞、单调明显不同，打破和改变的要求与趋势越来越迅猛。人生似乎正在打开另一扇窗，但能否走出去，能否适应新的改变仍是个谜。变化的焦虑，前进的焦虑笼罩着刘醒龙。这一时期，曾经对工人身份的满足感已经不复存在，几年的安乐生活已经显示出它的局限性和沉闷，文化和知识显得越来越重要，大学生、文化人成了天之骄子，未来该向何处去的问题困扰着他。考大学，还是就安于已经不错的工人生活？刘醒龙性格倔强，决定了就会一条路走到底，但选择很艰难。

一天，刘醒龙和往常一样，下班之后穿着整洁的衣服和同事们在街上溜达，一辆亮闪闪的凤凰牌自行车从坡上呼啸而来——时势变迁，在 21 世纪凤凰自行车已经沦为下层人士的代步工具，在 20 世纪 70 年代末，它却是上层身份的象征——车主透着一股霸气和十足的优越感。刘醒龙认出车上是自己初中同桌同学，不由得喜出望外，笑脸相迎，远远地打着招呼，但对方只看了他一眼，没有停车的意思，连刹车也没带，就扬长而去。被忽视，被瞧不起的感觉油然而生，意外的惊喜变成了意外的打击。中学时代，这并不是一位让刘醒龙敬服的学生，在某种程度而言，刘醒龙并不太瞧得起他。他是差生，自己是优等生，他每天上课的主要任务是打瞌睡，作业全部抄刘醒龙的。但现在，两人的境况完全不同。毕业后，刘醒龙进了工厂，虽然职位小有升迁，但至今仍然是工人，而他从大队支部书记一路做到公社副书记、区委副书记，前途不可限量。几年之中，时势逆转，身份、地位全然不同。差距在比较中体现得格外明显，打击也格外巨大。那一夜，刘醒龙从未有过地失眠了，思前想后地考虑自己的人生，意识到

---

① 上海师范学院中文系文艺理论教研室编：《文学理论争鸣辑要》，上海文艺出版社 1983 年版，第 7 页。

必须作出重大改变。当晚，他就作出了生命中极其重大的一个决定：从事文学创作，当作家。此后，因为需求的提升，刘醒龙的人生定位，身份认同正在发生改变，在小工厂，做一名工人已经让他感受到了人生角色的痛苦。在《文化与帝国主义》中，萨义德提出欧洲小说中通过把附近和遥远地区之间的差异加以戏剧化而强化对自身的感觉，它也成为殖民地人民用来确认自己身份和自己历史存在的方式，刘醒龙此期也是通过双方地位的差异化来认识自己身份，并拟重新改造自身身份。而这位自负的同学，笔者揣测，当是《弥天》中王胜的原型。

1980 年前后，社会对精神食粮的渴求极其旺盛，文学成为最受欢迎的艺术形式在全社会形成一股热潮，因一篇作品红遍全国，改变命运的作家比比皆是，在英山，熊召政、姜天民因文学而闻名全国就是身边的事例[①]。因为平时就喜欢阅读文学作品和写作，对精神生活要求较为苛刻，确立创作的志向对刘醒龙而言，实际也是一件水到渠成的事，同学的刺激只是一个推动因素而已。很快，刘醒龙参加了英山文化馆的创作辅导班，他希望成为英山创作最高领域文化馆的一员，虽然有姜天民的推荐，但依然经历坎坷。每次遭受挫败，阀门厂都毫无芥蒂地接纳他，这种包容心和踏实感让作者真真切切地体会到温暖和感动。

三　文化馆

文化馆的设置源于我国古代官方的采风机构，它通过政府官员有组织地对民间的歌谣、谚语、民风、民情等进行收集，来了解民间动态，为政治统治服务。新中国成立以后，党和政府在基层县市设置文化馆，以繁荣县乡文化，促进基层文化建设，宣传国家政策方针；这

---

① 熊召政，1972 年，19 岁的熊召政的第一首诗《献给祖国的歌》在湖北省引起重视，被英山文化馆录用，从平民转为国家干部；1980 年以《请举起森林般的手，制止！》上调湖北省作协，短期内成为《长江文艺》的副主编，省作协副主席。姜天民 1980 年出版《马贝儿求宝记》引起关注，成为英山文化馆干部，1982 年发表《第九个售货亭》而上调湖北省作协。

一举措基于《延安文艺座谈会上的讲话》精神，将文艺活动纳入政治的话语体系之中，将文艺工作者吸收为国家干部，在党的统一领导下开展活动，为党的意识形态服务。文化馆也直接来源于延安时期的政治宣传部门，受上级文化局和宣传部双重领导。但另一方面，文化馆对繁荣地方文化，活跃基层民众精神生活，发现基层文化人才起了不可取代的作用。如洪子诚就谈到 20 世纪 50 年代的文化馆丰富了其阅读生活①。李贯通在《天缺一角》中就谈到 20 世纪 90 年代县文化馆临街搭起几十张台球案子，支起帐篷播放录像、演杂技、耍猴弄熊、展览古尸、跳芭蕾舞等改革活动②；大量的基层文艺工作者直接来自民间。

　　文学方面，文化馆也是新国家文学生产机制中非常重要的组成部分，为新中国文学作出了不可估量的贡献。从 20 世纪 50 年代到 70 年代，在文学为政治服务的前提下，文化馆发挥着主力军的作用，为加强无产阶级文化的统治力量，大批工农兵学员被吸收到文化馆，一大批经典文学作品直接来自于文化馆的创作班子的集体创作。新时期以来，党和国家领导人对文学艺术创作更加重视，提出"老一代文艺工作者，在发现和培养青年文艺工作者方面，负有重要责任""必须十分重视文艺人才的培养"，"不仅要从思想上，而且从工作制度上创造有利于杰出人才涌现和成长的必要条件"③。在这一过程中，文化馆在发现基层文学苗子，培养基层作家，推出优秀文学作品方面依然发挥着巨大作用。文学馆通过开办创作班，专职导师辅导，举办创作活动，国家直接收编，良好的物质保障，优先发表作品，向上层文化管理机构推荐，免试上大学和鲁迅创作学院等方式，保持着对基层文学爱好的强大吸引力。如余华在海盐县武原镇当牙医时，对文化馆这一文学创造部门极其向往，最终便是通过创作调到文化馆④。20

---

① 洪子诚：《我的阅读史》，北京大学出版社 2011 年版，第 3 页。

② 《大家》1996 年第 1 期。

③ 邓小平：《在中国文学艺术工作者第四次代表大会上的祝辞》，见上海师范学院中文系文艺理论教研室编《文学理论争鸣辑要》，上海文艺出版社 1983 年版，第 7 页。

④ 参见《余华：机遇让我走上文学道路》，《文学自由谈》2003 年第 5 期。

世纪 90 年代后，市场经济的渗透，文学失去了以前的热度；作家日益城市化，基层文化馆的影响大不如前。文化馆在文学创作和文学人才培养方面的作用日渐式微，在文化服务和宣传方面的作用日渐突出，但作为基层文学建设部门它依然值得重视。作为新中国文化体制的重要组成部分，对文化馆的研究，梳理其历史脉络，探讨其今后走向显得十分必要，只是现今文章并不多见。

　　英山县文化馆即为新中国文化馆的一个缩影。它坐落在有深厚文化渊源，但经济相对落后的大别山区，在文化活动相对匮乏的时期，为丰富群众的文化生活作出了不少贡献。其馆员熊召政和姜天民从下层百姓，通过写作成为国家干部、中国作协会员，上调省城，身份地位平步青云的经历，使文学创作在英山广有影响，更受重视，业余文学创作特别活跃①。在几十年中，英山文化馆先后获得了一系列眩目成绩。在文学创作方面，湖北省籍的两位茅盾文学奖获得者都与英山文化馆有着深厚的渊源，这既让英山文化馆骄傲，也体现了新中国文化馆体制的实绩②。

　　一次偶然的机会，刘醒龙与一位痴迷电影剧本创作的高中校友一道去了县文化馆，因为中学时作文方面表现优异，他在创作方面的灵性受到当时在英山已声名甚隆的创作辅导老师姜天民的肯定，这更让他坚定了将文学作为其后的人生方向，并对未来充满了自信。但实际的文学创作之路远比外界感受的辛苦。文化馆的竞争极其激烈，当时《山泉》杂志虽为文化馆的内部文学期刊，但能在上面发表文章也极为不易。虽然刘醒龙积极参加文化馆的创作活动，在创作上也常有佳构，但执拗的他不肯根据编辑要求修改文章，使他没能早早地发表作

---

① 在文学创作较为萧条的新世纪，据统计，英山市文化馆仍下辖有近 30 个文学社团，汇集有 1000 多名文学创作人员，重点培养 80 余名作者。参见《挖掘与保护并举　传承与创新共进　英山县文化馆积极推进山区文化繁荣发展》，《黄冈日报》2009 年 11 月 12 日第 2 版。

② 市场经济条件下，文化馆的市场化也带来了文化建设的下滑，现在英山文化馆也已经被各种少儿辅导机构所充斥；前一段时间，英山文化馆准备另择新址，旧址出让给开发商建设商业地产，经过慎重决策，又拟改造装修成作家旧居，以纪念从这里走出去的作家刘醒龙、熊召政和姜天民等。

品，以致虽然受到姜天民肯定，调入文化馆担任创作辅导教师，依然饱受非议。火热的竞争和前任成绩的压力，让纵使已经证明自己的姜天民也深感压力。一件小事或许能证明他们对成绩的期待和感受到的压力。在文化馆，熊召政的旧居与姜天民旧居毗邻，分别在三楼面南方向的第一和第二两套，姜天民上调黄冈群艺馆后，刘醒龙迁入姜天民的房子。走前，姜天民将一把破藤椅交给刘醒龙，说椅子有灵性，自己创作出好作品时总坐它，要刘醒龙千万别扔，有它就能成功①。因为创作成绩出色，1983 年，刘醒龙曾被借调到县文化馆工作。一年多后，又因无法解决人事关系，身份悬置，刘醒龙重回阀门厂。有传他在文化馆曾有三进三出的经历②，可见其对文学的坚定、性格的倔强和"越界"选择身份的屈辱历程。直到 1985 年元月，他的处女作《黑蝴蝶，黑蝴蝶……》在省级文学刊物发表，辅之以特殊机缘③，他才摆脱种种阻碍，正式调入英山县文化馆，身份"越界"成功。

此后，刘醒龙仿佛找到了创作的钥匙，他不断有作品在省外发表。因为年轻，为了证明自己，这一时期，他对创作的量的考虑远远大于质的需求。一段时间里，他几乎每个月都有新作在重要期刊发表。《山泉》已经不再是他的征服对象。

1986 年，《灵猩》《雪婆婆的黑森林》相继引起关注，前者被《小说选刊》转摘；不久，他的"大别山之谜"系列作品亦开始被评论看好，湖北省"作协"为此召开了作品座谈会。1989 年 4 月，刘醒龙上调黄冈地区群众艺术馆，成为了国家干部，历任主任和作协常委副主席等职。

黄州是刘醒龙出生的城市，在父母和爷爷的描述中，他早已将黄

---

① 来源于笔者对刘醒龙的访谈。

② 参见汪北泉《新时期英山政治文学研究》，华东师范大学，硕士学位论文，2007年。

③ 其父亲的人脉关系。具体可见张保良《勤耕妙笔铸人魂——记全国著名作家、湖北省作家协会副主席刘醒龙》，百度百科，http：//baike. baidu. com/link？ url＝zA8zSkCYdftAsIo7JmzP-BzCxZ9m_ q9QTtx4p9FUCpXVKFDwAo2yNW1_ FBiPCEpK，内容经刘醒龙多次亲自订正。

州当作了自己的故乡，每次听到"黄州"两个字都让他感到无比的亲切和激动，仿佛与故乡的再次相遇①。这次真正地回归黄州工作和生活更让刘醒龙兴奋，以为长期无家的感觉终于可以结束了。这不是刘醒龙离开后的首次回乡，1976 年 10 月，在他离开黄州 20 年后曾来过一次，因为离得久思得深，这次回归他一辈子都没能忘记，他像扑进了母亲怀抱里一样感觉甜蜜和温馨，忧郁气质的他在心里一直念念有词地与这城市恋人一般地进行着对话；那一天恰逢黄州市庆祝"文化大革命"结束游行，那狂欢的场面仿佛是为他的回家特意准备的。但这次，他发现情况完全不同，他的身份并不被认可。他只在襁褓时期在这里生活了一个多月时间，黄州话完全不会说，只能以普通话与当地人交流，这种语言间的身份标签已经将他列入了"异乡人"之列；其次，这是一个完全陌生的地理环境与人际环境，这城市他无法做到像家一样出入，每天除了在群艺馆三楼办公、写小说之外，只会走最简单的一条通往火车站的直路散散心，人际的纠葛也让他感受到了身为外来人所受到的排挤，并对官场游戏有了更深的了解。这些不禁让他怀念起曾经在英山山村生活的简单，对家人万分怀念。在他后来的文化馆系列作品《秋风醉了》《菩提醉了》等中都能读到相关的故事，虽然文章不能与现实生活一一对应，但其际遇和认识依然能感受到个中的不谐和以及对简单生活的期望。

在黄冈群艺馆，刘醒龙创作了《异香》《村支书》《凤凰琴》《秋风醉了》等一系列在国内影响较大的作品，1994 年 1 月作为特殊人才引进武汉，开始了此后在武汉长达 20 年的生活，生活终于趋于稳定。但大武汉作为一个外乡人汇聚的城市，很难让人产生故乡的感觉，它熔炉一样将四面八方的来客整合成适合城市生活的另一种人；为了成为这种人，大家必须抛弃从前的生活特征，如语言、习俗、人际圈，发展出新的利于城市生存的生活特性，按他在《一滴水有多

---

① 他说："无论是籍贯还是出生地，我都不能算是英山人。我是在古城黄州的黄冈地委招待所出生的，从法理上讲，我无论如何都应该是黄冈人。"朱小如、刘醒龙：《血脉流进心灵史——〈圣天门口〉访谈录》，《文学报》2005 年 7 月 21 日第 3 版。

深》里的说法是外地人必须"玩转武汉"① 才有对抗的资本；这里也有经常的搬迁和工作的变动。同时，与以往的乡镇生活切断的不适应感也让刘醒龙感到难以很快融入，常常想起曾经生活过的大别山小镇。在1994年刘醒龙对樊星老师说，自己突然明白这些年的写作原来是在对自己精神家园的寻找。②

狐死必首丘，"归乡"这是人类面对的共同情感和文学亘古以来不变的母题，《诗经》"昔我往矣，杨柳依依。今我来思，雨雪霏霏"的思归，《楚辞》对家国的思念与忠诚；《荷马史诗》中修昔底德十年艰辛的回归历程，《圣经》记述的摩西带领以色列人对迦南地的回归史……在中外文学史上它从未断绝过。它是每个人无法摆脱的宿命，但刘醒龙思乡却不知故乡在何处，黄州城、团风、石头嘴、贺家桥……一个个小镇，似乎都是，但似是而非，他希望能够归属，但实际只是过客！

第二节　我是谁？

2005年在山东大学的讲座中，刘醒龙说："到目前为止，我一直对自己的身份感到怀疑，比如我出身乡村，在武汉被认为乡下人，但回到乡村却不被认同为农民；我在小厂当过工人，却在真正的大产业工人面前惭愧不已；我被认为是知识分子，却又缺乏真正的身份认同感。在写作中也是如此，我总是缺少一种文化上的认同感和归属感。特别是我又选择了文学这一行，在写作过程中，总要找到一种依附的所在，所以我非常苦恼。就连现在的'超女'也有她们自己地域性的fans拥护，可我的故乡到底何在却总是一个被争论的话题。"③ 也许从身份认同，从漂泊和异乡人的情感这个主题进入刘醒龙的写作是

---

① 《一滴水有多深》，作家出版社2007年版，第153页。
② 樊星：《跋：生命中不可缺少之重》，见刘醒龙《秋风醉了》，长江文艺出版社1994年版，第363页。
③ 《历史是当下的心灵——刘醒龙在山大"新杏坛"讲座撷录》，见江汉大学作家作品研究资料中心编《刘醒龙研究资料汇编（二）》，第728页。

一种更为合理的方式。

一　非纯粹的乡土作家

自小漂泊的生活给刘醒龙的身份认同带来了极大的困扰。据作者介绍，他一生中辗转生活的乡镇不下十个①，这些乡镇都在大别山区，彼此邻近，且与他祖籍意义上的故乡相距并不遥远，就连英山县城、黄州城和武汉相距都不过两百公里，在大的方面，我们完全可以说这些都是他的故乡，但变动的生活中没有一处让他有真正的归属感和彻底的故乡认同，他实际上是一个彻彻底底的"异乡人"。但在情感上他却念念不忘地渴盼着故乡的抚慰。他的长篇小说《爱到永远》曾经命名为《一棵树的爱情》；在其中，他以长在坚定的岩石中永不移易的树的形象表达了自己对纯真爱情的憧憬，其实这种对爱情的憧憬之中饱含着自己对有根基的存在的深切寄托。

无疑，"故乡"作为一个文化意象，它决非单纯的地理空间那么简单，它包含着地域认同、情感认同、群体认同、身份认同、政治认同等多方面的规定性。回归故乡意味着从"他者"和"异端"的生存空间里回归到真正的"自我"，它近乎本能一样深深融进了每一个生命体之中，既为自己的优点而骄傲，也能对自身的不足予以接纳和包容。正如鲁迅对其故乡，虽然明了其不足，但从不否定自己对故乡的归属感；虽然他对故乡父老身上所体现出的劣根性严峻审视，但他同样不吝赞美与怀念百草园与三味书屋，怀念与赞颂瓜田下的少年闰土与看社戏的日子。但刘醒龙的故乡认同总是存在偏差和混乱，缺乏确定的乡土归属感。与其他乡土作家比较，刘醒龙明显缺乏真正的融入感。如张炜对野地的情感，炽烈、深沉又狂野，在《九月寓言》中，他对成熟、饱满、盛产红薯的野地近乎血液一样地热爱与歌颂着，文中始终奔腾着旺盛的激情，野地铤八虽然贫穷，但张炜将其特色物产（如红薯、赶鹦、酒、白毛毛草、猪皮冻

①　参见《文学是小地方的事情——刘醒龙、李遇春对话录》，2012 年 12 月 15 日下午，材料由刘醒龙提供。

等）和人都当作宝物；虽然它也受到现代工业文明的侵蚀，但张炜视它依然如童话中的乐园，自己永生的乐土。同样，张承志对草原也有着浓烈的激情与无边的感恩和无可置疑的归属感，这种情感，正如他在《心灵史》中描述哲合忍耶回民们对故乡的情感"他们热爱的家乡，永远是他们的流放地"。如果说张炜和张承志的理想主义激情太浓，与史铁生对地坛①的情感，韩少功对马桥的情感或沈从文对湘西的情感比，刘醒龙对故乡（姑且将其设定为大别山区）的情感也是有欠缺的。真正的乡土作家将乡土真正当作了家，当作灵魂的真正安息地和安慰地。虽然他们的乡土书写也源于对抗，对抗残酷的现代工业文明，对抗残疾身体的限制，但对故园与乡土的赞美与维护溢于字里行间。但在刘醒龙的作品中，广义上的故乡大别山作为故事背景的意义要大于灵魂栖息地要来得重大和分明，既缺乏具体的乡土指向，也缺少感性的投入。在他所有的作品中，对乡土的叙写都缺乏完全融入、无条件接受的激情；在他所有的作品中，在乡村与城市的抉择中，故事主人公的首选都是离开乡村，奔赴城市②。他的乡土更多的是对抗现代文明、不合理秩序的武器和针砭封建愚昧的靶子。所以，在这一意义上，本书认为对刘醒龙的创作应该在乡土文学中作出明确的界定。

没有疑义，整个20世纪以来的中国新文学史实际是一部乡土文学史，"一九二三年以后，当问题小说之风渐次衰歇的时候，一种新的风尚——乡土文学，却正在小说创领域内兴起。"③ 总体而言，乡土文学较之都市文学要庞大和杰出得多，不同时期有不同时期的特征。但"乡土文学"一直是个众说纷纭的概念，其与农村文学、乡村文学、农民文学、乡族文学、乡情文学、寻根文学、农村题材文学之间有何区别，很难有明确的解答。自鲁迅以来，对乡土文学的定义难以

---

① 此处我们姑且将地坛也当作乡土的一部分，虽然它地处北京城内，但与乡土并无本质区别。

② 虽然在部分作品中出现了由城市回归乡村的走向，但笔者认为这既是特例，也是主人公的不得已而为之。

③ 严家炎：《中国现代小说流派史》，人民文学出版社1995年版，第42页。

胜数，有的从游子怀乡角度（如鲁迅所提的侨寓文学）定义①，有的
从地方色彩来定义②，有的立足于乡土人民对于命运的反抗③（如茅
盾），有的立足于乡土的现代性的揭示④（如雷达）……总体而言，
凡是涉及乡村题材的作品，都可以归入乡土的范畴。丁帆在《中国乡
土小说史》中谈道："没有明确的题材阈限，乡土小说便名存实
亡。"⑤ 他将这一题材限定为"其一是以乡村、乡镇为题材，书写农
耕文明和游牧文明生活；其二是以流寓者（主要是从乡村流向城市的
'打工者'，也包括乡村之间和城乡之间双向流动的流寓者）的流寓生
活为题材，书写工业文明进击下的传统文明逐渐淡出历史走向边缘的
过程；其三是以'生态'为题材，书写现代文明中的人与自然的关
系。"⑥ 实际这一限定的挤出效应并不理想，何况文中还交代"随着
时代的变迁，这里所勾画的题材阈限还会有所变化。但无论怎么变，
决不意味着把城市题材中揭示民族文化心态的作品也归于其类……"⑦
外延过于宽大，使乡土小说概念存在的合法性大打折扣。本书更愿意
循着鲁迅先生所提及的"游子""怀乡"这一角度切入乡土小说，也
认为从考察一位作家对特定故乡的情感方面才能显现出意义。

　　从游子怀乡这一角度，我认为刘醒龙的作品不能算作严格意义上
的乡土小说。如"大别山之谜"时期和新现实主义时期，刘醒龙并
未离开大别山区，其写作的对象是自己身在其中的"山乡"；侨寓故
乡之外时期⑧，他的作品地方色彩却相对淡薄，更着重于当下乡村政

---

　　① 鲁迅：《〈中国新文学大系〉小说二集序》，见《鲁迅文集全编·杂文集卷·且介
亭杂文二集》，国际文化出版公司1995年版，第1140页。
　　② 周作人：《读〈草堂〉》，《晨报副刊》第4期，1923年1月12日。
　　③ 茅盾：《关于乡土文学》，见《茅盾全集》第21卷，人民文学出版社1991年版，
第89页。
　　④ 刘绍棠、雷达：《关于乡土文学的通信》，见刘绍棠《乡土与创作》，吉林人民出
版社1982年版，第233页。
　　⑤ 《中国乡土小说史》，北京大学出版社，第19页。
　　⑥ 同上。
　　⑦ 同上。
　　⑧ 刘醒龙1989年6月后迁居黄州城，严格意义上，黄州也在大别山区；1994年4
月，侨居武汉，则在大别山之外。

治的书写和对传统历史文化的反思；再者，身在大别山区时期，刘醒龙虽曾身处大别山区，但本人并非农民，家在市镇，他对大别山的知识既有亲身经历的部分，也有相当一部分从民间故事中得来，还有一部分纯粹来源于个人想象。在某种程度上，他将大别山当作了神奇的"异域"在抒写，而这直接与鲁迅定义的乡土文学相悖[①]。然而，从另一角度而言，刘醒龙的作品又能一一归在宽泛的乡土文学范畴之内，但我个人认为"乡土文学"之于刘醒龙与其说是个体创作的自觉选择，不如说是批评界的单方面霸权式的称谓和作者个人的选择性接受，正如"现实主义冲击波"之于作者和作者选择性的拒绝。刘醒龙谈道："有时候真是想不通自己在写作中怎么会迷上乡土……不过这个概念一直是一个关于别人的有意味的东西。只是近两年才发生了变化，这个变化到来时，自己禁不住吃了一惊，头一回听见有人这么概括我的小说之际几乎以为是他们弄错了。"[②] 所以不如回避这一称呼，以更具体妥帖的"山村"名之。而"山村"既突出了其地貌特色及其乡民的最古老的群居环境和由此形成社会形态，在社会、文化意义上也极为贴切。

刘醒龙的乡土更多地源于个人价值选择。

仅以城乡分野为例，在地域环境和道德观念上他认同自然条件优越、民风淳朴的乡村，从处女作《黑蝴蝶，黑蝴蝶……》开始，他在每一时期的作品中都对乡村的美景和古朴纯良的民风表达过赞许；与之相对，他对城市的冷漠、投机钻营、纸醉金迷和忘恩负义深深抗拒。在《生命是劳动与仁慈》《音乐小屋》《大树还小》《白菜萝卜》等作品中，城市都是作为乡村美德的对立面出现，表现得堕落又冰冷。但另一方面，在思想意识层面，他对乡村的愚昧、落后和暴力却难以认同，在《威风凛凛》《恩重如山》《异香》《圣天门口》等作

---

① 鲁迅在《〈中国新文学大系〉小说二集序》谈道："但这又非如勃兰兑斯（G. Brandes）所说的'侨民文学'，侨寓的只是作者自己，却不是这作者所写的文章，因此也只见隐现着乡愁，很难有异域情调来开拓读者的心胸，或者炫耀他的眼界。"《鲁迅文集全编·杂文集卷·且介亭杂文二集》，国际文化出版社1995年版，第1140页。

② 《 ·滴水有多深》，作家出版社2009年版，第4页。

品中他对乡村的暴力、愚昧、罪恶等进行指斥，而城市则作为乡村的导师形象出现在作品中；在价值实现上，他认同城市的现代化，却难以割舍对乡村的责任和道义，在《凤凰琴》《天行者》《村支书》《老寨》《黄昏放牛》等作品中，主人公处于对城市现代生活的追求与拯救乡村于水火的矛盾中，无法调和，作者在两者之间来回游移，莫衷一是。所以他对身份的认同也是选择性的，是一个边缘人，或是一个亦城亦乡，非城非乡的人。能够作为佐证的是，在工业题材的写作中，刘醒龙也在城乡与工农之间来回游移，其对乡村的褒扬并不真正体现为乡土情感，而是出于价值认同的考虑。在《生命是劳动与仁慈》中，作者对陈西风领导下的国有工厂一方面恨其不争，另一面却深表同情，但对段飞机等以更现代的管理理念建造起的民营企业在语多贬斥之外，在赞许方面表现得极其犹豫。《棉花老马》也是如此，文章很直接地斥责了堕落的官僚主义，很鲜明地赞许了老马等人的刚正人格，但对他们极具偏见地对待女性成功的一面的揭示却不作批判。

　　弗德里曼在《文化认同与全球化过程》中阐述了族裔散居和漂泊生存将会导致身份混同的问题。对此，同样从童年开始漂泊的严歌苓说："我从小就有一种边缘人的状态，到了上海说普通话，到了安徽就说上海话。我总是希望我是一个局外人，外来客，不至完全融入当地文化。""我希望自己是个边缘人，在中国作家群里，美国作家群里，我都不是一个随大流的，我根本瞧不起任何一地的主旋律。对任何一个国家，我都很国际化。"① 这种边缘的身份定位从另一角度而言，就是身份混同，它选择性地融合了安徽或上海，中国或美国的方式，组成其国际化的视角和身份定位。刘醒龙的身份认同也是很值得探究的。由于乡镇生活经历，他既对农民有亲近感，工厂经历使他又有很强的工人阶级认同感，同时个人知识精英的本质和父亲城镇官员的身份使他对这些角色都有认同；在故乡认同上，他既把自己当黄

---

　　① 严歌苓：《写作每天都是在写向未知》，见《西祠胡同·成都青藤书屋》，http：//www. xici. net/d19694227. htm。

州城人，又把自己当团风张家寨人，因为在武汉定居多年，在某种程度上他同样把自己当武汉人。在他几乎所有的作品中，故乡更多的是一种广义上的大别山，那是一种抽象的、无法落实到具体对象的精神和情感层面的故乡情结，这种情结可以用大而化之的乡土或类似的山村来替代。在一篇文章中，刘醒龙说："钢构的团风一定是我们钢构的坚韧顽强的故乡。"① 在另一篇文章中，他写道："数年之后的一个黄昏，我在写作另一部有关乡土的小说时，突然发现童年时那条变幻无定的西河已经不见，笔底下的山水人物都属于香炉山……甚至不用寻找，那谁都认识的敦厚、和善、友爱、怜悯等，都会扑面而来。香炉山正是给了我这类被自身过度消耗了的营养，而我还是将它们作为艺术的灵魂。"② 他文学上的故乡更多是情感亲近或道德意义上的，而不一定是具体的某一个。前文所提到的石头嘴等小镇是故乡自不必说，而于其文学有奠基意义的黑水河镇，写作期间居留的胜利小镇，等等，也多次在他的笔下有故乡的意味。

刘醒龙人生的流动性主要在大别山区或一省之内，远不如严歌苓人生的流动性广阔，但二者都是现代社会全球化和人际流动加剧带来的情感和精神印记。周宪认为，全球化会带来两种后果，一是同质化与普遍化，也叫"西方化"，即对现代发达社会的臣服与靠近，也即现代化趋势；一是强有力的本土化冲动。③ 二者看似矛盾，但却常常统一在现代人身上。前者希望达到物质上与精神上现代，后者希望在情感上对传统回归。刘醒龙的故乡认同的复杂性即在于此。他既希望回归传统的自然景致，和传统的道德范式，又希望引入现代的文化和物质。他的故乡并无真正的定指，而是一种普泛的情感和道德意义的乡土，只要吻合其心中的"敦厚、和善、友爱、怜悯"等物质，不仅香炉山、胜利小镇，其他地理空间同样会成为其故乡的替代。也即我心在处是故乡。然而，其对于现代文化的追求却不能得到满足。

---

① 刘醒龙：《钢构的故乡》，见《寂寞如重金属》，北京十月文艺出版社 2011 年版，第 4—5 页。

② 参见刘醒龙文集《乡村弹唱·序》，群众出版社 1997 年版，第 2 页。

③ 周宪：《中国文学与文化的认同》，北京大学出版社 2008 年版，第 22—23 页。

二 外乡人的故事

但毕竟，乡土和地理归属对人而言就是一种命运的代指和规定。张爱玲笔下的香港人、上海人是命运，鲁迅笔下的未庄人、鲁镇人是命运，莫言的高密人、阎连科的耙耧山区人是命运，武汉人和大别山区人也都是各自的命运，乡土之于命运对人的严峻性不言而喻。有些人可能对自己命定的空间规定表示过不满，认为是命运的牢笼，如郁达夫《沉沦》中对作为支那人所受痛苦的吁呼，路遥《人生》中高加林对农村人命运的反抗，但刘醒龙却希望能被规定下来，找到一个情感的源头，给自己的人生牵上一根长长的线。另外，由于身处大别山区，非农的身份和对现代文明的追求，使他的精神渴望摆脱大山的束缚，达到更高的自由度和能使心灵平静的强度、高度和深度。这种追求，在某种程度上与《沉沦》中的"我"和高加林的追求如出一辙。

虽然在儿童和少年时代，因为小镇间居无定所受到歧视，刘醒龙曾希望自己是一个有房有地的农民，但他对未来的角色刻画并未曾有"农民"这一身份。

对刘醒龙而言，对未来的考虑集中出现在 17 岁高中毕业时期。在那个升大学无望的时代，毕业即失业，"到哪里去"的问题日益摆在他和家人面前。当时刘醒龙已经是一个 17 周岁的大小伙子，除了该为拮据的家庭出一份力之外，父母和爷爷还担心他被镇上游手好闲的青年、来自武汉的整天吃喝嫖赌的知青们或者学校里的右派的教师们带坏。对刘醒龙而言，这也是极其苦闷，无处可去的日子，为了不使父母担心，他整天在家里演算数学题。中学期间，他是学校的数学状元，毕业后他并不曾丢掉数学家的梦想；事后他想，如果不是当时给数学老师的求教信没有得到回复，或许他这个梦会继续做下去。当年 5 月因为去水利部门的临时工作的机会使他在随后的一年多的时间里成为了一名水库建设者，负责了从测量到水利施工管理等多项工作，但"文化大革命"期间的形式作风和精神高于物质的行为处事方式，让初入社会，理想主义思想甚浓的刘醒龙深深体会到了社会的

现实和政治的吊诡。同时，走入社会，日渐成熟的他，也更进一步地
开始面对情感问题。他的长篇小说《弥天》是一部自传色彩非常鲜
明的作品，文中刘醒龙详细地记述了主人公温三和走入社会之初的成
长过程，里面既涉及政治的恶，还有人情的暖。其中乔俊一指挥几万
人修水库的事情几乎完全还原了生活的真实，这极其深刻地影响到刘
醒龙对政治的不信任，这种不信任在他的新现实主义作品、文化馆系
列小说和《圣天门口》等作品中都有大量反映，但迄今没有被批评
界发掘。

　　那个年代，当兵是大多数年轻人的愿望，刘醒龙说："二十二岁
以前，我决没有想过自己这辈子会成为作家。……这之前，我惟一的
梦想是当兵。"① 但因为所在地区没有城市招兵指标，他后来没有实
现当兵理想。但在后来的作品里，他多次写到军警和战争。如《女
性的战争》《后方之战》《合同警察》《圣天门口》等，通过文字完
成了自己当兵的梦想。

　　没有当成兵的刘醒龙成了一名工人，在很长一段时间里他对工人
身份是满意的，但在时代对知识和文化日益重视和自己工人阶级身份
受到漠视的背景下，他毅然选择了当作家。不必讳言，刘醒龙一生志
存高远，军人、工人、作家，分别是当时最受尊敬和最有地位的社会
身份，即使在后来的写作中，刘醒龙也一直在证明自己和超越自己。
这一方面证明了刘醒龙对更高、更强、更快的现代生活的向往，另一
方面，它也表明了他追求完美的个性特征。

　　前文提到了刘醒龙的乡土的不确定性所带来的影响是，其作品为
非纯粹的乡土文学，同时，它还带来了另外的相伴而生的后果：
（一）刘醒龙所有的作品实际都是书写身在故乡的异乡人的作品；
（二）刘醒龙作品都是书写对抗与排斥的作品。

　　"故乡的异乡人"情结较多地出现在海外流散文学中，现今大多
认为它最早在於梨华的长篇小说《又见棕榈，又见棕榈》中得以表
现。文中在美国辛苦打拼十年才获得一纸博士文凭的牟天磊回到台

---

① 刘醒龙：《回到寂寞，回到经典——与文学相关之三十年》，中国作家网。

湾，希望能在台湾开始自己的事业，不要在美国无谓地浪费人生，疏离亲情，但面对故乡亲人、恋人、老情人对美国文明的向往和对他回归美国的期许，才明白自己成了故乡的异乡人，断了十年的文化之根并不能因回归而立即接续，自己和台湾在文化上已然隔膜，成了故乡的异乡人。文章反映了欠发代的台湾对现代化的美国的向往，类似的情感在后来的留学生文学中从不同侧面被一再表现。刘醒龙的异乡人情结则较为不同，虽然故乡不够明朗，但大别山或他后来居住过的城市在某种程度上完全可以称得上"故乡"，但面对这一归属感不强，比较愚昧落后的故乡，他总是心在别处。

在 20 世纪 80 年代的作品中，他的处女作《黑蝴蝶，黑蝴蝶……》写的是山里"知青"寻找人生价值的故事，作品中林桦将大别山区当作了自己心灵的故乡，来山里小住，休整城市现代生活带来的疲惫。文章虽然写的是现代文化精英对山里的向往，实际却是山里人对城市生活的想象，泄露的是一颗不安分的对现代精神文化追求的心态。"大别山之谜系列"主要写的是山里生活的愚昧和窒息，及大别山的神秘与灵性，前者如《河西》《老寨》《人之魂》，后者如《灵猹》《返祖》《雪婆婆的黑森林》。在每一部作品中都隐含着山里和山外的对比，并暗含着对现代文明生活的向往。《雪婆婆的黑森林》表达的是少年阿波罗对山外生活的向往和即将走出大山的激动；《河西》中钟华所代表的现代新人类受到古倔的十三爷代表的守旧思想的排挤，最后离开大山；《老寨》中鹤立鸡群的贤可因外来修电站的瘸子猫的介入失去了心爱的女人而离开老寨；《人之魂》中奶奶的迷信与算命师的欺诈形成鲜明对应，而在这一欺诈过程中起推波助澜的是想随算命师逃出大山的桂儿；《灵猹》和《返祖》都直指山外的现代文明的弊病。每一篇写的都是走出山外，走向文明、现代的故事。

20 世纪 90 年代，刘醒龙写的则是山外来人的故事和挣扎着走出大山的故事。《威风凛凛》和《恩重如山》都写的是山外来的启蒙老师的心酸故事，他们启蒙愚昧，却并不被愚昧认同；《凤凰琴》《农民作家》写的是渴望走出固有的农民身份，获得体制内认可的山区精英的故事；《村支书》《棉花老马》《孔雀绿》《生命是劳动与仁慈》《黄昏放牛》写的是农村或工厂老劳模们的时代不惑症：在现代化的过程中，传统的优良品德被抛弃，他们也已逐渐被时代和社会抛弃；《分享艰难》《路上有雪》《心情不好》等写的外来人士的乡村艰难遭遇，《秋风醉了》《清流醉了》《菩提醉了》《去老地方》等写的是官场的水土不服的症状。这些故事都可以转译成外来人的水土不服或时代不惑之症。

　　2000 年以后的作品更多的是对历史与文化的反思，但这种反思也源于观念的歧异，《致雪弗莱》中，作者通过"我们的父亲"在广阔的背景下思考了父亲这一辈（革命的一代）以"组织"为生命，一切遵循组织，一切为了组织的一代人的人生及其在组织被个人取代的今天所面对的冲击；《弥天》思考的则是成长的一代在以革命（组织）的名义欺世盗名的背景下的艰难成长经历，反思一个时代的罪恶；《圣天门口》思考的则是数千年的革命暴力文化的有效性。这种反思与总结也都源于不从众、"不相信"，相对于广泛存在的异质群体，这些故事也是一个个异乡人的故事。

　　纵览刘醒龙的所有创作，它们都源于与大的背景的不能融合，这种不融入包括空间环境的不适、时代氛围的不适及文化观念的不适，如果将故事发生的大的空间、时间和整体文化心态当作存在的故乡的话，不适者无异于身处异乡之中，成了众矢之的，成了存在的"他者"。

　　这种他者的心态使刘醒龙近乎所有的作品都在刻画对抗，表达被排斥者的生活，这种排斥包括被人群排斥、被观念排斥、与环境的对峙等多方面。这种二元对立的写法曾被一些评论定义为"问题小说"[①]，虽然这一称谓并无不妥之处，但"问题小说"却是一个相对简单的界定。它并不真正具有区别小说类型和质量的作用。《堂吉诃德》《安娜卡列尼娜》《卡拉马佐夫兄弟》都可以叫作"问题小说"，鲁迅的系列作品也可以叫作"问题小说"。如果此处只是将"问题小

---

　　① 如樊星和张壹红。

说"简单地界定为，仅止于反映当下社会问题，艺术水准相对低劣的传声筒式作品，那么这一称谓值得商榷。"问题小说"大量存在于现代小说初创的 20 世纪 20—30 年代和新时期前后的伤痕与反思文学阶段，它们以就事论事，简单直接的方式表达社会转折时期的普遍社会诉求，如冰心的《去国》反映的留学生留不住的问题，刘心武《班主任》《醒来吧，弟弟》反映的青年教育和政治热情问题，这些诉求因其直接和严峻也易于引起公众的关注。但在文学本质日渐回归的当代，简单的问题反映显然不足以满足读者对作品文学性和思想性要求。刘心武也谈道："我强迫自己在每一篇新作品当中都提出一个重大的社会问题，最后我就遭到了文学本身的沉重反击。"① 刘醒龙的作品透露出强烈的人文关怀和人性表达，针砭时弊，为社会指出问题，但不能就此认为他作品是仅止于反映问题的"问题小说"。因为真正的文学总是关注人类个体的存在。作家们在作品中应关注个人生存的险恶境遇，具体而充分地揭示个体精神与现实生活相离异的黑暗图景；在唤起危机感的同时，他们指出反抗现实和自由选择的各种可能性。这种深层次的提示与对危机的哲学思考自然不应与简单的提出问题相提并论。

　　也是在此基础上，我们说刘醒龙的作品大量书写的是对抗与排斥的故事，主人公与环境对抗，与时代对抗，与恶势力对抗，与腐朽落后思想对抗，但另一方面他又被环境排斥，被时代排斥，被人群或同伴排斥。如《黄昏放牛》中曾经的劳模胡长升被时代排斥，《秋风醉了》中王副馆长为同僚所排斥，在被排斥的过程中他们也在尽力抵抗排斥。总体而言，在刘醒龙的小说中，几乎没有一篇是和谐、温婉的，纵使如《白雪满地》叙写村长夫人仁爱济世的作品，也充溢着权力和利益的对抗。

　　同时，本书也认为，这种对抗还与刘醒龙早年成长经历有关，因为长年的搬迁和贫穷的家境，形成了他敏感好强的个性，对人生中的

---

　　① 《小说创作中的几个内部规律问题——在昆明一次座谈会上的发言》，《滇池》1983 年第 1 期。

冷遇记忆深刻。另外，还与刘醒龙个人性格密切相关。根据九型性格，刘醒龙应属于完美型性格，这种性格类型的欲望特质是"追求不断进步"；基本困思是"我不完美，就没有人会爱我"。①

在写作上，刘醒龙作品中的所有对峙都源于对完美的要求，同时，其写作生涯的不断嬗变与提高的历程也体现其完美个性。在刘醒龙对自己人生进行叙述的过程中，他也表达出在自己几乎每一阶段的人生中都感受到排斥与缺憾心态。在少年漂泊期间，他感受到了当地人和房东对自己的排斥，在修水库期间，他认为几乎所有的人都排斥他，在文化馆期间，他也感受到了同行和领导的排斥。这种排斥让他有了异乡人之感。这种个性客观上也一定影响到了其作品的情节模式。

三　亲情故乡

在宗法传统深厚的中国，家庭是社会的根本；国君为天子，官员与百姓是父母官与子民的关系，国家只是家庭的扩大形态，即所谓"家天下"。（这种"家天下"的维系方式是"德"。君主为上天赐予，以德服人，所谓"君权神授""以德配天"是也，君主对天下也以礼乐治之，使愚者敬，远者来；社会各阶层也都有相应的道德规范和纲常伦理。）在几千年来的家族文化传统影响下，在没有明确宗教信仰的华夏民族，祖先崇拜成了宗教信仰的替代。在乡土不明，到处感觉是异乡的背景下，刘醒龙对故乡的寻找最终落实在了亲人身上，亲人最后成为了故乡的替代。在刘醒龙的小说中有一个明确的家族谱系：祖孙、父子、母子。这一亲情谱系贯串了他几乎所有的作品，为其作品的隐性结构和文化一脉。在这一意义上，我们又可以说刘醒龙的故乡为亲情故乡，其作品描画的是亲情山水。

从大的范围看，大别山区是刘醒龙的故乡，但大别山区几百平方公里，却没有一处是那个让他心安，愿意从心底里认可的家园。流动的生活，使这种情感空缺无法填充；只有亲人常陪在身边，一起迁

---

① 《九型人格》，见《360百科·九型人格》，http://baike.so.com/doc/110570.html。

徒，风雨与共的存在，使他心安。同时，长辈亲人们丰厚的人生阅历
和深沉的内心世界也深深启迪和影响着刘醒龙的心灵空间，他们是真
正让刘醒龙感觉踏实和可靠的存在。再者，由于血脉的承传，他与祖
父、父亲的历史渊源具有一致性，他们能让刘醒龙感到真正的生命源
头。而在他们口中不时传达的，关于远方刘醒龙不曾到达的故乡的故
事，既让刘醒龙感受到一种此地是异乡的情感，又让他感觉到故乡在
他们身上、口中，是亲人们所携带的情感。他们的故事、他们的人
生、他们的情感和个性都是组成故乡的因子。因此，我们完全可以把
刘醒龙的亲人书写等同于其故乡抒怀。

在不同时期，刘醒龙的家族谱系侧重点不同。在《威风凛凛》
及以前（约20世纪90年代以前），他的亲情山水里的主要人物是爷
爷，其后直到《致雪弗莱》，其亲情落脚的主要人物是父亲，2000年
前后至今他亲情的主要落脚点为女性。每一时期的不同人物虽然姓名
不同，但在作品中作者已经将他们都符号化为一种道德品质，每一个
人物都是某一种道德品质或人格力量的对象化。

刘醒龙作品里的亲人家族谱系书写的形成和过程是与其经历密不
可分的。

由于父母工作忙碌，刘醒龙和兄弟姐妹们从小都是爷爷带大的，
在童年和青少年期间，他与爷爷接触最多。对他而言，爷爷始终是一
个神奇的存在。首先，爷爷犹如一部活的家族史，善于讲故事的他，
经常将家族的历史和远方的故乡的风物一一向孙子们描述，在某种意
义上，爷爷实际就是远方故乡的代言人和开发者，同时爷爷又是此地
故乡情感的破坏者。爷爷口中真实的故乡故事和童话与传奇混杂在一
起，在幼小的刘醒龙听来，一切神奇又虚幻，无形之中，增加了许多
魅彩。许多年后，当刘醒龙真正回到故乡，面对老家门口的那口水塘
时，才发现在爷爷口中，神奇诡秘、阴森恐怖的池塘在现实的生活
中，只不过是一个水深不足一尺的浅浅小水洼。在想象中，无比丰
富、神奇、令人向往的老家实际是一个简单得有些单薄的存在。受爷
爷神话故事的启发，刘醒龙在早年写下了许多极具神秘色彩和童话意
味的故事，这些故事和后来刘醒龙总题为"大别山之谜"的一系列

作品一起，都可以用一个"谜"字概括。这些故事将大自然人格化、神格化，赋予了大别山神秘、灵秀的特色，故事中有神奇的树、灵异的兽和混沌将开的生活和一个沧桑的老人。如《灵猩》中的瑞良老人、《雪婆婆的黑森林》中的雪婆婆、《人之魂》和《异香》等故事中的奶奶、《大水》中的十三爷，等等。在《荒野随风·序》中，刘醒龙谈道："对于一个想具有浪漫的艺术家气质的男孩来说，爷爷是一个传说……没有我爷爷，谁能再造一个作家。"① 可见爷爷对他的影响之深。除了那许多关于故乡的故事和神话传说之外，爷爷的经历本身就是一个传奇。爷爷自幼在林家大院（林彪故居）做工，以纺棉纱为业，日本人到来后，林家举家逃往长沙，爷爷去了汉口工厂，在那里爷爷被日本人抓住，胸口被打了个碗大的洞，常年冒着黑水，透着它仿佛随时都能看见心脏。这个神奇的爷爷后来一直陪着孙子们长大，在父母忙碌的日子，在炎热的夏夜河滩和深秋月下，他以一个个动人又神奇的故事将孙子们送入梦乡；在家里米粮不足时，他又四处开荒种地，与人周旋，为生活带来转机；在"文化大革命"中，刘醒龙父母遭受批斗时，他只身潜往老家，为他们解决衣食之忧，并带来老家的支援……总体而言，爷爷就像作家生命中的守护神，伴他走过了人生最脆弱和孤独的岁月，并给了他一生的事业上的滋养。如今，虽然爷爷已经仙逝，但他永远在孙子的作品中流传。在刘醒龙的作品《威风凛凛》《致雪弗莱》和《圣天门口》中，我们都能读到爷爷的传说。

由于和老家千丝万缕的联系，除爷爷外，父亲是联结起传说中故乡的另一重要维度；父亲身上寄托着故乡的更多因子与可能性。在情感上，刘醒龙对父亲也一直深沉地牵挂。早年由于父亲忙碌且威严，刘醒龙很少与父亲交流，但父亲一直是家里的核心人物，虽然他回家次数稀少且来去匆匆，但在母亲和家人的口里与期盼中，父亲总是主角和权威。他若即若离，又无处不在。由于父亲从事行政领导工作，在早年刘醒龙眼中，父亲庄严、神圣、正直、原则，

① 参见《刘醒龙文集》，群众出版社1997年版。

这种形象与他同时期读到和看到的特定时期的小说故事和电影中的领导干部形象混杂在一起，在刘醒龙的想象中日益得到强化和固化。成年后，刘醒龙和父亲接触日多，对父亲有了全面、深入的了解，对父亲的性格的优缺点有了更深层的探询。父亲形象在他笔下日益变得立体而丰富。在20世纪90年代及以后的作品中，父亲形象几乎存在于刘醒龙的每一部作品之中。父亲的勤勉、正直、克己、宽厚和隐忍，父亲的倔强、守旧、孤独和凄凉，在刘醒龙的作品中是如此突兀又精妙地结合在一起。其典型形象如胡长升（《黄昏放牛》）、陈老小和陈西风父亲（《生命是劳动与仁慈》）和《致雪弗莱》中"我们的父亲"。

在2000年前后，刘醒龙的作品里的女性角色逐渐走出幕后，并日益丰满起来。在20世纪80年代，其作品女性形象主要是奶奶和桂儿（"大别山之谜"系列），她们一个是灵魂不死的大别山灵性符号，另一个是大别山美与欲望的指称对象，主体特征都极为单薄；20世纪90年代，刘醒龙作品的女性形象稍有丰富，但依然简单，她们主要是作为权力背后的贤内助的角色，隐藏在男性主人公的背后，是男人世界权力的辅佐者与承受者。在这其中，较为出色的是《白雪满地》中村支书妻子李春玉的形象，她温婉、贤良、宽厚、仁慈，在特定时期代替了支书行使了治理村庄事务的责任。这一角色，后来在《圣天门口》和《天行者》中得到了发扬。在这两部作品中，梅外婆和蓝飞母亲仁慈、宽厚，温暖了整个世界。这一创作转变，个人认为与刘醒龙个人的生活转变不无关系。在1998年刘醒龙再婚，感情世界进一步丰富和完整，而女儿的出生更让他的生活充满了慈爱与父性。再结合在刘醒龙散文中多次提到的，在父亲身后隐忍、慈爱的母亲形象，我们不难看出这些女性形象的原型。

与现实的故乡不确定相对，在刘醒龙的作品里有一个明确的亲情故乡。他们立体地完成了刘醒龙小说空间的构建。在早期，祖父的守护，完成了刘醒龙对于自然空间和超自然的童话空间的构建；成年后，父亲的介入完成了他对于社会和政治空间的构建；新世纪前后，家族女性形象使他完成了家庭空间的建构。

第三节 我到哪里去?

英伽登认为艺术作品都是"纯意向性客体"，文艺创作也是个体的纯意向性行为。尽管时代精神相对固定，但创作主体的个体精神印记会通过自我特定的生存图景展现出来。无论这种图景的具体面貌如何，精神内涵上，它都无法避免对"我是谁? 我从何处来? 我到哪里去?"这些哲学问题的解答。这也即海德格尔提出的"诗意地栖居"和"精神还乡"问题。刘醒龙的"故乡"问题也即对粗粝现实的反拨和对精神乌托邦的向往与营造，对生存困境的挣扎与精神还乡的渴盼。

一 一代人的精神走向：城乡之间徘徊

空间的意识形态属性从来存在。中国历史上的南蛮北夷，东越西胡的地理位置和种族定位，国君、诸侯、臣民以及一室之内生活或墓葬的方位和空间指定，南北、左右座次的身份象征……都体现着中华文化的意识形态内涵。不仅中国，人类空间的意识形态属性普遍存在，它既体现在南北世界经济和国际地位的差异上，也体现在日常居住环境的社区分化，工作、学习、生活环境的区位和选择分化，甚至出行和视野的分化上。政治和经济上的上层人士出行更倾向于飞机和高铁等迅捷、雍容宽大的空间，更多地关注康德所言的"星空"和国家、国际时事，公交和沉闷的罐装车是下层百姓的日常选择，他们更多关注地面上的庄稼收成和老婆孩子等"地面"上切身的享乐。但正如荣格所言，人类生而具有的"集体无意识"，使人类倾向于"往高处走"，追求被尊重、被承认等"有意义"的生活。因此，在人类发展过程中，整体呈现出从"低端"向"高端"、由边缘向中心的空间流动趋势，人口由乡村向城市流动，由中小城市向大城市流动，由欠发达地区向发达地区流动，由第二、第三世界向第一世界流动……在中国这样一个空间管制和身份限定相对严格的社会里，这种"越界"的意愿更趋强烈和强大。

中国自古以来都属农业国家，但城市始终是政治和文化的中心，虽然几千年来农业一直占据着国家经济的中心位置，但农民始终是一种万不得已的身份选择和等而下之的价值符号。儒家的"民贵君轻"中的"民"虽然以农民为主体，但实际只是"老百姓"和"民意"的代指，其最终的指向是"社稷"——所谓"社稷次之"是从治理的角度，而非价值的真正评估。中国文化中的等级观念从来深厚，人分九等，难以逾越。社会心理和文化意义上的等级观念，从来根深蒂固。"士兵农商"，农仅次于商，但农民虽是社会的主体，其文化上的地位却极其卑下。但在道德意义上，农村和农民却是另一种意蕴，文化意义上蛮荒、蒙昧的"农村"在道德意义上有了田园牧歌式的意味，成了与尘杂无染、与世俗隔绝的桃源圣地，愚昧、落后的农民成了纯朴、善良，对他人不构成威胁作用的群体。相反，城市在文化意义上现代、前卫，但在道德意义上，常常是道德沦丧、物欲横流的符号。

20世纪上半叶，中国革命通过农村包围城市取得了革命的领导权，新的社会空间进一步划分和绑定，革命中的领导阶级"工人阶级"位居城市，农民驻守田园、村野。但是在"革命"的名义下，一批人如基层领导、右派、干校学员、知识青年等从城市进入农村，希望在农村改造个人主观世界和落后的客观世界。这种革命的激情很快就被现实的严峻所取代，于是他们积极运作"返城"，但经历了乡村的简单之后，再次面对城市的物欲横流、良心沦落、贪污腐化、生态危机和人种退化等负面现象后，曾经可恶的农村一下子变得令人怀念起来。于是乡村成了他们理想的精神家园，成了他们的精神上的迦南高地。这种情感转向在"知青"及50后一代作家中表现得尤为突出。代表作家如张承志、张炜。他们身居城市，但通过想象中的原野来表达自己心中的"故乡"情怀。同样，这种情怀对于离乡的农村作家也大体类同，如莫言在《红高粱家族》中写道："我听到死去的高密东北乡的前辈的召唤：'孙子，回来吧！再不回来你就没救了……'"这里回归土地是拯救，对于被上流社会、都市生活污染和异化了的人的拯救。

　　对此，利奥·马克斯说："田园理想（pastroralism）在美国生活中仍然具有强大的影响力……（许多人）非要把一种简单的农村环境予以理想化"以实现"对于生活在高度组织化、城市化、工业化以及核武器化的社会"的逃离，而这种理想化的农村环境，实质是"两种类型的田园理想：一种是大众情感型田园理想，另一种是想象的复杂型田园理想"。① 这两种田园理想都是基于个人对现有城市生活的一种补偿性想象。

　　刘醒龙虽不是"知青"，但作为基层干部的后代，与"知青"有着类似的城乡纠葛。因为其生活的漂泊性，其无根性比城市来的下乡者和来自乡村的城市作家都更加强烈，更加摇摆。对他而言，精神上的"故乡"是城市还是乡村并不明显，这种不明显体现出其"乡"的矛盾性。托克维尔在《论美国的民主》谈到最初的欧洲移民在北美的精神状态时，说："他们已经切断了把他们系于出生地的那些纽带，而且后来在新地点也没有结成这种纽带。"② 刘醒龙城乡两方面的精神纽带都未形成，因此他作品中，城乡一直是个问题。这个问题在某个时期表现为对城市的向往，对乡村的失望，某个时期又表现为对城市的失望和对乡村的向往。他们全部作品中，这种城乡之间的纠葛从未平息过。在这种意义上，我们完全可以说他的作品反映的是城乡之争。

　　根据具体作品我们可以感知，刘醒龙早期作品的焦点主要投向大别山区。在这一时期较有影响的"大别山之谜"系列作品中，作者描画了大别山的古朴、神秘、慈爱和恐怖。它像谜一样混沌不清，既可爱又可怕；它就像"雪婆婆的黑森林"一般，令人神往又让人心生敬畏，不敢深入；它里面有灵异的兽，有千年的树王和古老的咒语一般的自然法则；大别山里的故事总是那样古老和奇特，如长有尾巴的返祖的人，古旧的风俗和对巫鬼神灵的崇拜，古老的家庭仇恨，等

---

　　① ［美］利奥·马克斯（Leo Marx）：《花园里的机器：美国的技术与田园理想》，马海良、雷月梅译，北京大学出版社 2011 年版，第 69 页。
　　② ［美］托克维尔：《论美国的民主》（上），董果良译，商务印书馆 1988 年版，第 351 页。

等。作者犹如大别山的导游，在向外界传达和描绘一幅大别山的风情图，这种目光看似投向大别山，但实际遵循的是游客的口味，其取景焦点是大别山，但价值取向是大别山之外的现代社会。对乡村读者，这种并不具有深刻内涵的叙述并不具有"看点"，对于山村之外的城里人才能显露出"谜"的特色。显然，这种"看的方式"服从于刘醒龙早期的作品视角——从山里看世界，根据外界的需求，打造自己的产品。对于一位从事文学创作不久，急欲得到社会承认的作家而言，这无可厚非。

20世纪90年代，他作品大的背景依然是山里，但"看的对象"已经有所不同，已经从神秘的大山和其苍老人群的表象进入人物的内心，写其情感、思想、命运，故事已经从古老的传奇进入了现实和现时的人们生活之中，人物系列也已经从杂乱变得集中和层次分明，其笔下主要人物既有身在山中的普通老百姓（如《白菜萝卜》中的大河，《黄昏放牛》中的胡老汉），也有乡村精英（如村支书、民办教师、农民作家），还有走出了乡村的城镇官员（如《分享艰难》中的孔太平，《秋风醉了》中的王副馆长等）。如果说前一时期，刘醒龙作品的叙述人身在山里却是根据山外城里人的需求来"看"风景的，那么，这一时期"看"的主体已经完成了价值与目光的统一，目光不再充满着猎奇的意味，而是从山里发出，平等、悲悯，带着些许抚慰。这些作品仿佛作者个人不同时期的人生展现，也是一代山村人的心路写照。也是从这一时期开始，作品的意识形态特性更为明显，作品仿佛代表着主流意识形态，在对民族脊梁式人物立传。这是一个非常矛盾的时期，这一时期作品的主人公们都任劳任怨、兢兢业业，他们的目的是获取更好（更现代）的生活，但最后却难免收获无法排解的寂寞与辛酸。在情感取向上，他们一再回望山林，以获得一个隐逸、安静的所在，逃开名利的纷扰。在这一角度上，我们可以看到刘醒龙小说对古代隐士文学的承继，同时也代表了一代中国人在走向现代的纠结的心路历程。

我们可以把视角分为情感取向和价值取向两种，情感取向主要面向自己的内心，根据自己的好恶来"看"，价值取向依据的是功利原则，根据利益上的得失来"看"。虽然都是由同一个人"看"，但两者并非总是统一的，有时二者甚至完全对立。在"大别山之谜"时期，作者的情感取向在山里，对大别山心存敬畏与热爱，但价值取向在山外；此一时期作者的情感取向依然在山里，而价值取向却混沌不明。

此一时期最初的作品《威风凛凛》和《恩重如山》立足于国民性批判。两部作品都通过城市现代人来山里启蒙的方式分别揭示了国人"杀他人威风长自己志气"和"养儿防老"的劣根思想，深刻地表达了"山坳里的中国"人民无法真正走出大山的原因。作品深得鲁迅等五四时期启蒙一代作家的国民性批判精神，启人蒙昧，发人深省。在这一时期，"城市"是现代、文明的象征，也是作者价值所向；而"乡村"则是蒙昧的喻指，是作者情感的归属；作者的情感取向和价值取向是相反的，对乡村，作者"哀其不幸，怒其不争"。

稍后的《村支书》《凤凰琴》等作品抛弃了对乡村的批判立场，但却呈现出更加复杂的情感和价值指向。两部作品都表达了对乡村的热爱，对乡村教师和基层干部的卑微的地位给予同情，对其崇高品德进行歌颂，似乎情感和价值取向都指向了乡村，但在《村支书》中，作者在新村支书代表的来自于现代城市的圆滑世故和旧村支书代表的大禹式的古板、执着间来回游移，莫衷一是；《凤凰琴》书写的是一群身在山里，奉献山村，热情纯朴却一心想逃离山村的乡村精英。这充分体现了此期价值观的混沌和踟躇。

这一时期，作者目光平视，但价值混乱的另一个表现是对官场系列小说的处理。《秋风醉了》《菩提醉了》《去老地方》等官场小说的背景都是城镇，主人公都为文化馆领导且能力出众，他们追求官场的飞黄腾达，但在经历了求而不得的打击后却对乡村、隐逸的生活产生了深深的眷恋。在这些作品中，红尘名利是首选项，乡村只是失意后的最后安慰品。文章貌似对官场潜规则的讽刺，但情感和价值指向却值得玩味。

与前面提及的情感和价值取向混乱的作品不同，本阶段中后期的作品《生命是劳动与仁慈》《大树还小》《民歌》等作品再三表达了城市对乡村的伤害和掠夺，城市的道德缺失等观点，而乡村则是纯朴、仁爱和勤俭的所在，作品的情感和价值立场终于走向统一。在《生命是劳动与仁慈》中陈东风为爱情走向城市，结果却发现城市爱情的虚假，最后回归了乡村，而《大树还小》则表达了城市对乡村的代代戕害和恩将仇报的本质。

　　同样，"看的方式"也会因为看的位置变化而不同，1994 年刘醒龙进入了其作品中所涉及的最大城市武汉，在其类似奋斗系列的作品中，这种地位也是其主人公所能到达的理想位置。但初入城市后生活上的不适，以及山村人进城后面对的身份碰撞与文化冲突都让作者对以前自己身居其中的山村有了新的认识。这时，作为城里人看故乡山村的视角又会另有变化。从这一时期的作品《生命是劳动与仁慈》《大树还小》《民歌》等可以看出。作品视角已经由先前的"城里人看山村"改为"山里人看城市"，以山村的视角为典型的正面的视角来审判城市，对城市的尔虞我诈、好逸恶劳、假公济私、忘恩负义、腐蚀人性等进行了抨击，引入了乡村人的勤劳和仁慈的美德与之对抗，将山村人物和其代表的道德模式树为典范。这种来自城里的乡下人看城市和山村的视角极耐人寻味。看的人貌似城里人，但却是乡下人的眼光在看，价值判断也是从乡下人的立场出发。在《大树还小》中，作者对城里知青下乡的"看法"完全颠覆了主流知青文学的观点，一时引起很大争论。

　　此一时期，刘醒龙也尝试过《城市眼影》等纯粹城市题材作品的写作，但这些作品从"眼影"的标题就显露出作者的不自信，事后也没能引起反响，作者在事后也表明了其"玩票"的初衷。

　　如果说此前刘醒龙的所有作品里我们都能发现城乡的分离与对立，在《圣天门口》和《天行者》中，这种城乡分离却不再走向对立，而是走向融合。

　　在《圣天门口》中，来自城市的革命者，以乡村为基地，以城市为目标，挑起乡村的仇恨，但革命的暴力最终摧毁了乡村，也伤害了城市；而来自城市的仁爱的人性之光却一次次地抚慰了乡村的伤痛，在各种对立势力间搭起了一座友善的桥，同时警醒了城市的革命。这部作品虽然以乡村天门口为焦点，但并没有将城乡二者对立开来，因为天门口所对的高山被称为天堂，"天门口人索要公平时所说的天下，不是那种普天之下，而是他们的栖身之所"①。这里天门口实际是天下的缩影与代指。前期的城乡之间情感和价值的分离也已经不见，天门口小镇包蕴了整个世界的风云，它是城市和乡村的交汇，是革命和和平的共同演练场，这个连接城市和乡村的小镇，亦村亦城，现代和愚昧交织、交战。梅外婆、雪柠、傅朗西等从城市来到了乡村，但中国革命又从乡村走向并包围了城市。此期，刘醒龙经过了近30年的创作，同时个人的生活阅历也抵达了一个相对丰厚和成熟的时期，乡村和城市的生活时限几近等同，对乡村或城市的单一的情感或视角偏向已经不再偏执和片面。作者在这部作品中实际在探寻一个人类和谐相处的"天堂"空间和处理矛盾的最妥帖的方式。在谈到这部作品时，也一再表明创作时自己精心选词，在百万巨制中没有出现一个对立意味强烈的词语"敌人"②，也许乡村和城市的地域区别正如他所认为的，同胞之间政治的认同差异本是一件正常的事情，不宜过分分化，敌对处理；超越意识极其显明。

　　同样，在获得茅盾文学奖的《天行者》中，作者力矫《凤凰琴》时期主人公对城市的向往，让张英才经历了从乡村走入城市，最后返回乡村的路途；《凤凰琴》中曾有的乡村向城市的单向流动已经让位于城市与乡村的互动：乡村教师对城市的向往，城市年轻人对乡村的支援，在乡村净化心灵和情感；城市让乡村向往，但乡村可以让城里人"中毒"而一次次回乡。而这一切都源于"爱"———一种包含着道义责任、情感依恋的情感。在这部作品中，深处乡村的界岭小学实际是人性的试金石和冶炼所，它偏僻和险恶的背景让界岭小学教师们多年来只想远离，但肩上的责任使他们一再留驻。

---

① 参见《圣天门口》，人民文学出版社 2005 年版，第 3 页。

② 周新民、刘醒龙：《和谐：当代文学的精神再造——刘醒龙访谈录》，《小说评论》2007 年第 1 期，第 66 页。

二　乡村政治与革命历史

文学与政治的关系从来都极其微妙。中国传统文人基本为政府的御用文人，作为经国之大业，不朽之盛事的文学创作，大体而言，都是为政治服务的；虽然作品不是直接为某一政治派别服务，进行赤裸裸的政治宣教，但却宣扬统治阶级所主张的文化立场和道德、伦理。清朝末年，科举解散，现代意义上的职业文人兴起，但国力衰弱，政治纷争林立，纯粹意义上的文学创作中不可避免地裹携着政治改良的功能；同时，中国现代文学的倡导很大的一部分原因也是因其政治功利性，如在小说创作方面，梁启超更是直接倡导并积极实践"政治小说"的创作，陈独秀等人的文学理论明确宣布，推翻贵族文学，建立平民的文学。新中国成立之后，文人重归政权领导阶层，文学在一段时期内的直接任务就是"为政治服务"。新时期以来，文学经过拨乱反正，重新回归"人的文学"。这种回归和反思也是通过对政治的清理开始的；其后，纯粹形式意义上的、先锋意义上的文学的提倡，实质也出于对政治的回避，在其去政治的背后依然是强大的政治；市场化大潮语境下，文学日益走向多元化，文学政治化的空间相对狭小，但政治对文学的辐射力依然存在。当然，"政治化文学"和"文学中的政治"是迥然不同的概念。"政治化文学"是从文学的功用上谈的，指沦为政治工具，为某一政治集团服务的文学，如《在延安文艺座谈会上的讲话》指引下的解放区和新时期以前的文学；作品中，阶级政治是文学中的本质性的东西，文学退居到了服务的地位。而"文学中的政治"是指文学作品中的政治元素；文学作品作为一个开放性的系统，作为作者个人的主体意识表达，不可避免地涉及包括政治意识在内的现实生活中的方方面面，但写政治的文学并不就是政治化文学。

作为"50 后"，刘醒龙从小生活在政治气氛浓厚的社会环境之下，成长在基层领导干部之家，对政治远较一般作家关切和敏感，其作品对政治，尤其是乡村政治的关注远甚于许多作家。在其作品中刻画得最多、最好的中心人物是乡镇干部，这些干部大多是村长和镇长，或文化馆馆长。他们身处底层百姓与上层领导之间，在治理乡镇，造福一方和个人前途命运间来回辗转，作品展现出独有的性格深度，形象并不孤立、呆板，主人公往往身处基层政治网络之中，在家庭和社会之间，在不同的人际交往和事件处理中，立体地展现自身。这类作品主要体现在其 20 世纪 90 年代被称为"现实主义冲击波"的系列作品中，代表作品有《村支书》《分享艰难》《路上有雪》《秋风醉了》等。如村支书方建国（《村支书》），既要应付村里的财政困顿，还要应付同僚的威胁，还要顾及贫困的家境，同时他对漂亮的女下属也蠢蠢欲动；孔太平（《分享艰难》）在个人政绩、亲情、百姓疾苦等多方面左支右绌，寻求平衡。多侧面的描述使人物丰满而生动，远非简单政治图解式作品可以比拟。

除了乡镇领导干部之外，刘醒龙作品还书写了部分乡镇文化精英的生存状况，代表性作品如《大水》《农民作家》《凤凰琴》《生命是劳动与仁慈》《民歌》《清明》《黄昏放牛》等。在这些作品中，乡村文化精英们面临传统观念与现代观念的冲突，在城与乡的夹缝中，既为传统不理解，又在现代观念面前举步维艰。他们一方面在乡村生活中潜在地发挥了领导作用，另一方面又找不到其应有的精神家园，时刻生活在精神的异乡之中。如钟华和十三爷（《大水》）分别是两代文化精英的代表，他们各自拥有一批拥趸者，但新旧观念的冲突使二者水火不容，两败俱伤。陈东风（《生命是劳动与仁慈》）在城市与乡村间游走、徘徊，城市的堕落和乡村的荒芜都让他无所适从，是堕落还是坚守？始终是个问题。

在乡镇精英之外，作者还写了另一个乡镇群体：乡镇混混。他们以老灰（《异香》）、五驼子和金福儿（《威风凛凛》）、汤小铁（《生命是劳动与仁慈》）、常守义（《圣天门口》）为代表，不遵守人伦秩序与正常社会规则，自私、残忍、唯利是图，是乡村的寄生虫与邪恶势力，为各种势力所憎恶，却又都对他们无可奈何。

总体而言，刘醒龙作品大量涉及乡村政治，对乡镇政治的矛盾关系探讨相对许多乡土小说要深入得多；在乡镇干部形象塑造上，树立了新时期以来非常鲜明的村干部典型，在文学史上有其值得书写的意义。当然，其作品虽然书写了乡村政治，但并不是"政治小说"，作为意识形态组成部分的政治意识不可避免会介入作家个人写作，但"政治小说"并不就是涉及政治性内容的小说，它应该是以政治批判或政治观点表达为目的的小说，如奥威尔的《动物庄园》《一九八四》，刘醒龙的写作更多地源于他对于时代、社会、政治的独立理解与思考，有着坚实的现实基础和丰厚的人文寄托。

在乡村政治之外，革命历史是刘醒龙作品中另一个值得注意的维度。

在克罗齐、海登·怀特等的历史观念和德里克、福柯等权力解构理论的影响下，新历史理论在小说创作领域取得了一系列的成果，小说家苏童、余华、格非、刘震云等在解构权威历史叙事，重构历史领域的民间视角、文化视角、人性视角方面做出了许多尝试。如果说他们的尝试更多地出于先锋意义的解构游戏的话，那么刘醒龙的作品对历史的叙述则显然有更为严肃和慎重的考虑。蔡翔认为历史领域可能是存在最大争议的一个领域。① 刘醒龙的作品对中国历史，尤其是中共革命史的解释更多地习得于民间，来自于自己或祖辈和父辈的认识，真正根植于自己血液之中，它远比官方教科书的正统观念更让人信服。如刘醒龙一再提到在贺家桥镇时对自己影响至深的一户地主家庭，他们比其他人更穷，但他们更高贵与优雅，有着真正的人性的美；以及爷爷对于林家大院的地主家族一直怀有的深深感激，不愿意抹黑他们。对这些新的历史解说，刘醒龙不是戏谑与解构，他纯粹出于坚信而构建。如对庄严的农村包围城市的中国革命史，刘醒龙将其定义为流氓无产者（也即乡村混混）的发家史和投机历史，是对女人和财产的霸占史，同时也是诚实劳动的地主的血泪史。在《红颜》中乡村无赖张狗儿因怕革命而参军，回乡后成为干部，强占民女，无恶不作；诚实劳动、很少享受的地主却被当作阶级敌人打死。这种认识在刘醒龙的多篇文章（如《威风凛凛》《致雪弗莱》）中都一再提

---

① 《革命/叙述——社会主义文学—文化想象（1949—1966）》，北京大学出版社 2010 年版，第 2 页。

及，成为个人化的史观。在《圣天门口》中，作者又将"革命"视为一场破坏宗法乡村秩序的暴力动乱和某些人的投机史；对传统地主剥削的叙述，刘醒龙从维护地区稳定，守护乡村传统文化方面论证了他们的优雅与高贵，仁慈与通达；对知青历史，他从当地百姓视角出发，打破了传统知青文学的受难史和乡村建设史的结论，而称之为城市对乡村的破坏史和凌辱史（见《牛背脊骨》《大树还小》）。

与颠覆杀伐气十足的革命历史相对，刘醒龙的历史观总体上充满了人性与温暖的情怀。贯串其历史叙事的通常不是罪而是爱。悠悠流逝的岁月带走的是恨，带来的却是怀念和依恋。如林桦因怀恋知青岁月和乡村的醇朴而回归（《黑蝴蝶，黑蝴蝶……》），"我"因怀念中尉与安大妈一家而回归（《牛背脊骨》），一辈子在怀念与忏悔的大姑在细姑父回乡之前自杀并要求埋尸骨于风水凶险的倒挂金钩（《往事温柔》），"父亲"与桃叶姑姑、屈祥在岁月长河边上的痴情与坚守（《爱到永远》）和走出大山的教师们对穷僻的界岭的"中毒"……历史与往事如同毒药一样让人欲罢不能，一再反顾。这种对往事的回归，实际也是对精神家园的关照，也是作家对故乡的畅望与难离。

三　优雅高贵与大善大爱

在多篇创作谈和散文作品中，刘醒龙一再提及其创作的目标：优雅与高贵。他谈道："（写作）不仅要有语言的优雅，还有骨子里的高贵。为什么说《红楼梦》之外没有好长篇，就因为《红楼梦》骨子里的是高贵，是一种高处不胜寒，它的人物也好，它描写的生活也好，是写作者的精神结晶。缺少这个根本点，仅靠道听途说的模仿是靠不住的。人对美好生活的向往，也是内心藏而不露的高贵之心在起作用。就像生活中，有的靠粗鄙可以得逞于一时，但能如此粗鄙一生吗？新时期以来的文学，同样也很能说明这个问题。清洁的精神，崇高的气节，仍然活在文学里……"① 在刘醒龙，优雅是高贵的表现，而高贵是文学的魂。他的这种优雅与高贵来源于何处？

---

① 《我们如何面对高贵》，《文艺争鸣》2007 年第 4 期，第 80 页。

　　刘醒龙谈到他混迹于脏乱、蒙昧的乡镇时受到的启蒙："童年时期为我留下许多终身无法释怀的记忆，其中又以'地主婆'最为深刻。在我心里还来不及建立优雅与高贵的概念的时期，这些被孩子们称为'地主婆'的女人，政治地位已经低得不能再低了……奇怪的是，我一直对他们一家有着深深的敬畏。……多年以后我才明白，童年时的那种敬畏，来源于那户人家的大人小孩，衣服破得再厉害，那上面的每一个补丁都是整整齐齐的。还有他们仿佛总也弄不脏的手脚与脸庞，总是洁白得没有丁点牙慧的口齿。如此等等。高贵是人世间无法剥夺的精神资源。临到写作了，我才明白，那种记忆竟然一直在左右着我的情感。我不认为，'圣'是可以升华到高天之上的精神控制，我景仰的'圣'可以小到记忆中，那户人家的孩子将一块洗净的旧布叠得方方正正装在荷包里，作为清洁自己的手帕……我要强调的是，人人心里都存有一个'圣'的角落。这样的角落正是高贵的启蒙。"① 刘醒龙认为"一个作家的写作，在其童年时期就已经确定了"②，儿童时期对优雅与高贵的认同深刻地影响了其后的创作。在其主编的刊物上他将办刊宗旨明确定义为"汉语神韵，华文风骨"③，他说："必须让所有人明白，高贵是文学的重要标准"④，"文学所需要的高贵，存在于作家的骨子里"⑤。这种从骨子里对优雅与高贵的认同，这一从童年起就流淌在刘醒龙血脉中的规定性无疑是把握他后来创作风格的重要节点。

　　在刘醒龙那里，优雅体现在细节中，表现为对生活的美与诗意的追求，而高贵体现在精神，一种不屈的对高洁的理想和完美人生的追求精神，不为环境所左右的高傲的人性之花。在这方面，他推荐俄罗斯文学，认为俄罗斯文学的优雅体现在俄罗斯民族的生活细节上，如

---

　　① 《我们如何面对高贵》，《文艺争鸣》2007 年第 4 期，第 81 页。

　　② 《文学是小地方的事情——刘醒龙、李遇春对话录》，2012 年 12 月 15 日下午，材料由刘醒龙提供。

　　③ 初拟为"优雅汉语神韵，傲然华文风骨"，后为回避锋芒，改为"汉语神韵，华文风骨"。

　　④ 《我们如何面对高贵》，《文艺争鸣》2007 年第 4 期，第 80 页。

　　⑤ 同上。

对女性的尊重，而其高贵体现在精神上的百折不挠，正如"那只高贵的海燕，无疑是高尔基人格的写照"①。总体而言，他所谓的优雅与高贵也即传统中国文人的"富贵不能淫，贫贱不能移，威武不能屈"的处世理想。二者相辅相成，没有了高贵，优雅成了矫情，没有了优雅，高贵成了刚烈。在文学中，优雅是作品语言和形式的典雅与妥帖，高贵是人格的坚守。

　　在步入文坛之始，刘醒龙就体现出对优雅与高贵的认同，以及对粗鄙的拒斥。这种优雅与高贵首先体现在他的作品对精神的关注，对人性的关注，对底层的关注，对下半身写作、对不及物的零度情感写作和对为形式而形式的写作方式的拒绝；其次，体现在其作品的形象刻画上。在处女作《黑蝴蝶，黑蝴蝶……》中，林桦离开乡村走向城市，实现了个人的事业追求，但对诗意人生的向往却无法满足，通过回归心灵之乡——曾经插队的山村，她从邱光身上感受到了优雅的生活与崇高的责任感的统一；感受到了人生位置所在。《后方之战》中，英雄于小军的英勇奉献，照亮了其他人生命的卑微，在这种高尚人格的光照下，假公济私的干部、用金钱夺人所爱的私营业主等各色人等都完成了自身的反省与救赎，在高贵的启示下他们完成了向高贵的致敬与靠近。《红颜》中的李红梅美丽而优雅，脆弱但高贵地面对无赖张狗儿漫长一生的纠缠，真正做到了出淤泥而不染的高洁品性。在"新现实主义"时期，其作品《威风凛凛》中赵老师在粗鄙、暴虐的氛围之下坚持呵护小镇学生们的精神世界，《凤凰琴》中界岭小学教师们坚守乡村贫瘠的精神高地，面对梦寐以求的转正机会一致选择谦让，《村支书》在贫病中坚持为村里争取水库维修款，并于大水中殉身抗洪……以及《圣天门口》中，梅外婆、雪柠等雪家人在战乱之中的坚守与救赎。刘醒龙的作品无一不在刻画在粗鄙与暴虐环境下的高贵人格与清洁的精神。

　　在意象营造上，刘醒龙的作品中较为偏爱"梅"和"雪""桂"

---

　　①　《高贵与文学互存》，对于高贵与优雅，刘醒龙并未作出具体的区分，在他的创作谈中，二者经常混同，根据其表达，优雅实际指的是行为和态度上的表现，而高贵则是精神层面的体现。

等高洁、美好的意象，在《圣天门口》《天行者》《政治课》《生命是劳动与仁慈》《浪漫挣扎》等长篇中，他都以"梅"（梅外婆、杨梅、孔太平的初恋、蓝梅、梅林）和"雪"（雪家女性群体、骆雪）、"桂"（王桂兰）为理想的人物命名，或以之作为重点意象，在《白雪满地》《红颜》等作品中都大量出现"梅"与"雪"的意象来象征主人公的高洁精神和高贵人格。作为楚人后裔，这种大量出现在屈原作品中，让主人公置身于荒野背景，通过芳草、美人来映衬其品性高洁的写作方式，古韵悠然，风骨铮铮。而相反，对于粗鄙的人物，他则以"老灰"、五驼子、金福儿等粗俗名字指称。

　　刘醒龙作品优雅与高贵的另一重要意象营造可从其作品中的音乐意象得出。音乐与个人品性直接相连，它是主体品格、涵养的外在表征。中国古代有雅音与郑卫之音之分，有阳春白雪与下里巴人之别。"乐"作为"六艺"之一，是中国传统士人必修的人生功课。刘醒龙作品对音乐的表现大量体现在其20世纪90年代以来的作品中，除《民歌》《音乐小屋》等作品直接写音乐外，《凤凰琴》《弥天》《圣天门口》等许多作品都将音乐作为一个重要意象来经营。《民歌》中民歌的纯朴、清澈与流行音乐的俗艳和嘈杂形成鲜明的对举，它们分别是小柳和古九思与恶俗企业家和官员的象征；而《音乐小屋》中万方的口琴分明是在城市的挤压和熏染之下的坚守，如一泓清泉涤荡着浊流；《凤凰琴》中的笛子与口琴的合奏是大山中的坚韧与崇高，而孙四海的笛声则是对情感和命运的惆怅……

　　优雅的行为和态度与高贵的精神品质所体现出的是本质上的大仁与大爱。这种大仁与大爱在刘醒龙作品中贯串始终，但从"新现实主义"时期开始才进一步显示出其自觉的追求和境界的升华。在处女作《黑蝴蝶，黑蝴蝶……》中，邱光在"知青"返城潮中，放弃大好的个人发展机会，留驻大山；在洪水来袭时，他为了抢救集体财产献出生命。这种神圣的责任感和奉献意识，虽然遗留着火红年代"螺丝钉"的精神血脉，但其舍生取义的仁爱意识仍然闪烁着质朴而高贵的人性品质。这种品质在其后的作品中没能得到充分的发挥，只是在《灵猊》《后方之战》等作品中，作者相对集中地表达了对自然的敬畏和对英雄的崇敬。这种"爱"虽然可敬，但没能形成写作的自觉，而更多地来自科学的认知和时代精神的影响。至 20 世纪 90 年代，刘醒龙创作日益关注现实，关注苍凉背景下的被隐没的"民间英雄"，作品中的仁爱思想才真正彰显且变得自觉起来，此后，这种精神气质和情感倾向在其作品中才得到自始至终的体现，成为其作品鲜明的标签。在他 20 世纪 90 年代初的作品《威风凛凛》中，赵长子为父报恩，放弃优厚的生活条件，带着万贯家财来山区改善父老们的生活条件，通过从事教育改变山区的精神世界。虽然报恩的具体事件作者没有交代，但其不忘旧恩，世代衔报的意识，滴水之恩，涌泉相报的善举，和深得传统儒家精神的信义之举，是大仁。"文化大革命"中赵长子被侮辱，被残害，穷窘落魄，但痴心不改，不忘乡村教育，直至最后被杀害。这种拯救灵魂，舍身饲虎的仁爱之心，撼人心魄。同样的仁爱意识，在《村支书》《凤凰琴》等作品中得到了进一步的发扬。村支书方建国对事业、对家人有浓烈的责任感，但在拮据的背景下，他只能通过一次一次寒酸而屈辱地往返于县财政局和村庄间来体现，在危急关头，他只能拿出自己仅有的贫病的身躯来封堵水库的缺口；界岭小学的教师们为乡村的教育而在荒岭长年坚守，都是一种出自道义，不求回报，不计得失的仁慈与大爱。这种情感，就是后来周介人老师总结的刘醒龙创作的"大仁"与"大爱"。刘醒龙谈道："周介人先生曾经就善与恶的话题表述过一种很深刻的观点，同为善，却有一般的善与大善之分，平常的善追求完美，大善不求完美，却有对恶的包容与改造。"这种大善也即后来周介人评价刘醒龙小说时所说的"大爱"。在《生命是劳动与仁慈》里，刘醒龙将其解释为对外是仁慈，对己是劳动，这就是生命的本质。这种生命本质在陈老小、陈二陌等代表的老一辈和陈东风等新一代身上得到了充分的体现。他们包容周围的罪恶，通过个人的努力改造环境。这种大爱在《白雪满地》《分享艰难》《大树还小》中得到了进一步的发扬。文中村支书的妻子以一己之爱，改观了村庄年关的窘况（《白雪满地》），孔太平和舅舅为了乡镇的发展，包容了洪塔山的恶（《分享艰难》），而《大树还小》中，乡村世世代代包容着城市的索取与伤害。

21 世纪前后，刘醒龙的仁爱哲学更进一步哲理化，超越化，在《爱到永远》中它凝固成了坚定的岩石和芳香的树，世代传承与守候；《致雪弗莱》中，它是"组织"，是父亲此生的宗教；在《弥天》中，它是女性的包容与救赎；《圣天门口》中，它是包容与慈悲。在意识上，将人当作人；行动上，使自己成为他人的福音，小则救己，大则救天下。

小　结

作家的文字与作家的人生经历永远不可能彻底脱节，相反，它们之间存在着潜在的对应关系，因此有些作家，如郁达夫，认为"文学作品，都是作家的自叙传"。对于刘醒龙这样一位有着独特经历，一再表明自己对人生和周围环境迷惘，创作致力于寻找精神家园的作家而言，知人论世地梳理其作品与人生的对应关系，探析其创作中真正的血脉所系和情意所指十分有必要。

由于长年随着父亲在大别山区迁徙、辗转，刘醒龙的故乡认同指向困难，在出生地、祖籍地和居住地之间难以决策，这种故乡的不确定性和其干部子弟身份与乡村居民身份的差异性，使刘醒龙长期在生活中处于边缘地位，这种边缘同时也直接导致了他的创作的中心化欲望和对家园的寻求与对明确身份的企盼，同时也使刘醒龙的创作不能真正实现乡土化。其作品虽然书写的是大别山村的人与事，但价值取向依然在大别山外，其作品与其说是乡土文学不如说是有关乡土的文学，其作品的乡土指向是传统的乡土价值观念，而非对具体某一片实有土地的热爱。而其这种乡土价值观念在具体的文学作品中是通过其亲人来体现的。这种关于亲人的书写构成了刘醒龙作品中独特的"亲情故乡"风景。这一"亲情故乡"通过亲情的人格化，在作家写作的不同阶段对应着不同的亲人与其所象征的人格力量。

同时，刘醒龙的寻找故乡和确定身份的过程也是一个"故乡"与"异乡"，"自我"与"他者"不断否定与对抗，不断转化与建构，并最终确立自己真正故乡的过程。同时，对立与并举的"故乡"

与"异乡"更是一种象征意义的存在物，它们是作家正面主张与坚决反对的价值观念的代指，"故乡"是作家情感和价值所向的传统的仁爱、包容、高贵、优雅、舍生取义的价值观念，和充满宗法人伦的大别山圣地，而异乡则是暴力、愚昧和粗俗的一维。

第二章　爷爷的山寨

　　精神分析学认为，任何人的心理和情感问题都可以在童年生活中找到根源，对作家而言，童年生活对其创作具有决定意义的影响。针对自己的创作，刘醒龙也认为："一个作家的写作能力在其童年时代就决定了。童年的感觉是什么状态，后来的文学感觉就会是什么状态。"① 这一阶段，20 世纪 80 年代中期到 90 年代初，是刘醒龙创作的童年时代，其作品素材也主要来源于其童年时代的所听、所看和所想，对这一阶段创作的研究，可以了解其后创作的源头与嬗变。正如人之长成，基本面貌和骨骼是不变的，成年后的肥瘦、气质和衣饰风格都在于其后的修炼与社会浸染；作为一个非天才型的作家，其写作起步阶段难免有幼稚不够圆润之处，但初期的写作无疑最具有个人的特色。但对于刘醒龙的这一阶段写作，研究的文章极其罕见，大部分研究文章都集中在所谓的"现实主义冲击波"系列作品和《圣天门口》《天行者》等几部后来较有影响的作品上，虽然后期作品更成熟，但作为整体性的刘醒龙作品研究，个人认为忽略了此期就是忽略了源头和过程——缺少源起的研究，过程是不完整和值得怀疑的。其次，对于此期的作品现有批评只关注"大别山之谜"系列作品而对其他文章不闻不问，陷入了一叶障目的缺失。再者，对于此期作品，作者个人也并不重视，似乎有意回避，这也是一个

---

① 《文学是小地方的事情——刘醒龙、李遇春对话录》，2012 年 12 月 15 日下午，材料由刘醒龙提供。

十分值得玩味的现象①。

此期为刘醒龙"大别山之谜"创作主题形成的起始，其身世之谜由自然之谜和人生之谜起始，逐步过渡到历史之谜、社会之谜、人性之谜，文章通过幽深、苍老的大别山风景和黑色、神秘的意象来刻画这一谜题，表达作者对自然、人生、社会的迷茫，最后由极有指代意义的经验主义和宗长意味的爷爷来解析这一谜题。

第一节　谜的起源与营造

20 世纪 80 年代初，正是中华大地上的文学狂热期。刘醒龙说："当时我们县城里的文学青年很多，20 世纪 80 年代初期做文学梦是很正常的，那个时候文学青年的名号是荣誉、奖赏，一般人还不叫文学青年。于是在那天晚上，我做出了人生的重大抉择。从此以后，我就走上了文学创作这条路。"② 麦家也谈到当时自己在学校专业成绩很差，"但我不以为耻，因为'我会写小说'。那段时间，写小说成了自我欣赏，甚至鄙视专业的一面镜子，极大地满足了我的虚荣心、反叛心。"③ 阎连科、刘恒等也表达过同样的心态。可见，此期文学无疑成为知识青年们挣脱平庸生活，标榜个人高贵，反叛现实的一种理想方式。尽管能真正实现自己理想的文学青年寥寥可数，但我们却可以从他们从事文学的心态了解到其文学的可能的价值趋向。但是在特定的年代里，相对于老一辈"右派"作家们的赤诚表白和对不公的控诉，及"知青"作家们的伤痕揭示及"青春不悔"宣言，刘醒龙等作家似乎缺少和时代沟通的"共同语言"，他们追求的只是大家都具备的摆脱环境的压抑和出人头地的愿望。然而恰恰相反，在那以

---

①　刘醒龙作品选本较多，除了跨世纪文丛等少数几个选本选入了此期作品外，其他选本选入较少，而 21 世纪以来的多种选本都没有选入此期作品。

②　《刘醒龙专访：文学是和青春的一场约会》，《南方日报》2013 年 5 月 26 日政纪要闻版，http：//news. nfdaily. cn/content/2013 - 05/26/content_ 69671512. htm。

③　参见麦家新浪博客《属于时间（之五）》，http：//blog. sina. com. cn/s/blog_ 5555b48c0100040p. html。

"伤痕"和"反思"为共名的时代里，许子东认为许多作家的写作是"为了忘却的记忆"，而刘醒龙等时代伤痕记忆相对淡漠的作家的作品却更纯粹地体现着底层文学青年的追求，反映出他们没有被历史"记忆"压抑与污染的内心诉求，从中更能看出其创作的原初心态与时代投影。

一　作品总评

刘醒龙说："对一个想具备浪漫的艺术家气质的男孩，'爷爷'比任何教养都重要。"① 这段话中，"爷爷"被作家以引号的方式特别凸显。这种凸显无非是两个用意，一为强调，实指其祖父对其成长的重要性，一为隐喻，说明"爷爷"一词远非只是"祖父"的另一称谓，它还有更多的引申。首先，在此一阶段，刘醒龙主要经营"大别山之谜"系列作品，其苍老的背景，神秘的意味及童话特色，都与爷爷身份吻合，这些作品实际就是有关"爷爷的故事"和"爷爷讲的故事"；同时，大别山也是"爷爷"中的一个，他是人格化的爷爷，哲学上的爷爷；"爷爷"与教养相关，与文化相关，所以"爷爷"同时又是一种人生哲学和文化心态，也即"爷爷"同时意指"历史"和"传统文化"。根据刘醒龙的创作，爷爷的这几种指称同时存在，但作为写作的入门者，作家这一阶段的作品虽然从大的方面定位了"大别山的故事"和神秘主义诗风，但具体看来，无论是选材还是技法方面都显得没有定性和主见，陷入了人云亦云的跟风之中，缺乏整体风格和独有的思考，同时作品也缺漏甚多，有待进一步成熟和稳定。因此，本书将这一时期称为迷茫期。

对本阶段的作品，批评极其不足，现有的批评除了金宏宇《刘醒龙"大别山之谜"系列小说述略》提及其大致可分"侧重于表现大别山的'现在'的速写式作品"和"侧重于大别山'现在'与'过去'的参照"② 两大类外，没有见到其他文章对它们作出过全面

---

① 参见《刘醒龙文集·荒野随风·序》，群众出版社 1997 年版，第 2 页。

② 《刘醒龙"大别山之谜"系列小说述略》，《黄冈师专学报》1991 年第 1 期，第 69 页。

总结。仅见的几则批评文章，全部聚焦于"大别山之谜"系列，对此期其他文章未置一词。仿佛此期刘醒龙只有此系列作品，这一系列作品凭空产生，自然而然形成，并贯穿了刘醒龙此期的全部写作。当然，这从另一侧面说明了刘醒龙此期作品的价值，但从全面研究，整体了解刘醒龙的创作轨迹而言，这是一种盲视的行为。事实上，此一时期的写作既为作者后来的写作奠定了坚实的基础，也是刘醒龙后来写作的源头，尽管刘醒龙后来的写作存在两次大的嬗变，但那只是思想和技法上的成熟，创作的主题和选材视野，甚至基本风格并没有大的转换。

刘醒龙最初的写作并非神秘、魔幻的大别山系列。他的处女作《黑蝴蝶，黑蝴蝶……》实为时髦的"知青"题材文学，但"知青"只是一个壳，在壳之下是对个人前途、命运和在社会位置的迷茫。其后的《卖鼠药的年轻人》表达的是个体商投机取巧的不文明行为，其后的《双卡，双卡》关注的是现代家庭解体与组合，《戒指》描写当代旷男怨女婚恋，《重阳前，重阳后……》关注家庭伦理道德，《后方之战》（又叫《未归军魂》）《女性的战争》是一系列军事题材作品，而《故乡故事》则直指国民劣根性……可谓题材多样，视野宽阔，而且与现实社会直接关联，风格相对明快、轻松；而书写神秘大别山的作品只是其中的一部分。——它们整体展现了刘醒龙"大别山之谜"的全部内容。而这部分作品之所以被忽略，除了因为它们在写作和思考上相对不成熟外，更由于它们相对"大别山之谜"系列和同时期其他同类作品特色不足，而"大别山之谜"之所有能够脱颖而出，实在是由于其鲜明的个体特色。这从另一方面说明了作品题材和主题对作家的重要性。

二 大别山区文化

刘醒龙和其家族世代生活在大别山区，大别山是其诞生和成长之地，大别山区文化于其成长影响至深。大别山之所以进入刘醒龙的创作视野，除了其祖辈生活、逝葬在此外，大别山独有的文化影响不可忽视。就连中途迁居大别山并在此走上文学道路的作家姜天民也说：

"我在这里生活已十二年了。我结识了各种各样的人，体验了各种各样的生活，了解了这里古老的历史、人情风俗、自然地貌、社会变革、传统文化和许多民间传说之类的口头文学。我有一半以上的作品是写这里的生活的，还有许多是作为素材积贮着，有待慢慢地写来。鄂东是一块源远流长具有悠久历史文化传统的地方。……这种经久不衰的文化传统，使我受到了熏陶和影响。从来没有想到，我从此和文学结下了不解之缘。"①

不可否认，大别山区是一个孕育英才与成全英才的灵秀之地，它位于湖北、河南、安徽三省交界区，从宏观文化形态上看，它处于中原文化、吴越文化和楚文化的交汇处，中原文化仁厚，吴越文化灵秀，楚文化瑰奇，不同文化的碰撞与融合，使它形成了独特的大别山区文化。从军事地理上看，它地势高峻、险要，攻守皆备，辖中原，控武汉，牵制淮楚、吴越，历来为兵家必争之地；明末起义兵曾据此数年，太平天国军曾九过此地，新民主主义时期它是鄂豫皖革命根据地中心，是"红色文化"与"白色文化"的交汇处。军事文化影响之下，民风暴戾，桀骜不驯，习武好斗，涌现出一大批军事名人和现代革命家，"林氏三兄弟"和著名的将军县红安即出于此。而在人文传承方面，自宋以来，就设有完备学宫、典礼、学额、义学、试院、学堂等官学体系，在民间还大量兴办私学，传播传统的圣贤经义；苏轼等历史名流的遗韵至今流传。仅英山一地"明代纳入县志科第士宦者（贡生以上）30 人（包括进士 2 人），有御史张禧；及至清代，科第士宦达 222 人。进士达 13 人，举人 8 名：其中郑泽林、郑绍成、郑衍熙即名噪当时英山的'一门三进士，同科两翰林'；王蕊修、王豫修、王佑修、金光悌（刑部尚书）、李士彬（潮州刺史）成为朝廷高官或封疆大吏；彭砺金为民国将军"②。形成了悠久的耕读传家的

①　姜天民：《鄂东——文学之路的起点站》，《黄冈师专学报》1985 年第 2 期，第 13 页。

②　《校点民国九年重修〈英山县志〉附录补遗·人物志》，湖北省英山县志编委会办公室 1987 年翻印，第 199 页，转引自汪北泉《新时期英山政治文学研究》，华东师范大学，硕士学位论文，2007 年。

传统。仅在现代，这一独特文化就孕育了李四光、熊十力、闻一多、废名等一大批文化巨擘。从地形地貌上看，它由丘陵与高山环境形成的山地文化亦与四周的平原文化、都市文化相冲突；站在今天的角度看，它更充满了传统文化与现代文化的矛盾；所以这是一个无法进行量性分析的独特文化圈①。正是这一复杂而独特，内涵丰富的文化蕴藏，为自幼身居其中的刘醒龙的创作提供了浑厚的文化底蕴和绝佳的文化视角，使其作品既有传统的敦厚，又深具现代的独到，既有革命的喧嚣，也能做出全局且理性的思索，既有浪漫的奇诡，又饱含现实的仁爱。因此，我们完全可以说，在刘醒龙发现大别山区，使文学和文化上的大别山区得以诞生的同时，我们也可以说是大别山区成全了刘醒龙，使刘醒龙得以诞生。

立足一小块领地，聚焦某一主题集中经营，是文学史上较为多见的一种创作选择。但一般而言，作家们在面对广阔天地，浩瀚宇宙时，大多倾向于描写自己的故乡。以故乡为基石，进而搭建一个宏伟的文学殿堂，已经成为文学史上一个司空见惯且颇具野心的现象。譬如哈代的威塞克斯郡、福克纳的约克纳帕塔法、马尔克斯的孔多镇、鲁迅的鲁镇、沈从文的湘西、汪曾祺的高邮、莫言的高密和贾平凹的商州，等等。在类似的文化心态之下，刘醒龙选择了大别山区作为自己的文学取景与营造对象就不足为奇了。刘醒龙说："80 年代作家中最流行的是一人占领一块疆域，当然是文学意义上的。我的《大别山之迷》系列就是其中最普通最典型的办法，竖一面旗帜，就像老虎在山脊上滴几滴尿一样，无声地将这一地域宣布为自己的领地。"②。

从最初选定大别山区作为其作品的表现对象，直到现今，几十年初衷不改，无疑表明了这一题材领域对其创作的适合度。综观刘醒龙的创作，这一题材领域的选定，为刘醒龙今后的创作打开了一扇扇大门。也许作家最初没有完全意识到这一领地的厚度与深度，但当他的

---

① 金宏宇：《刘醒龙"大别山之谜"系列小说述略》，《黄冈师专学报》1991 年第 1 期，第 69 页。

② 刘醒龙：《黄昏放牛》，北京出版社 1998 年版，第 478 页。

创作一步步地走向深入，就日益意识到这一文化岩层有多么丰厚的蕴含，多么令人着迷而欲罢不能！

首先，作为一处自然地理空间，大别山区以其古老苍翠的景色迷人。它密而黑的森林，高峻变化的峰岭，曲折迂回的河流……都让人心生向往，又心生畏惧，产生神秘莫测、想要探究之感。刘醒龙早期作品（如《雪婆婆的黑森林》《灵猩》等）即体现出这种心态——对大别山既有童话般的向往，又有面对神鬼的敬与惧。

其次，作为祖辈栖居的空间，它乃乡土，作家会对它产生浓厚的家园的依恋，会在情感上和精神上将其当作神定的应许之地和命定之地来爱护、来纠缠。这种情感上的纠缠增加了作者的参与性，使得一系列"我的故事"得以上演，而"我"的在场，使作品更加充满情意、血肉丰满；同时，书写大别山区，实际标示着对乡土文学，这一曾经占统治地位，现今日渐式微的文学形态的遵奉，表达出对根的依恋，对父老乡亲、弱势群体的关注与呵护；这种感情延续到文化上和历史上，从而在文化上进行清理，产生"哀其不幸，怒其不争"的心态；在历史上进行回溯，为其荣光而振奋，为其坎坷历史而悲悼。《牛背脊骨》《倒挂金钩》《圣天门口》等都是这种对大别山历史文化心念所系下的成果。

最后，大别山村作为乡土中国的缩影与"山坳上的中国"的象征，它实为华夏大地的代指，隐喻着一种原始、野蛮、古朴、与尘杂无染的自然地理状态，也指称着山民们古老的生活状态与方式，以及其亟待开放的潜在需求。因此，大别山之谜题材的选定，必然地隐含着文化与国民性的古与今，传统与现代的碰撞与交锋。这一极具张力的视点选择使作家在叙述每一件现实事件的同时必然地暗含着古与今、传统与现代两条同时并行的线索。于是，山区百姓的现实生活状态，山民们的人性特征、生活习俗、价值取舍等，既为刘醒龙提供了一幅幅逼真的生活情态图和风俗画卷，也与传统和现代的文化特征和价值选择进行着细微的比较。在此基础上，作者展开对普通民众的人性分析，剖析国民性的优与劣，现实大别山生活的新与旧。《故乡故事》《威风凛凛》《恩重如山》等作品都是这种叙写的代表。因此，在这一角度上，大别山题材的选择同时潜在地表达着文化的一种时间状态，一种连接着古与今，传统与现代，封闭与敞开的"现在"的静态时间。

同时，自古以来，山就隐喻着"仁爱"的儒家哲学观念。仁者乐山，儒家克己达人，舍生取义，关注现世的价值理念在刘醒龙作品中得到了深入的贯彻，浸透在其作品细节之中。

而作为整体的山区百姓生活的组织形态，"村"就在描画大别山时相应而生了。作为一个村落，一个组织和村民的集群，它必不可少地有其政治含义和群落性、组织性、稳定性的特点。大而化之，大别山区的"山村"代指乡土中国，一个封闭、稳定的政治、文化系统，具有整体的象征意义，是传统中国伦理道德、文化心态和政治意识的图解样本，孤立来看，它又指代着大别山区的村落文化形态。

正是在以上种种层面上，刘醒龙一步步深入他的大别山文学领地，表达着他对民族文化和地域文化独特的思考；在写作中他最终发现了自己对大别山真挚的爱恋，大别山成了自己的精神家园，最终迷失在大别山中，三十多年无法解脱。

当然，本书并非强调大别山对寄托作家情思和成为民族精神文化载体的唯一性，"莫道故乡处处好，受恩深处便为家"对作家而言，梦魂牵系之处即其精神家园，商州是贾平凹的大别山，高密是莫言的大别山，湘西马桥是韩少功的大别山……

三　神秘主义诗论

然而，刘醒龙最初对大别山的挖掘并非全面、系统、深入，作为一位初涉文坛，急于证明自己的文学青年，刘醒龙最初的目的只是发表文章，多发文章，无暇也不可能对今后的作品作出全盘规划。最初大别山吸引刘醒龙的只是"神秘"。在处女作《黑蝴蝶，黑蝴蝶……》中作者通过《大山的女儿》的画作来表达其对大别山的评价：

　　邱光象一位手执魔杖的大师，一眨眼间就搬来了大山、森林、夜幕、篝火和少女，并用建筑工粉刷墙壁的那种手法，在上面涂以复杂得惊人的色彩，造成一种赤裸裸的粗犷和奥秘无穷，不得要津的朦胧，使那堆篝火喷射出一股灼人的热浪，使那位少女产生一种令人不知所措的力量。火在少女身旁燃烧着，虎头、豹尾、狼牙、鹿蹄、卷刃的刀、无托的枪、老猎人苍白狰狞的脸、全都透过朦胧的火光一齐颤栗着。只有一粒微弱的光点。不受任何干扰地闪烁在少女的眸子上面，遥对着一只巨大的蝴蝶——那就是夜——猛烈地旋转着。调色板所有配合的一切高雅、璀灿、壮美的色彩，都融合来描绘这粒光亮中的善良、柔美和挚爱；凶猛、粗野和仇恨。①

"神秘"即其核心特征，大别山因神秘而"奥秘无穷"，而让人产生"不得要津的朦胧"，而显得"高雅、璀璨、壮美""善良、柔美和挚爱；凶猛、粗野和仇恨"，这些特征恰好正是此后刘醒龙作品中所刻画的大别山的基本特征。虽然这是一部并不算优秀的作品，但无疑是一部预言之作，它提纲挈领地预示了作者今后的创作题材取向与审美选择。文章开篇即以"有人说：人生是一个伟大的谜。生活是一个永恒的谜。"来兆示其作品一生的猜谜与解谜的过程。

这种对神秘主义的天然敏感，后来在刘醒龙的创作中得到了极其明显的体现，尽管其后他的创作风格有了刻意的调整，偏向了现实的一面，但对神秘的敏感和探究依然不时在其作品中不自觉地流露，从而使其作品呈现出不同于现实主义的另一种色彩，也使其区别于平庸作家，即使在最现实的创作中，也流露出诗性的一面，表露出理想主义的特征。

但刘醒龙真正自觉地以"谜"来规划其此期的写作当是在与编辑苗振亚的交谈之后，刘醒龙谈道："苗振亚老师说，世界的确有许多不可思议的神秘之谜，这也是生活永远有魅力的根本所在，爱因斯坦说神秘最美，所以他说他倾向文学作品可以有点朦胧感，有点说不

① 《疼痛温柔》，群众出版社 1997 年版，第 158 页。

清楚的神秘感。我茅塞顿开，大悟幡然：生活本来就是解释不清的，能解释清楚的就不是真正的生活，因而文学的功能应该是去表现生活，而不是解释生活。"① 同时，当时正趋热烈的"寻根"思潮和魔幻现实主义文学的强烈冲击，及其带来的对民族传统文化的探讨亦有不可忽视的影响。

刘醒龙天然的神秘主义敏感性得到点拨后，终于创作出独具一格的"大别山之谜"系列作品。但在此后，他的创作陷入瓶颈，而转向更为写实的美学风格，今天作家本人和批评家们评价其作品也都想当然地贴以"现实主义"的名号。但作为一种美学追求和创作本能，笔者认为浪漫主义之一维的神秘主义对刘醒龙创作的影响远未被意识到。

神秘主义思想最早产生于东方，其初期形式是埃及、巴比伦等地的自然崇拜、秘教崇拜和原始巫术；其后，东方神秘主义发展出中国神秘主义、印度教神秘主义、佛教神秘主义、琐罗亚斯特教神秘主义、希伯来犹太教神秘主义、伊斯兰教神秘主义等思想体系。这些神秘主义思想和宗教是人类智慧的源泉，在人类历史上产生了巨大影响，至今启迪着人们的生命智慧，开拓着人们的精神境界。在西学中有两个词与"神秘主义"对应：一为"Mysticism"表示哲学、宗教意义上的神秘主义思想和常说；一为"Occultism"意为用人力对事物内部不可见的力量和进程加以操纵，以促使某种科学无法测定和解释的经验或效果出现，它包括巫术、占星术、看相术、风水术、炼金术、通神学等②；其核心意义是超越，超越已知和有限，抵达未知和无限，因为其未知性和无限性，神秘主义实际是一种超越意识，一种对不可知世界不懈询问和探究的倾向。

神秘主义，追求虚无，致力于人类精神世界的重建，以神的名义命名物质世界，恢复世界的神性；它不满足于世俗，反对平庸，意欲抵达无限，使精神超脱凡俗，恢复其应有的神圣感。"神秘主义相

① 《机遇之谜》，转引自金宏宇《刘醒龙"大别山之谜"系列小说述略》，《黄冈师专学报》1991 年第 1 期，第 71 页。

② 毛峰：《神秘主义诗学》，生活·读书·新知三联书店 1998 年版，第 12 页。

信：人生宇宙间，与天地同心、与万物同情、与生灵共命，人的生命与宇宙的生命浩然同流，共趋完美。"① 文学上的神秘主义实际是美学上的浪漫主义，它超越功利，跨越事物存在的表象和实体，展开想象的翅膀，追求内心向往的充盈。

中国的神秘主义认为万物有灵，神不在万物之上，也不在万物之下，而在万物之中，应该敬畏万物；天人合一，大自然自有的规律不应忤逆，人们顺应自然规律，才得天佑。儒家神秘主义认为天地有心，仁慈宽厚，因此要以仁爱之心待人，体物；道家神秘主义超然物外，超越个人，不以物喜，不以己悲；佛家神秘主义主张看空万物。

刘醒龙在此期作品中不自觉地流露的神秘主义，体现出其浪漫的人生意识和潜在的超越心态，这一意识和心态在文学创作中会体现为其对人生诗性的追求和有限的超越。这种意识和其现实的人生态度结合，将极大地提升其写作境界。这种提升在他后期的多部作品中都能得到体现。

第二节　"大别山之谜"系列作品

1985 年前后，控诉与反思"文化大革命"及反右时期的苦难的文学已经日渐式微，憧憬未来的改革文学在新的矛盾面前显得日渐乏力，在时代的需要及《根》、福克纳、拉美魔幻现实主义等小说的启发下，立足更深入地思考中国文化，为民族新的崛起寻求支撑的寻根文学、文化小说在大陆文坛声势甚隆，以韩少功、郑万隆、李杭育等为代表的一批作家将视野投向民间，向民族传统文化寻求文学的突破。韩少功的《爸爸爸》、郑万隆的《大林莽》、李杭育的《沙灶遗风》、王安忆的《小鲍庄》等作品都立足于乡土，从中华民族传统而古老的生活情态和文化习俗中寻找文学的增长点。与此同时，小说形式的现代化要求也一再被提出，并在许多小说家笔下得到了实践；由

---

① 　毛峰：《神秘主义诗学》，生活·读书·新知三联书店 1998 年版，第 12 页。

于马尔克斯《百年孤独》等魔幻现实主义作品的影响，在小说的其他形式变革广泛实践之前，魔幻现实主义是当时最有影响的现代手法。在这一背景之下，自 1985 年始，刘醒龙陆续发表了后来总名为"大别山之谜"的系列作品，这些作品创作时间大体在 1985 年到 1990 年①，形式独特，风格诡异。它们很快就引起了文坛的注意，为刘醒龙带来了最初的影响。

一　地域背景下的文学景观营造

一方水土养一方人，地域不仅仅指山川、河流、气候，还与土地上生活的人密切相关。周作人说："风土与住民有密切的关系，大家都是知道的：所以各国文学各有特色，就是一国之中也可以因地域显出一种不同的风格。"② 我国自古有"天人合一"的思想，认为自然条件对人类生活具有决定作用，人类生活要主动适应自然规律，虽然我们不否认人对自然条件的主动改造的一面，但"物竞天择，适者生存"，区域自然环境的影响对人类的影响是全局的，决定性的。这种影响不仅是人种的选择，同时也从风俗习惯、文化心理、行为方式上体现出来。美国哲学家库恩和费伊阿本德说："游牧民族住帐篷，而农业民族住房屋，这里没有一个共同的标准可用来评判哪一种住宿方式更好，因为这两种文化所处的世界和要解决的问题是不同的……任何一种文化的无限扩张都会给人类整体文明带来无限灾难。"③ 它从侧面说明了自然地理条件对人类生活和文化带来的影响，以及文化和生活方式对自然地理条件适应的有限性。文化制约人类，文化同样也制约文学艺术。丹纳认为："而某种地域不过某些温度，湿度，某些主要形势，相对于我们在另一方面所说的时代精神和风俗概况。自

---

① 《刘醒龙文集》及其个人认为《异香》是其"大别山之谜"系列最后一篇，于 1990 年发表，但樊星《跋：生命中不可缺少之重》（《秋风醉了》，长江文艺出版社 1994 年版，第 358 页）认为《牛背脊骨》和《倒挂金钩》是"大别山之谜"系列的续篇。

② 周作人：《地方与文艺》，见《谈龙集》，北京十月文艺出版社 2011 年版，第 8 页。

③ 张汝伦：《多元的思维方式与多维文化》，《读书》1986 年第 7 期。

然界有它的气候，气候变化决定了这种那种植物的出现，精神方面也有它的气候，它的变化决定这种那种艺术的出现。"① 那些适应自然地理条件和文化习俗基础上诞生的先民的艺术形式，曾经生机勃发，强健且有着持久的影响，如国风、楚辞，如南北朝民歌，如《格萨尔王传》……它们以其充分体现地域特色的文化意识和充沛精神内涵，滋养了一代又一代的后来者。但影响文学艺术生产的土壤并非只有自然地理条件和文化习俗、民间心态，它同时受政治、经济和社会风尚等多种因素的制约，"文化大革命"之后曾经百花齐放、百家争鸣的文艺园地黯然失色、暗哑无声，而"新时期"欣欣向荣的社会和文化背景促使一批年轻作家们承继使命，再造辉煌。这种再造他们一方面借鉴西方经验，但另一方面，更需要再一次回到自己文学的根本，地域和乡土之中。莫言在《红高粱家族》中谈道："我听到死去的高密东北乡的前辈的召唤：'孙子，回来吧！再不回来你就没救了'……"由此开始了其对高密东北乡的描写。这种回归即拯救，对于被上流社会、都市生活污染和异化了的人的拯救。在 20 世纪 80年代中期的"寻根文学"中，韩少功、阿城、莫言、王安忆等一批青年作家回到自己文化的根系，从各自钟情的地域中寻找自己文学的密钥。

大别山自古属楚地，和中原的开阔明朗大为不同，楚地多山，丘陵、河流、沼泽遍布，气候多变，草木繁盛，在阴晴混沌的生存环境下，先民以凤凰、混沌为信仰，信奉万物有灵，灵魂不灭，人神相通；在这种背景之下，巫风甚炽，鬼神观念，邪谶意识极其浓烈，如《吕氏春秋·异宝篇》即有"楚人信鬼"一说；《汉书·地理志》也言"楚人信巫鬼，重淫祀"。日常生活中楚地普通百姓也认为万物都有灵魂，应心存敬畏；生死必有报应；正是在这种文化语境之中，屈原创作了想象奇丽的楚辞作品，文章上通天地，下达鬼神，化身为草木，寄情于山川；庄周困于云梦大泽，与天地万物交友，从不同的对象的视野感受到不同宇宙的存在，从而创作出思接浩渺，神驰八荒的

---

① 丹纳：《艺术哲学》，人民文学出版社 1963 年版，第 8—9 页。

作品①。但同时，由于山川阻隔的特有地理形态，自古都城大多在楚地之外，因此形成小国寡民的国家理想和宗法自治的文化形态。这种状态一方面使楚人根系意识、家国意识、宇宙意识极其强烈，他们以自身或身处的小村落为载体，为"国殇"垂泪，思自身之渺小；另一方面又使普通百姓因缺乏政治和传统文化的规训而野性十足，人的自然特性展露得尤其突出。身处大别山，刘醒龙作品中的大别山是黑色的，奇崛、怪诞的，不论自然风景还是文化习俗都有一种原始的蛮荒和人类初民的蒙昧意味，这种色和景共同服务于刘醒龙对大别山"谜"的营造。对大别山地域神秘景观的营造，刘醒龙主要通过如下三种方式。

（一）黑色背景的布设

色彩是人类对世界最直观的视觉感受，不同的颜色在不同的背景下给人的感受是不同的，在不同的语境中它们的含义也不一样，但在通常意义上，颜色作为意象的一种，它们有相对固定的隐含意义。如绿色象征自然与希望，红色象征热烈与凶残，白色象征纯洁与恐怖，黑色通常象征神秘与死亡，如鲁迅《铸剑》里"黑的人"即表示神秘、恐怖的意思。顾城《一代人》中黑色即表示荒诞、黑暗的意思。在描画"大别山之谜"系列风景时，刘醒龙最常用的色调也是黑色。如，"老狐消失在右边那排巨松后面，他开始发现，这里的一切东西都中了雪婆婆的魔。树干是黑的，岩石是黑的，小路是黑的，绿叶中含有黑色，红花中透着黑色，黄雀饰上黑色，连从林缝里透进来的阳光，也镶上一圈黑色的晕环。"（《雪婆婆的黑森林》）"他神情开始恍惚起来：周围全是洪水猛兽，黑云乌风……""无边的黑色的雾""飞机投在地上的巨大黑影"（《灵猩》），"黑朦朦的天幕无所不在地席卷了每个角落"（《大水》），"黑犍牛""黑山羊""那和尚叫阴阳大师，全身上下一半雪白，一半漆黑，阴阳大师在石桥上躺着，石桥的一边落满了乌鸦，另一边全是白鸽。""黑胸毛的炊事员""黑胡髭

---

① 据杨义考证，庄周本是孤独的王族少年，自幼被困守楚地云梦泽畔，其作品都为其楚地受困时期所作。转引自杨义 2012 年 12 月 14 日武汉大学文学院讲座《文学地理学》。

的女医生"（《返祖》），"黑蟒""古墓被野猪拱出一个黑窟窿""古城堡上隐现着黝黑无名的小兽""苍鹰"……这些黑色，大多写景，象征恐惧、神秘、蛮荒、混沌、凶险；有的表示危险的预兆，如"黑山羊""黑乌鸦"，还有的表示正式，如"儿子蹬上黑皮鞋，系上白衬衣"，等等。它们一起传达出了大别山区蒙昧、原始、神秘的荒原图景。但同时，根据罗红昌《论中国文化的"生命—黑色"意象》① 一文，在中华文化典籍与汉字中的生命范畴都与黑色联系在一起，"生命—黑色"意象渗透于古代文化的方方面面，如中华文化和生命起源的关键词"玄""嬷母""娩冥""幼黝""嫁以昏时""母晦""墓暮"，等等。所以，刘醒龙的黑色意象同时意味着生命的孕育，文明的诞生，在《返祖》中作者一再通过城市男人黑色的胸毛、女人黑色的胡子来隐喻现代的野蛮，而通过大山中的"美女献羞"泉的孕育与洗涤功能表明现代的野蛮必须经过黑色大地的再造。这一主题，在"寻根文学"中一再得到体现。张炜的《九月寓言》、莫言的《红高粱系列》、韩少功的《爸爸爸》、王安忆的《小鲍庄》等，无一不是强调回归孕育生命的黑色大地，重新梳理文学和文化的根。从这一角度讲，刘醒龙的黑色意象实际直承顾城诗歌《一代人》的意旨，通过黑色隐喻希望，表达一代人的文明复兴和文化再造的诉求。

（二）怪诞的自然景观

王安忆在论小说时谈道："小说不是直接反映现实的，它不是为我们的现实画像，它是要创造一个主观的世界。"② 在极具浪漫意味的"大别山之谜"系列作品中，自然景观无疑是作者为了表达主旨的需要而有意设置的"有意味的"风景。吴晓东认为在中国当代作家中，沈从文的风景美感和看的艺术无人侪比。凭借敏锐的感觉、出色的取景能力和抒情的表呈，他构建了别样的湘西世界。他的湘西已如哈代的威塞克斯郡、福克纳的约克纳帕塔法，成为世界文学地图上

---

① 参见《中华文化论坛》2011 年第 1 期。
② 王安忆：《小说课堂》，商务印书馆 2012 年版，第 3 页。

的永恒之乡。相比湘西的纯朴和野性，刘醒龙的大别山景观如何？

我们看刘醒龙在作品中勾画的几幅典型的大别山风景图：

森林图：

"昏天黑地的森林一直到傍晚也没见到能透进阳光的裂缝""森林边缘的一处古墓被野猪拱出一个黑窟窿""灰黑色的浓雾如同一座座被神灵驱赶着的山头，从正前方呼啸而来，吞没了所有的大树、小路和空间，只留下他被紧紧包裹着。"①

大山图：

1. "……山风好硬，夹着一股腥乎乎膻乎乎的气味，梆梆响地朝你扑来。这日月岭一点也不高不壮。初在远处看它，只觉得是苍苍茫茫的森林上凸了几凸。走近了，走进它的腹地时，又认识到它不仅高大壮阔，还高得可怖，壮得骇人……日月岭实在很久了，胖老头不容否认地连说了几遍：五千年整。"②

2. "一条大灰狼衔着一只肥猪的耳朵，用尾巴催打着猪的后腿，顺着山路消失在山脊线后面。水气浓浓的空谷弥漫着呛喉的白雾。……年轻人钻过一段鲜花长廊，一段毒刺长廊，一段怪木长廊，这会儿正爬行在长满青苔的黑石长廊中。巨大的岩石群当然是从更深远、更隐秘的地方宣泄而来，有的像云缝中隐显的仙师佛祖，有的像史话传奇中的神龙孵蛋，有的像头猪、像头牛，有的像旗袍缝中露出的白大腿和被牛仔裤憋急的肥臀。"③

村庄图：

1. "这被葛藤和乌桕、马尾松和毛栗树丛掩得不露片瓦的老寨，似天然生成地高高凸起，长满青苔和爬山虎的古城堡上隐现着黝黑无名的小兽，银杏树顶的箭楼中却是苍鹰在出没，用石块垒成的房屋除大门外，其余的地方都封得严严实实。……原来是很久以前那些'山大王'的遗风，两位老头子在宝阳家的北墙上捣鼓一阵，然后使劲一推，那地方竟出现了一个后门，这小子就连宝阳那六十多岁的老

① 刘醒龙：《灵猥》，见《荒野随风》，群众出版社1997年版，第34页。
② 刘醒龙：《返祖》，见《荒野随风》，群众出版社1997年版，第79页。
③ 同上书，第85页。

父亲也猛吃了一惊。"①

2. "在那里山都淳朴得像个老人，古树枯藤是衰老了，而岁月无数倍于此的乡风村俗依然健壮得如同可以一口气喝完三碗糯米酒的小伙。在那里，风会扫净柴门前的败叶，雪会唤醒被枯黄窒息的嫩绿，山水能够在一夜之间脱蜕原野的蒙垢，滴泉能够撩开大岭高坡的外装袒露出黝黑的筋骨。"②

河流图：

"撞出山口之前的西河，远不是那么阔大浩荡，只是无缘无故地龟缩着身子，裹起一带清水，汤汤地沿着石滩流泛，一点也不在乎青山大坂的挤压。"③ "西河出山口了。光秃秃的两道绿岭之间倾泄着、翻涌着、扭挤着的不是水，而是乳白茫茫的沙滩，奶黄苍苍的沙丘。那水只在某片沙滩上荡荡，或在某座沙丘下瑟瑟。荡荡时水浅如一页薄纸，瑟瑟时水窄象半爿小溪。这么一悠几荡，三弯九转，流了几天几夜，才到达一百二十里外的两河口，和匆匆的东河交汇在一座黑森森的石堤下面。石堤后面有个九户人家的小垸。"④ "雨刚落下八小时，乳白苍苍，奶黄茫茫的沙滩沙丘全没顶了，随之在雨水的天下一暗一亮之间，西河膨胀得难以想象，难以围住。柳堤早不知去向，只是由大柳树在洪滔上组成的两条点画线才证明它存在过。"⑤

……

从中读者能明显感觉到刘醒龙在绘制大别山景观时，无论在风景的组织还是语言的表达上都具有明显的童话色彩：黑森林里野猪拱古墓，神灵驱浓雾；日月岭上，大灰狼用尾巴赶着大肥猪回家，而不是现实中的直接吃掉，血肉模糊；山谷中飘着白雾，花和毒刺、怪木有规律（而不是现实中杂乱）地排列着，及像人屁股和可爱动物的岩石；黑森林里有老寨，老寨里有古堡，古堡上青藤覆盖，是不知名的

---

① 刘醒龙：《老寨》，见《荒野随风》，群众出版社 1997 年版，第 92 页。
② 刘醒龙：《返祖》，见《荒野随风》，群众出版社 1997 年版，第 72 页。
③ 刘醒龙：《河西》，见《荒野随风》，群众出版社 1997 年版，第 108 页。
④ 刘醒龙：《两河口》，见《荒野随风》，群众出版社 1997 年版，第 126—127 页。
⑤ 同上书，第 139 页。

小兽的乐园，古堡上有不为人知的暗门……这些精心安排，而非自然存在的景物，天真烂漫，幻想奇特，纯粹出自儿童天真的想象。而其语言："神灵驱赶着山头""高得可怖，壮得骇人""原来是很久以前'山大王'的遗风""在那里，风会扫净柴门前的败叶，雪会唤醒被枯黄窒息的嫩绿，山水能够在一夜之间脱蜕原野的蒙垢，滴泉能够撩开大岭高坡的外装袒露出黝黑的筋骨。""西河龟缩着身子，裹起一带清水，汤汤地沿着石滩流泛，一点也不在乎青山大坂的挤压""那水只在某片沙滩上荡荡，或在某座沙丘下瑟瑟"……都极具童话的拟人色彩和儿童天真的心态。这种充满童趣和幻想的文字意欲传达给读者的却是一个洪荒、古老的人与自然和谐相处的人类初民或类似初民的生活境界。

和湘西相比，刘醒龙的大别山之乡更具古朴，有更多的人为的营构，相对而言，稍少了人情的点染。这在其 20 世纪 90 年代的作品中作了一番弥补。

（三）神秘的风俗习惯

寻根文学大抵都出于对现有的文学和文化形态的不肯苟同，因此立意从传统的文化根系和母体中寻回曾有的更淳厚的文化符码。由于意图太过迫切，因此表达难免夸张。苏雪林就说沈从文"对于湘西的风俗人情都有详细的描写，好像有心要借那陌生地方的神秘性来完成自己的特色似的"[1]。刘醒龙自创作之初就着意经营自己的神秘的大别山领地，为了恰切传达胸臆，他在用词、布景方面都着力编织了相应的语码。风俗习惯作为传达大别山文化的重要组成部分方面，刘醒龙也有令人惊异的传达。

"一个民族的文化，不仅展现在圣经贤传中，同时也深蕴于民众生活的巨流间，这雅俗两层面又是关联互动的，所谓鸟之双翼，车之两轮，缺一则非文化全貌。因而关注民族文化的草根性，考察乡土社会的实际样态，是一项至关重要的工作，其价值并不亚于对圣经贤传

---

① 《沈从文论》，见邵华荃编《沈从文研究资料（上）》，转引自张箭飞《风景感知和视角——论沈从文的湘西风景》，《天津社会科学》2006 年第 5 期，第 113 页。

的研习。"① 刘醒龙对大别山区风俗习惯的传达主要体现在祖宗观念、鬼神观念和相信万物有灵等方面。

刘醒龙认为每个人都有自己的前世今生，"一个不知有灵魂的人，并不等于就没有前生前世。"② "一个抛弃前生前世的人，往往是厚颜无耻的。"③ 在祖先观念上，他作品中的大别山民继承了儒家传统的祖先崇拜意识。《两河口》中长乐爷为了守住父亲用生命保护的大堤，没日没夜地和所有的淘沙人作战，尽管新大堤的使用让旧大堤已经不再有存在的必要；当大堤被掏空，垮塌，他高喊着"祖宗呀，我不肖，我该死！"跳入洪水。在这里祖先的大堤实际已经被神圣化，当作祖先一起被崇拜着，而祖先在村人眼里已经被神圣化，对其的捍卫充满了神圣感。而《天雷》村民们对祖先的崇拜全部体现在族谱之上，谁持有族谱谁就是族中权力的代言人，族谱作为权柄的符码体现了大别山村民根深蒂固的宗法观念和遗留的宗法自治意识，传统中国的君权神授，在这里成了权力来源于祖先。《返祖》更是祖先崇拜的典型，年轻的地质学家进化不完全，身上长有尾巴，在回归山村疗伤的过程中产生了强烈的回归欲望和对祖先的无上崇敬，意识到"世上红裙丢了九十遍，绿衫丢了九十遍，浪漫和典雅各丢了九十遍，只有老祖母之山故旧依然，那是洪荒之水、太古之风造就的形象。"而村民更是对着老祖母安息之山高诵"您给了天。你给了地。你给了粮食。我是您不幸的孩子，你再给了幸福吧！……"将老祖母彻底神化，以她为万物之源。——甚至超越了传说中的人类始祖女娲。实际寻根文学本就出于文化上的祖先崇拜——尽管部分作品着意于先祖文化中的劣根的一面。

在鬼神观念上，大别山人相信鬼神、灵魂的存在，但却能和平相处。《人之魂》中奶奶为阿波罗招魂，以免其灵魂无家可归，成为野鬼；《老寨》中人们认为"公鸡打鸣，阴阳交替""天地未开时人鬼

---

① 冯天瑜：《序言：呈现中国乡土社会的真实生活》，见张华侨《拯救乡土文明》，湖北人民出版社 2008 年版。

② 《一滴水有多深》，作家出版社 2009 年版，第 193 页。

③ 同上。

本是一家"，他们对鬼的恐惧要远远小于对猛兽的恐惧，如宝阳以为贤可是鬼却并不排斥和他性爱，寨民认为妖鬼会附在招了灾的人身上，而浇一盆艾叶水就可祛除。

　　同时，刘醒龙笔下的大别山人们又坚信万物有灵。每一道河流，每一条小路，每一束花草，每一丛树木在刘醒龙笔下都是一个灵魂的象征。这正与屈原"楚辞"遥遥呼应。在《一滴水有多深》中，他谈到老包家的牛时说道："如果真有灵魂，它一定也在苦苦寻找自己的肉身！"① 为了替人们寻找灵魂，或替灵魂寻找肉身，他在物与人之间构建了双向对应，万物就成了人类灵魂的象征，而人就成了万物灵魂的肉身。在"大别山之谜"系列中，刘醒龙在为灵魂和肉身寻求着某种对应，或为人类的肉身指点着灵魂的走向——这里的"灵"同时便具有了"灵验"的意思。于是，雪成了温柔、慈爱的老婆婆（《雪婆婆的黑森林》），大樟树是人类根脉所系，灵猩是祸福所向（《灵猩》）；在《返祖》中，"正走着，突然传来一片震聋发聩的嘶鸣声，天空上，两个大字：乌鸦的黑羽组成的是个'祸'字，白鸽的白羽组成的是个'福'字。"② 乌鸦成了命运的启示者，能预测吉凶；在《西河》，花桥有灵，不能沾染秽物，毁了洁体；在《天雷》《地火》中，乌龟是灵兽，是预测命运的神物，是长寿的象征，宗谱应存放在龟壳中。刘醒龙说："小时候住在山里，每当黄昏来临，如果没有别的事吸引，我就会出神地望着远处山腰上的那棵大樟树。传说中这是一天当中灵魂开始出没的时候，月光落地，清风入夜，这些都是它的背景。在我的小说中，曾经有过这样的描写，一棵独立的大樟树，是这片大山的灵魂的旗帜。"③

　　其他的神秘文化包括占卜、招魂、轮回观念、美女现羞、神水、迷信山魈、尊奉苏母娘娘、迷信托梦、信奉龙王爷、赤脚大仙等，在刘醒龙的作品中一再出现，这种营造既在某种程度上形成了其作品的独特意境，同时又是大别山百姓精神宇宙的反映。

----

① 《一滴水有多深》，作家出版社 2009 年版，第 184 页。
② 《荒野随风》，群众出版社 1997 年版，第 75 页。
③ 《一滴水有多深》，作家出版社 2009 年版，第 185 页。

在此之外，大别山传统的风俗习惯和伦理观念，也勾画出了大别山独特的地域特色。如作品中一以贯之的以老为尊，老人为长的伦理习俗。不论在哪篇作品中，老人都是村民的精神领袖，而在《老寨》这个外来人口自然形成的村落中，没有约定地形成了谁到得最早，谁就是首领的风俗，这种以时间和经验来产生首领的方式极具原始性。同时，还愿、报恩、接贫济困、谨守祖宗遗训、继续家庭恩仇等等，大别山文化也一再在作品中出现，它们整体体现了一种地域文化心态和地域精神传统，是刘醒龙地域文化特色极其鲜明的组成部分。然而这种组成并非作品有意杜撰与虚构，它们在其后期的作品中也一再出现，一起组成了其坚固的大别山文化背景。

二 传统与现代的思想交锋

身为干部子弟，身份认同的不同使刘醒龙能以一种大别山之外的现代眼光来认识所处的大别山世界，通过其视角，我们常能看到的是，传统与现代的碰撞与冲突，作家人生观、世界观、宇宙观的另一种呈现；他本着从苗振亚老师那里得到的启示——"呈现生活的复杂性"——来展示大别山。需要提及的是，有关刘醒龙"大别山之谜"系列的批评文章大多关注的是大别山的神秘，对传统与现代冲突的一面则论及不多，对其深层含义更没有评论用心挖掘。

"大别山之谜"系列小说创作历时五年有余，有过大体的规划，但除了主题雷同，人物之间稍有联系外，并没有太多精心设计的痕迹。这组作品立意全面反映大别山区文化，从古老的神秘文化、宗族文化到传统与现代文化的冲突。

《雪婆婆的黑森林》是开篇之作，记述的是十七岁的大别山少年阿波罗即将走上前线，开始其征服世界，建功立业的征程；在入伍前阿波罗决定先征服家乡的黑森林作一次演练，结果在森林里碰巧抓住一名重要逃犯的故事。文章清新、明快，用儿童的口吻、童话的叙事方式，描述了大别山森林的神秘、灵秀，表达了山村少年成长的甜蜜与困惑。如文章写道："街东头的龙松和街西头的凤柳，在他六岁时，就成为阿波罗远眺大别山腹地那一片片神奇、魔幻的森林的瞭望塔。那时，奶奶告诉他，那里面有魔洞、魔泉、魔山和魔林子。"①
完全以儿童的视角将森林神化，地域色彩并不明显，但将地域人格化
的意识极其明确。文章主人公阿波罗即一个现代意识极其明确的命
名，意为被美国"阿波罗"号征服的月球，而小主人公脱离荒野，
走向社会的过程也是脱离蒙昧走向现代的过程。

随后的《灵猩》则是从万物有灵，因果报应的角度讲述保护森
林的故事。文章继承上一篇的童话特色，以光棍猎人瑞灵老汉保护树
王，敬奉灵兽，不被人们理解，反被认为装神弄鬼，身患"疯病"，
最后树王被伐，人类遭受山洪暴发灾难的情节，来表达拒绝功利，对
大自然要心存敬畏，保持谦卑的主题。和《雪婆婆的黑森林》一样，
文章充满灵动之气，有意通过特定人的"非正常视角"来观察世界，
从而给作品带来魔幻色彩，隐喻世界的不正常状态。文章虽然简单，
但恰如环保版的《狂人日记》，以"疯"和貌似荒诞的举止和世界
观，来影射社会的人妖颠倒，人类的自我毁灭、缺乏信仰的荒诞现
实。这篇极具庄周"以物的视角观天下"的宇宙观，在今天的环境
濒危，雾霾横行的语境下，更值得我们深思与借鉴；也许我们只有操
持"去现代"中心、以物的视角，以人类初民敬畏自然的视角才能
恢复自然的神性和我们人类真正的家园感觉。文中对代表现代精神的
"大学生""飞机"等进行了嘲讽，是在生态意义上，对"现代"
"发展"的一种反拨。

此后的文章，灵秀的风格消失，万物有灵的清新被巫鬼神怪和祖
上习俗所取代，风格沉郁、荒诞，但相对而言，楚地地域风格更其
明确。

《人之魂》写的是奶奶为孙子招魂被骗的故事。孙子阿波罗在中
越战场牺牲，老奶奶请算命先生将其魂魄招回家，以免其在外做野
鬼，祖孙阴间相见不相识，结果被一对偷情的男女，邻居桂儿和算命
先生合伙算计，阿波罗的抚恤金也被偷走。文中代际的观念冲突，貌
似可笑，但其对生命神圣感的强调，对灵魂的尊重意识却值得深思，

---

① 《荒野随风》，群众出版社 1997 年版，第 9 页。

其批判意识也应该被省悟。在散文中，刘醒龙曾高呼："人当然是有灵魂的，然而人的灵魂在哪里呢？"①《人之魂》篇尾24条大汉招魂的悲壮场面撼人心魄，它实际隐含着一个未曾被意识到的问题：现代人需不需要招魂？——肉体死去的是阿波罗，作为孙子的一代人——但真正灵魂死去的是哪些人？而在招魂中作为呼唤对象的老一辈革命家十大元帅，其所指称的精神境界当是作者情感"向后转"，从历史寻找求助的隐曲表达。

《大水》写西河两岸郑、武两族人的世代对抗，双方以两岸石雕水牛为家族命运的象征，一个世纪以来暗斗不断：在国民革命时期他们分别为红军和白军的代表，改革开放后，他们是海外归国华侨和解放军老革命……最后以洪水来临，双方老一辈代表人物在紧紧拥抱中被淹死为终结。文章以"水"喻时代大潮，以"牛"喻人生运命，极有历史纵深感和荒诞性，最后的造化弄人，矛盾在神秘的"大水"中得到解脱。文章在传统与现代上相较以前廓开了另一个视角，不再一味"向后看"，倡导消除仇恨和宿怨"向前看"的意识。

《返祖》是一则立意明显的"寻根"之作；文章写道："据说沉甸甸的人生在压迫着这群人去九曲黄河，去黄土高原，去彩瓷流成的河，去神话堆垒的山，总之是去那些文明与蛮荒翻转了一个轮回的地方去寻什么根。"② 年轻的地质学家身上残留着未曾进化的尾巴，饱受嘲弄，只身去大别山寻找"美女现羞"的泉源，去寻找一片乡风淳朴的所在，结果发现自己原本根在大别山，民族的根也在大别山。文章以命运的轮回，道士的谶纬之学和现代科技的对比来展示大自然的根的魔力，文章说："世上的红裙丢了九十遍，绿衫丢了九十遍，浪漫和典雅各丢了九十遍，只有老祖母之山故旧依然，那是洪荒之水、太古之风造就的形象。"文中，"他"是地质学家，代表现代科技的高端境界，但面对自身的困窘（身上长尾巴）和环境的压力（舆论）却一筹莫展，最后只得回归大自然，从神秘的造物中获得化

---

① 《一滴水有多深》，作家出版社2009年版，第50页。
② 《荒野随风》，群众出版社1997年版，第77页。

解与安慰。作者通过现代科技与大自然神秘之间的较量，彰显了现代科技的局限性，突出了传统在文化归宿上，在情感救济上的不可替代性。

《老寨》是一则典型的寓言作品。蒙昧未开、野性十足的老寨坐落在大山深处，人们延续着原始的行为方式与文化观念：没有阶级政治，尊长者为首领；没有现代伦理，两性关系凭个人意愿，婚姻交由父母之命。贤可与宝阳青梅竹马，但为了老寨通电，宝阳甘愿嫁给逃犯瘸子猫。"老寨"是原始与蒙昧的象征，"电"是科学与文明的暗指。在现代化的过程中，个人的情感早已让位于村寨的发展。文章作者没有明显的价值取向，但这种个体价值与整体命运如何取舍的思考的引入，仍有其不可忽略的意义。

在《河西》中，钟华的父母多年前为报恩，为村民修了一座花桥；花桥没了后，钟华借钱盖了一座现代的钢筋水泥新桥，向人们收取过桥费；十三爷看不惯这种见利忘义的行为，同时坚信古老花桥与村寨的命运息息相关，凑钱重修了花桥，使钟华破产；走投无路之际，钟华一把火烧了花桥。故事体现了典型的传统和现代之争。十三爷仁慈宽厚，以传统礼教和行为方式教化村庄，而年轻一代唯利是图，蔑视伦常，二者形成尖锐的矛盾冲突。两座桥实为两种价值观念之争，花桥是对过去的坚守和回望，水泥桥是现代唯利是图的表征。

《两河口》中，长乐爷一生守信、重义，当逃兵后坚决不再回部队享受革命优待，放着城里的生活不享受，用生命护卫着父亲舍命建造的大堤，但年轻一代道德沦丧，只想去城里生活，且一直惦记着堤下的铁沙，当铁沙终于被年轻人淘空后，长乐伯随垮塌的大堤一起跳进了大水中。文中"大堤"是传统伦理的象征，"铁沙"是现代物欲的象征，大堤的垮塌代指传统伦理的溃败。——正如《废都》用一群文人的堕落喻指一座城市人文精神的沦丧。

《地火》与《天雷》是两则描写处于传统与现代交替时期，村民们争夺钱财与宗族地位的闹剧。《地火》中见财眼开、诡计多端的卜祥利用菩萨娘娘骗取族长九伯的支持，通过小商店在村里聚敛财富，村民发觉其巨额财富后妄图夺取，结果卜祥又利用乡村百姓信奉的传统占卦，及出行时间凶吉等设计逃跑。文中主人公"卜祥"的名字，实为反讽，乃对传统信仰的一种嘲弄。《天雷》写程毛头在占有卜祥商店后图谋当族长的故事。两篇文章实为现代人在利益和权势面前嘴脸的群体刻画，整体是一幅现代版的人间地狱图。文中没有一位君子，卜祥是典型的守财奴代表，成年省吃俭用装穷，"餐餐吃腌菜"，床上的棉被像猪油渣一样破烂，连小孩子的鸡蛋也要讹诈，冥钱也作假——自己用笔画；而且极其奸诈，所有对手无一不被他欺骗，连老谋深算的九伯也只能甘拜下风，不敢应战。程毛头身强力壮，有勇有谋，却自以为是；九伯隐藏最深，一生以持重、公允的形象示人，实则深藏不露，对万事了如指掌；连年仅七岁的细福儿也以臭鸡蛋换烟抽。但在现代观念尚未建立，传统仍占统治地位的时期，作为一种民间管理方式，传统的信仰依然是民间的管理通则，所以在这一转化期间也成为村民们谋利、谋权的重要工具。在《金枝》中，弗雷泽谈到，传统巫术的相似律与感染律认为，任何物体与神圣之物接触后都会获得一种神圣感，并以圣物的形式被群体看待。在民间人们普遍信仰巫术，因此巫术就给予行使者一种天然的神圣性，使行使者获得绝佳的护佑。正如社会学家们在研究民间宗教信仰和乡村秩序间的关系也认为，"妖术既是一种权力幻觉，又是对每个人的一种潜在的权力补充"①。

　　"大别山之谜"系列的最后一篇《异香》，它是一则探讨现代背景下人性恶的作品。小说中，桂儿是人见人爱的美人，是"美"的代指；而老灰是个猎人，是"恶"的象征：派出所"梅所长认为多年来镇里那些受到惩罚的人都是些业余水平的小坏蛋，只有打猎的老灰是个够得上专业水平的大坏蛋"，"……这个家族代代都有凶恶无比之人。现在家族虽日渐衰败，仍恶人辈出"。而梅所长是秩序的维护者，他平衡小镇的善与恶。但最后美被玷污，善无所终，没有信仰，只讲利益得失的老灰无恶不作，丧尽天良：既奸了亲儿子，又拐

---

　　①　李向平：《〈信仰、革命与权力秩序——中国宗教社会学研究〉自序》，上海人民出版社2006年版。

骗细福儿；为了把桂儿弄到手，他设计弄死了桂儿的丈夫大胖，以娶为儿媳之名，暗中霸占桂儿；骗杀了梅所长，还占有梅所长老婆……最后，桂儿疯了，整个小镇被他颠覆了。

总体而言，这一组极具地域特色的作品，它们是作家以大别山为文化背景进行的一系列的文化探讨和创作探索，从表层看，我们能看到其鲜明的地域特色和神秘主义文化呈示。但在实质上，作者探讨的是传统与现代的冲突。

文中现代方面，作者通过两个方面来体现：一为现代的物产，文中主要有电、乳罩、城市、科技等；一为现代的行为观念，文中主要有唯利是图地攫取钱财、杂乱的两性交往和欺蒙拐骗等行为。它们与山村传统的宗教观念，伦理法则一起构成了刘醒龙作品中的冲突与质疑。

但另一方面，刘醒龙作品却陷入了在现代与传统之中莫衷一是的游移状态，难以理清其真正意旨。在《返祖》中，他肯定了传统的淳朴，贬斥了现代的唯利是图，彼此倾轧；在《灵猩》等文中，他否定了以生态破坏换取发展的现代观念，但在《人之魂》《老寨》《天雷》《地火》等篇中，作品态度暧昧，在传统的陋习和现代的物质的追求之间没有作出偏向性的判断。虽然，作者也曾谈到过生活的混沌美，展示也是一种态度，但它们也体现出作者思想的局限与矛盾，和利用神秘来掩饰思想和结构不足的现实。如《人之魂》中的招魂与桂儿的偷抚恤金，作品只交代了二者间的联系，但作品为什么要写这两件事，它们的深层意义何在，故事前因后果怎样，作品都没有明确交代，仿佛文章只是为了写招魂而写招魂，与偷抚恤金事件成了两张皮。再如《老寨》中，作者对电站拆散了真挚的爱情似乎有些许惋惜，仿佛在强调现代化对爱情的掠夺，但作品中放纵的两性关系又仿佛否定了爱情的严肃性；同时，作品一方面强调父母之命，另一方面又在体现出婚恋的自由，表意全然矛盾；再者，电站已有瘸腿猫维护，宝阳也已为人妻，贤可仍下山学习发电，发誓三年之后再回老寨，这种沈从文"湘西式"情感貌似坚贞，但前文的铺垫却不够。这些都体现出作者在现代和传统上的迷惑与犹疑，也体现出其作品情节设置的不当。

三　爷爷与巫

在混沌、苍茫的大别山环境中成长的刘醒龙，从小就对山里世界和山外风景有着极多的迷思；加之在祖父的故事中长大，耽于幻想，甚至故事中老家门口的一口尺许深的池塘，在他童年的心中也是波诡莫测的大泽。创作之后，他第一阶段的作品就以这些神秘浪漫的风格引起读者的注目，这与其童年经历有必然的联系。但作为正常理性的人类一员，了解世界，破译世界的密码是人类自出生以来就不断着手的事情，也是现代意义上的小说家们小说创作的背后动机①。由于父母忙于工作，且不断搬家，很难与周围人群建立起比较亲密的关系，身居大山的刘醒龙的童年极其孤独。因为从小由爷爷带大，善于讲故事的爷爷经常给他和邻居们讲故事。爷爷的故事就成了他早年探寻世界的一个重要通道。后来这些故事成了其创作的素材。刘醒龙说："在我最早的那些有关大别山神秘的故事里，我爷爷总是化作一个长者在字里行间点化着我，如同幼年时躺在夏夜的竹床上和冬日的火塘旁，听老人家讲述那些让人不信不行的故事。那时，一切的别人都是无关紧要的，唯有我爷爷例外。"② 由此可以说明"大别山之谜"系列作品的由来。小说文体来源于故事，乃茶余饭后的"谈助"，爷爷讲的故事，不仅为立志文学创作的长孙打开了一扇大门，而且，深深地影响了他其后所有的创作——不仅是创作内容、创作风格，还有人生态度和人生哲学。在某种意义上，可以说这些故事是爷爷讲述的故事在刘醒龙笔下的重新讲述，但它们给了作家另一个不同的奇诡的视角。所以刘醒龙说："我爷爷没有看到也没有料到，在他死后的第五年也就是1991年里，被他的长孙追认为自己的文学启蒙者。这种判断在现在来看，确实准确而真切。"③

---

① 参见《文学与丧失魔力的世界》，见《死的世界，活的人心》，社会科学文献出版社2006年版，第124页。

② 《刘醒龙文集·荒野随风·序》，群众出版社1997年版。

③ 同上。

这些"爷爷讲的故事"讲的也是"爷爷的故事"。许多评论者谈到，在刘醒龙许多作品里面都有一位老人极其突兀地存在着，这种存在，贯穿了他的所有作品，但在他第一阶段的作品中表现得尤其明显。雪婆婆、瑞良老汉、长乐爷、十三爷、老篾匠、奶奶、独臂佬、宝七伯、九伯……几乎在"大别山之谜"系列的每一部作品中存在，他们或慈爱，或睿智，或固执，或专制，或迷信、守旧……这些老人无疑都有爷爷的影子，他们的故事都可以看作"爷爷的故事"；同时这些故事也是"爷爷们的故事"，其性格特色都是中国传统老年人心态的总结。无论他们的个性是优还是劣，作家对他们一律极其敬重、体谅，体现出明显的传统儒家经验主义心态。

另一方面，这些面目不清的老人，他们苍老的身影在苍老的山村背景之下，在文化功能和心理意义上实际承担的是巫的角色。巫是古代通神的阶层，他们履行祭、祀、卜、医、算等职责，能调动鬼神之力为人消灾、降神、预言吉凶、医治疾病，是部族首领的高级顾问，在族群中拥有极高的权力。在古代楚地，巫是很高贵，受人尊敬的职业。根据美国哈佛大学人类学系主任张光直教授在《美术、神话与祭祀》一书中观点：华夏文明的起源关键在于政治权威的兴起与发展，而政治权力的取得主要凭借对道德、宗教和垄断稀有资源等方式；而其中最重要的是对天、地、人、神沟通途径的垄断，政治权力的行使和运作也是通过人与天神相沟通的方式，人与天、地之间的沟通也必须以特定的人物和工具为中介，这一中介就是巫师与巫术[1]。而巫是楚地文化中最重要的组成部分之一。冯天瑜先生认为："原始宗教和巫风炽烈也是楚浪漫主义的远古渊薮。原始宗教所反映的是人类对客观世界的朴素而歪曲的认识。楚人的原始宗教最炽……""巫术、神话、乐舞、楚辞、哲学等是楚文化的主要内容，也是主要的载体，它们都集中地体现了楚文化中的浪漫主义精神风貌，形成了一种整体的综

---

① 秦学顾：《论中国文化中的神秘主义》，《西南师范大学学报》（人文社科版）2004年版，第111页。

合的浪漫主义艺术和美学风格。"①。刘醒龙此期的小说，虽说从时间来看，故事发生在当代，但其背景都为混沌未开的楚地山寨，故事中的老人们就如一位位部族的巫神，他们是村寨的首领，是智慧的代言人，掌握重大事务的话语权，受人尊敬。

在文化意义上，巫有通神的能力，是智者的象征；在政治意义上，巫发挥着领导和组织族众的作用。刘醒龙作品中的老人们担负着解释文化和代表文化的功能。《灵猩》中瑞良老汉，貌似疯傻，但实为智慧；他有通灵、通神的功能。他曾与侍奉神的尼姑慧圆结合，在灵猩身上，他能感觉到爱人慧圆的眼睛。只有他能识别树王，见到灵兽。在作品中，他实际充当着神灵与天机的代言人角色，而文章中神迹的最终的显现又进一步强化了他的这一角色。虽然他并非村寨的领袖，但村寨的领导者却是他的私生子，因此在某种意义上，他的政治的领导作用得到了实现。《人之魂》中的奶奶也可以看作爷爷的化身，她的性别和性格特色在作品中完全没有提及，作品突出体现的是其作为鬼魂识别者的角色，虽然作品中有一位实存的招魂人，但却是冒充的，装神弄鬼行的是男淫女盗之实，因此真正的招魂人与通灵人是奶奶。"奶奶"能在夜间听到孙子灵魂的脚步声，通过米碗的残缺判断孙子的灵魂是否回归。而她对算命先生的邀请与招魂仪式的组织都使其身份巫师化。那宏大的召灵仪式使巫的活动具体化，仪式化，别具神圣感。

《河西》中的十三爷是宗族长者，宗族大事基本都由他定夺，他既是仁慈的长者，又是村落文化的代言人。《返祖》中的老篾匠更是村寨文化的守护者和宣传者，他的身世，他掌握的村寨的故事都是其他人远远不能望其项背的，因此他充当的是通向历史的掌门人的角色，地质学家了解自己的身世，科学探测者开发"美女现羞"都必须通过他的解释与引领。《老寨》中宝七伯对于老寨的领导，对村寨中事务的决定权与女性命运的支配权也与其历史经验和人生经历的丰厚有着必然的因果关系。而《天雷》与《地火》中的九伯则直接就

---

① 冯天瑜：《序言：呈现中国乡土社会的真实生活》，见张华侨《拯救乡土文明》，湖北人民出版社 2008 年版。

是宗族的首领，族谱的保管者和祭祀的拥护者和决定者。

以上"大别山之谜"系列的作品，每一部中都有一位在村落中占有统治地位的老者，他们代表村落文化，解释村落文化，决定村落事务，洞悉村落文化中的神鬼习俗与仪式，都可以看作楚地文化中巫的角色。

当然这种角色的设定也是由作者生活经历和人生观决定的。刘醒龙由爷爷带大，他一再谈到在其成长过程中爷爷这一角色的重要性和传奇性。他说："对于一个想具备浪漫的艺术家气质的男孩子来说，'爷爷'比任何教养都重要。"① 他保守的人生哲学、他仁爱的人生观都与爷爷的影响关系密切。在《钢构的故乡》中，他谈道："童年的我，无法认识童年的自己。认识的只有从承载这些文字的土地上，走向他乡的长辈。比如父亲……比如爷爷……从他们身上，我看到一些小命运和小小命运……"② 正是这些小命运和小小命运，影响到了他的人生，丰富了他的写作。而经历丰富，命运坎坷，虽多次身受致命重创而顽强活下来，通晓许多神话和传说的爷爷正如巫一样长留在刘醒龙的记忆中，他似神、通神，具有绝对的文化阐释能力和家族权威。这种对爷爷似的人物的敬仰延伸到他对文坛伟大作家巴金的认识。在《有一种伟大叫巴金》中，他写道："一位老人的远去，让一批后学长大许多。"③ "老人是定海神针，老人是镇宅宝镜。"④ 这种以文化代表性老人作为文化标尺和神圣典范的心态，无疑也是一种对老人的"巫神"化。

第三节 "谜"以外的作品

刘醒龙第一阶段的创作除了"大别山之谜"系列作品之外，还

---

① 《刘醒龙文集·荒野随风·序》，群众出版社 1997 年版。

② 《钢构的故乡》，见刘醒龙《寂寞如重金属》，北京十月文艺出版社 2011 年版，第 3 页。

③ 《有一种伟大叫巴金》，见刘醒龙《寂寞如重金属》，北京十月文艺出版社 2011 年版，第 243 页。

④ 同上书，第 244 页。

有大量作品未进入研究视野。这种忽视从文学选择的角度而言，可以理解为文学价值的不足。毕竟在每一时期，真正能够引起关注的作品都是当代最经典的，最有时代代表性的作品；对每一位作家而言，引起关注的都是其代表性作品。但对作家进行全面研究，这些作品不可轻易省去，它们同样是作家心血的结晶，同样反映了某一时期作家的心路历程和人生智慧，在作家的创作从一部优秀作品过渡到另一部优秀作品的过程中，它们担负着承接与过渡的作用，是作家创作从量变到质变的过程中，量的积极的成果。关注这些作品，能够了解到作家创作的整体性，能够更好地把握其创作的过程性。

一　《黑蝴蝶，黑蝴蝶……》的代表性

经过了漫长而焦躁的准备与等待，刘醒龙于 1984 年第 5 期《安徽文学》上发表了处女作《黑蝴蝶，黑蝴蝶……》，这种"天开了"的感觉每一位有志于文学而长期不被承认的作家都能够感受到，借调文化馆而长期没有作品问世的刘醒龙更是感触尤深。因此这部作品对他的创作生涯而言非同小可，同时它也一定凝结了刘醒龙长期蛰伏而不被认知时期的许多心血与文学智慧。

文章通过返城女知青林桦回归插队的大别山山区的故事，反思了"人生的价值应如何去比较？人生应该怎样求得永恒？"的问题。文中林桦与邱光本为一对知青恋人，林桦千辛万苦终于和其他"知青"一样返城了，而才华出众的邱光却甘心留在大别山从事基层建设；六年后，身兼著名作家和画家的林桦遭遇了婚姻解体和流言打压，重回大别山散心，却见证了邱光为了集体的两袋水泥而献身的英雄场面。

故事流畅，但臆造痕迹明显，情节发展也较为牵强，有着明显的受"知青"文学和当时社会思潮影响的痕迹。20 世纪 70 年代末 80 年代初是"知青文学"鼎盛时期，"知青文学"经过了最初的"伤痕"期之后，影响日众的是梁晓声等人"青春无悔"式的作品，前期的伤痕演化成了对青春的追忆与祭奠，代表性的作品有梁晓声的《这是一片神奇的土地》、张承志的《黑骏马》、史铁生《我遥远的清平湾》等。社会思潮方面，由"迷惘青年"潘晓书信"人生的意义

究竟在哪里"引发了社会广泛的讨论；以此为契机，1982 年，大学生张华因救挑粪工人而牺牲的事件，进一步引发了社会各界"关于人生位置""人生意义"的热烈探讨。《黑蝴蝶，黑蝴蝶……》进一步借用了"知青文学"这个比较常见的题材外壳，来参与有关人的位置和价值的探讨，其表达观点也相对非主流（媚雅）——人的价值并非只有城市和光辉的位置才能体现出来——甚至连"林桦"这个主人公的名字都有梁晓声"白桦林文学"的印记。其次，其探讨的问题也是人生意义和幸福追求的 20 世纪 80 年代初的主题。再者，文章整体气氛积极、乐观向上，虽然书写的是悲剧故事，但全文洋溢着"文化大革命"之后，广大青年不再虚度光阴，积极实现自己，思考人生的时代气息。这种年轻而欢畅的气息在刘醒龙其后的作品中是较为少见的。只是故事合理性稍有欠缺，具有太多臆造为文的倾向和论证乏力的欠缺。首先，文章对资质一般的林桦的成功刻画得不够合理，让她在六年之间拥有了众多文学奖项和美术上的成功，其艺术活动和城市人际交往编造太过；其次，文章似乎在表达林桦艺术上的追求，但实际表达的却是她对城市的向往和奖项的追逐；而对邱光为什么留守大山没能给出过得去的理由，仿佛是为留守而留守；还有，林桦去大别山的动机（她并不留恋大别山，也没有什么好的朋友和乡情可以思念）、大水中水泥的可救助性、恋情的飞跃性等，都缺乏合理性。最后，文章提出"人的位置在哪里"这一主题却并未做深入分析，更未给出情节论证才子邱光留驻大别山的意义。

但这篇文章的意义在于，它在创作之初就体现了鲜明的刘醒龙的个人印记，通过它我们能看到作家日后创作的诸多倾向性。

首先，其作品的社会记录性和对生活的干预意识。许多评论谈到了刘醒龙创作的社会记录性，将其喻为"社会书记员"，将他与巴尔扎克类比。这种判断确有见地。刘醒龙此后的诸多作品都展示了社会思潮、时代风气和文学潮流的明显印记。其"大别山之谜"系列作品浓重地渗透着 20 世纪 80 年代的文化热潮、寻根文学及文学现代派表现手法的影响，此后他作品中的军事文学与中越战争及当时流行的军事文学热潮联系紧密，其第二阶段的现实主义文学也直接与市场化大潮对国民思想观念的影响，及国企改革、三农问题等休戚相关。更为难得的是，刘醒龙不仅关注，而且思考和干预，直接在其作品中对社会进行批判，对不公和不义进行谴责，对弱势群体和弱势的乡村表达同情，对相关的社会意识形态发出自己个体的声音。

其次，它鲜明地表达了对大别山区的热爱，提出了城乡对立的现代性问题。从处女作开始，刘醒龙就以熟悉的山村为题材，表达出了对山村的情感偏向，在此后的创作中，他坚持书写着这一题材领域。同时，在这部作品中，隐而不彰，但实质是隐藏在文字背后最重大、最显要的问题是城乡区域差异带来的发展问题，也即现代性问题。文中，山村是愚昧落后，窒息才能的处所，而城市是先进、现代，自由发展的空间，对二者，民众的趋避与取舍仿佛是一维的，显而易见的；但它同时涉及了另一些问题，即情感问题与道义问题。现代的城市空间里满是追逐与迷茫，妒恨与谣啄，但山村却能给人安静与安慰；同时，作为一项义务与责任，山村应是民众的开发和启蒙的基地，是真正需要优秀人才的场所。这种关于现代性的思考，关于个人社会价值实现、情感的安顿与道义担当之间的纠葛引发的城乡空间矛盾的现代性困窘存在于刘醒龙所有的作品中。而作者对诸如此类意识形态问题的深层考虑也为其创作走向成熟打下了良好的基础。

同时，作品以对话模式开启了作家其后创作中对人生和社会的整体思考。作品以"有人说：人生是……生活是……有人说，人生……生活……"开篇，以对话体的方式进行探讨式写作，表明全文内容实为两种不同人生观间的较量。这两种人生观是：实现个人，还是满足社会需要？作品通过双方代表性人物的言行与遭际对这一命题做出了自己的解答。这一对话模式开了作家此后此类对话体写作的先河，无论是大别山之谜系列作品中新旧两种观念的对峙，还是现实主义时期各种冲突之间的交锋，还是在其第三阶段的代表性长篇中，它始终是作品中经典的思维模式与情节设置。小说中，作者张扬的是舍己为人，舍生取义的仁义思想，这种价值取向直接引领了其后作者创作中的价值选择，其直面现实，舍生取义的人生哲学，仁慈宽厚的处世之道在其后的创作中得到了更为充分的彰显。

再有，文章对谜的追寻及其神秘主义写作风格，对其今后的写作影响深远。文章开篇即以"有人说：人生是个伟大的谜。生活是个永恒的谜。"两个"谜"出场，因此也影响到其后创作的"谜语化"。而值得引起批评关注的是作者有意对神秘主义风格的运用。文章通过画作《大山的女儿》中"广泛象征的黑蝴蝶"来突出作品的神秘性和象征意味。多次出现黑蝴蝶意象，但它究竟所指为何却不够明确①。它也许象征命运的神秘性、偶然性，也许只是虚张声势的意境营造，但不可否认，它表明了刘醒龙创作中技术手法的自觉。此后，在刘醒龙的创作中，神秘意境的营造和奇幻、怪诞、灵异情节和意象的运用都大为纯熟。

实际，我们也大可把《黑蝴蝶，黑蝴蝶……》当成作家个人迷惘心态的表达，文中不同的声音乃作家个人思想的争斗与矛盾交织，文中一再表达的成功与平淡两种生活模式也是社会人必须面临的两种人生可能性，或成功，或平淡，二者各有取舍与得失，哪种更适合自己，更多在于人生选择，而不一定体现出价值的差异性。极有意味的是，文中的黑蝴蝶般的神秘命运在刘醒龙的人生中多次出现，其中有关创作的就有他在安徽霍水河镇与编辑苗振亚的奇遇，和在黄州城内与青年文学编辑李师东的奇遇②。而有关名利的谣言及有关影视改编的否定评介在日后成名后及《凤凰琴》的电影改编中他也深刻体会过③，这些或许也是他人生中的"黑蝴蝶效应"吧。

二　迷茫寻找的印记

在《黑蝴蝶，黑蝴蝶……》之外，刘醒龙非"大别山之谜"系列的作品还有《重阳后，重阳前……》《卖鼠药的年轻人》《山那

---

① 20世纪80年代信息系统论、控制论在文化界广受关注，其所提及的黑箱理论、灰箱理论即言及信息的不可知性和部分可知性，文中黑蝴蝶意象或许缘于此。

② 张保良：《勤耕妙笔铸人魂——记全国著名作家、湖北省作家协会副主席刘醒龙》，百度百科，http：//baike.baidu.com/link? url＝zA8zSkCYdftAsIo7JmzP-BzCxZ9m_q9QTtx4p9FUCpXVKFDwAo2yNW1_FBiPCEpK。

③ 刘醒龙：《孤独圣心》，见《威风凛凛·代跋》，作家出版社1994年版。

边》《双卡，双卡》《戒指》《发大水啊西河》《未归军魂》《鸭掌树》《倒挂金钩》《鸡笼》《故乡故事》系列、《女性的战争》《小小无锡景》《冒牌城市》等许多文章，它们有些在刘醒龙文集中并不曾选入，但其整体呈现出题材的多样化和风格的变动性，是作家此期焦虑寻找自我的印记。按题材，这类作品可分为如下几类：

（一）现实生活类。如《重阳后，重阳前……》《卖鼠药的年轻人》《山那边》《双卡，双卡》《戒指》《故乡故事》《小小无锡景》《冒牌城市》等。它们结合现实生活中出现的问题进行有针对性的探讨，或者描写现实生活中某个别具情趣的片段。这些作品又可以分为两类：一类与《黑蝴蝶，黑蝴蝶……》类似，针对现实日常生活中出现的较为多见的社会问题展开探讨，为简单的"社会问题小说"。如《卖鼠药的年轻人》关于年轻商人诚信问题的探讨，《双卡，双卡》与《戒指》关于爱情婚姻问题的探讨，《重阳后，重阳前……》是关于家庭伦理道德的探讨；另一类抓住现代乡村生活的小场景、小片断就城乡差距的现代性问题和大别山区百姓的生活哲学展开集中探讨，作品如《山那边》关于城乡文化差异展开探讨；《故乡故事》由几则乡村故事组成，分别叙述了乡村令人哭笑不得的人和事；《冒牌城市》则写了乡村撤村改市之后老百姓在过渡期令人啼笑皆非的言行。这两类小说都相对比较简单和粗糙，"问题小说"直接承继五四和新时期初期的小说作品中的问题意识，就一系列的情节故事来探讨身边切近的社会问题，以期社会关注，读者得到启示。刘心武说他最初的小说就是寻找到身边日常生活的一个问题，然后展开。刘醒龙的小说即属此类，但相形而言，内涵比刘心武的问题小说更深厚，有更多的文化寄托，不足之处是不如刘心武问题小说结构清晰，叙述明朗。以《重阳后，重阳前……》为例，小说围绕曲苏和亚柳两个家庭展开，23 年前已婚女人曲苏因移情别恋抛弃了丈夫和儿子晓牧，丈夫再婚后妻子对善良的晓牧严苛、残暴且不信任，导致不堪折磨的晓牧离家出走，遭遇了一段艰难的人生；23 年后，晓牧的亲生母亲带着儿子在火车上与晓牧的继母相遇，二人一回故里祭拜，一人身患癌症。在晓牧的精心策划下，在生与死的面前，一场复仇与忏悔的戏剧由此展开。小说提出了如何做母亲的家庭伦理问题，文章提出：
"作为母亲，她的首要责任是把自己的行为和思考交给下一代人去裁
定。"① 文章有戏剧"三一律"般的紧凑结构：几乎所有戏剧冲突都
在一列火车上进行，人物精简而集中，主要人物和串场人物分布都极
有层次感；关注家庭伦理，在死亡面前对人物进行审视，并促其重生
（重阳意象所指）。但不足之处亦极其显著而致命：情节缺乏合理性，
事件因雕琢而虚假，说理意味浓，故事逻辑推演顾此失彼。文章充分
暴露了作家写作之初的不足：结构故事能力不足，过分急于说理，但
同时也展现了其独具特色的优势：对生活的敏感，挖掘的深入。另一
类关于生活小情趣、小场景的作品因其短小和避免了过多的抽象思辨
而更纯粹，因而写得也更精致和优秀。《冒牌城市》的背景是胡家大
垸突然撤村改市了，城乡的差异使这里演绎出了一系列令人啼笑皆
非、却发人深省的故事。小说由四个小故事组成，《居委会》写的是
改市后胡家大垸开会改名的事情：从前的家族自然村改为"居委会"
了，村民习惯性地称村长为"居（猪）长"；以前的"宗族大会"
改为"民主生活会"，习惯以宗族为单位的胡家大垸村民们以"不是
宗族议事"的原因拒绝参加；"胡家垸"也要改为更具现代的名字，
但村民们以祖宗定下的名字不能改、胡家大族的事不要外姓人参与为
由抗议，最后在行政领导的干预之下改为"古月大道"——既有现
代意味，又保持胡家特色。《雕塑》写的是胡家大垸由村改市五年之
后，市里要树立起城市雕塑；领导要求树立现代雕塑，但百姓不知所
云，最后选中了专捏菩萨的泥腿子文化馆员胡天堂改装的缠头巾抱麦
穗的菩萨像，市长称为"圣母""神女"，百姓唤作"观音娘娘"；
雕塑旁收集意见的"意见箱"被百姓当作"功德箱"而往里面投香
火钱，市长将其嘲解成百姓的捐款。《交通岗》写的是胡家垸改市修
的市政大道在村民农田与住宅之间，不方便百姓下田干活，但交警严
罚横穿马路、不走人行道的村民，这侵害到胡家大垸百姓的宗族情
感，于是他们联合抵制，通过赶牛羊、泼大粪的方式击退了交通岗。

---

① 《疼痛温柔》，群众出版社 1997 年版，第 285 页。

《小小无锡景》写的是技术培训班上女工大多为领导亲属，上培训班被当作放松、外出生孩子的时机等令人啼笑、慨叹的事情。这一类作品极具情趣感和场面感，让人在嬉笑之后又生出无限慨叹，其对于城市对现代化的媚雅和农村根深蒂固的文化属性展开了对比性的思考，促人深省。此类作品还有《故乡故事》等。它们是刘醒龙此期作品中的精粹，体现出作家对生活的敏感性和思考力，刘醒龙此后的作品中的戏剧性场面与此有一脉相承之效，可惜此类短小而集中展示性的文章在此后再也见不到了。

（二）神秘的历史题材作品：《鸭掌树》《牛背脊骨》《鸡笼》是一组可以归为"大别山之谜"续集的作品，它们将历史与现实勾连，通过现实与历史的互照来展现大别山区古老而沧桑的人情与人性，及大别山区人们深刻的历史伤痕；它们融历史与现实于一体，通过独具的神秘和宿命来完成叙事。其中《鸭掌树》中的欧阳善初老汉有《灵猩》中瑞良老汉的影子，几十年来他与尼姑慧明互相照料、互生情意，生下了一双儿女，但慧明还俗的事情一再被延误，儿女们对自己的生身母亲毫无所知。终至老年，女儿要出嫁了，母亲作为迷信分子、被专政的一方而无法与红卫兵女儿相认，女儿新婚前夜，父亲将女儿带至尼姑庵，慧明将随身的戒指送给女儿作嫁妆，却遭遇了劫匪的杀戮，终于团聚的母亲与子女命丧古刹。文中历史的伤、政治的伤和暴力的伤集于一身，使善初老汉和老尼慧明一生疲累交织，对神灵的敬畏、对情欲的向往、对人言的恐慌和对亲情的向往使他们一生都在向往之中和伤痛之中。相比此期的其他作品，《鸭掌树》结构更合理，情节更紧凑，挖掘也更深刻，作品将历史与现实熔为一炉，从纵的视角呈现人的命运走向与情、欲、伦理之间的复杂关系，将佛界、人界与政界彼此纠葛。文中的鸭掌树、狼群等都别具象征意义，使小说笼罩在神秘而宿命的气氛之中。不足之处是文章的传奇性重于探析性，使包蕴其中的哲学内涵难以凸显。《牛背脊骨》写的是大别山区"天荒地老，四野混沌"的牛背脊骨地区在国民革命时期和"文化大革命"时期的故事。牛背脊骨的百姓仁慈宽厚，但血性十足，他们全心参与过中国革命，并为革命付出了沉重的代价；在革命胜利后，他们平静生活时，知青们又一次到来，将他们平静的生活又一次打破。如安大妈在国民革命战争时期曾奋勇支持过革命，丈夫和女儿都被杀害，但她并无心杀人，即使杀过坏人和仇人她也相信会有因果报应，当接连生出四个苕（傻）儿子，她也坦然地承担下来；他们有自己的和城市格格不入的信仰与处世之道。而城市下放的知青们却自以为是地干涉和破坏他们的生活。这是一部极有历史纵深感和思考深度的作品，它将一个区域的历史与中国革命历史联系起来，探讨不同区域百姓的文化意识和文化选择，将不同空间人们的人生哲学进行比较，使真相在历史中得以显现。它同时是一部革命寻根的解构性作品，革命者总以解放者自居，自以为解放了某一地区，但这种解放实际是侵略和破坏，所谓的被解放者原本是解放者和慈悲的给予者。《鸡笼》写的是从前黄州汉川门前有一个有仙气的大鸡笼，在解放军解放小城时它发挥了关键的作用，但解放军不信邪炸掉了鸡笼，并将有特异功能的神医陈医生处死，40 年后陈医生的替身回来报仇的故事。

　　这些革命历史题材故事写于 20 世纪 80 年代末 90 年代初，正处于新历史小说风行时期，其探索性和思辨性都较为突出，但同时也流露出为先锋而先锋的故弄玄虚之举，《鸭掌树》和《鸡笼》都太过为神秘而神秘，为神秘而宿命的意味，而《鸡笼》尤甚，除故弄玄虚之外，还有啰唆累赘之病。

　　（三）战争题材：《未归军魂》和《女性的战争》是此期刘醒龙军事文学的代表性作品①，《未归军魂》又名《后方之战》，发表于1988 年。当时军事题材类作品较为多见，代表性的作品有《高山下的花环》和《凯旋在子夜》等。这部作品当为有军人情结的作家在当时火热拥军的社会背景和军事题材作品的影响之下的创作。题记为："军人们说：爱情是后方的战争。"但作品主要内容并非爱情。故事以采访在前线战争牺牲的于军的事迹为线索，记述了解放军战士

---

　　①　本节分类不可太拘泥，不同题材类别之间难免有重叠，如《鸡笼》同时可归为军事题材。

于军探亲归家时得知青梅竹马的未婚妻南南即将与富商成亲，为化解悲伤，主动请求上前线杀敌，英勇牺牲；但家乡区长不仅不解决英雄遗留的问题，反将英雄的墓地、生育指标和城镇户口等都留给自己亲戚，最后在于军战友的感动之下，区长让出指标，富商让出南南并顶替于军上前线的故事。小说在结构上有所尝试，但情节、内容上并无新意，是毋庸置疑的失败之作。《女性的战争》由《十八婶》《抗妈妈》两个短篇组成。两部小说发挥短篇精巧构思的特点，在情节安排上有欧·亨利式特色，同时突出了战争的残酷性，作品充溢着仁爱情怀。十八婶不识字，儿子盛有在部队当了逃兵，她将部队的逮捕公函当作了烈属荣誉证，周围的人都瞒着她；新婚当天抗妈妈的丈夫被日本人杀害，自己也一再被污辱，为了报仇，她投毒杀害了前来骚扰的日军，事后却被证明是新四军，虽然如此，周围群众也一直瞒着她，给她英雄的待遇。此期刘醒龙作品中的军事题材并不多见，他关于此类题材的写作也不够成熟，但这些作品为他后阶段的写作打下了一定的基础。

（四）乡镇干部题材。《发大水啊西河》在刘醒龙第一阶段的作品中显得极其突兀，它是此期仅有的一则关于乡镇干部的作品，作品通过离职之后乡镇干部受到的冷遇和打击，表达了基层干部苍凉的暮年心境。这篇小说的出现使刘醒龙新现实主义时期大量写作的村镇干部题材作品显得由来有自，但事实上，作家第一阶段的许多作品都可归于此列，如《黑蝴蝶，黑蝴蝶……》中的邱光实可当作乡镇领导的初步形象，《灵狄》中的柯简，《鸭掌树》中的善福等都是村镇干部形象，只是他们没有进入作家的视野中心。

三　过渡与开启

如王安忆所言，小说创作不存在所谓的突变，事后的改变都源于事前的基础和思考；刘醒龙也谈到其后阶段的创作综合了前两阶段的优点。因此，我们应该意识到刘醒龙第一阶段作品对后阶段作品的奠基与过渡作用。大体而言，刘醒龙此期的创作对此后的创作起到了诸如空间营造、题材准备、技术磨炼和风格打造等作用，刘醒龙作品整体的哲学内涵也在此期创作中得以逐步形成。

　　首先，在文化空间营造方面，刘醒龙确立了其作品人物的活动空间背景大别山区，立足于描写大别山区，表现大别山区的特色。正如李鲁平所言："刘醒龙以其对大别山地域文化的表现，重构了精神的大别山和文化的大别山，彰显出地域文化在文学中的独特魅力。无论是从人生的角度，还是从艺术的角度，大别山对于刘醒龙都有特殊的意义。"① 在自然景观上，刘醒龙塑造了"天荒地老，四野混沌"的大别山，这里"小丘蛰伏，大岭雄峙，石崗奔腾，土坡绵延，森林扶大树，灌木眠老藤"。② 在文化上，塑造了大别山悠久沧桑的历史和封闭守旧的传统宗族文化形态。大别山苍老的历史决定了它苍老、原始的文化传承，但在现代化的推动下，它不可避免地陷入新旧两种文化形态和价值观念的博弈之中。在精神层面上，这里有深厚儒家文化长期的积淀；作为佛教文化发源地，它也有佛教的出世情怀，而苍莽的大山背景也给予了它道家独有的出尘脱俗的韵致，加之历史的兵戎侵袭，这里人们既仁慈、宽厚，又慷慨仗义，既有广泛的敬畏之心，又难捺对山外的向往，既携带着深深的历史伤痕，也坚守着传统的本分。这一文化空间的营造是刘醒龙作品的标志性特征，在此期，作者对它的营造与构建全面而具体，成功地为后期的写作构建了坚实的舞台。

　　在题材方面，刘醒龙此期写作广泛尝试了多种题材，为自己此后的写作奠定了良好基础。从最初的知青题材、森林童话到关注现实生活伦理的现代生活题材，从历史题材到战争题材到乡镇干部题材、乡村题材，刘醒龙进行了广泛的演练。通过此期作家的题材倾向性与现有作品呈现，我们也可以看出他较为擅长与相对局促的题材领域。整体而言，刘醒龙更适宜于对自己熟识的身边事件的操控和神秘荒诞，不强求细节真实性的题材的把握，对相对陌生的领域或题材的作品，如《后方之战》《重阳后，重阳前……》《黑蝴蝶，黑蝴蝶……》显

---

① 《刘醒龙小说创作的艺术特色》，《湖北日报》2011 年 11 月 18 日第 14 版。
② 《牛背脊骨》，见《荒野随风》，群众出版社 1997 年版，第 111 页。

得过分局促，漏洞过多，而对相对熟悉的题材或领域的作品，或幻想性空间比较大的作品处理得较好，如作品《发大水啊西河》《故乡故事》《冒牌城市》《灵猩》。在现实主义创作时期刘醒龙能够将创作领域集中在对自己熟悉的乡镇精英的书写与此期的全面探寻密不可分。同时，在其后阶段的小说创作中，我们能看到对前期作品中的情节的反复运用和进一步阐发。如《圣天门口》中分别对小说《牛背脊骨》中第三党情节的借用和对革命给百姓造成更深重灾难等情节的阐发，对《鸡笼》中攻城情节的挪用，对《大水》中郑、武家族争斗及捉鳖佬等形象的借用，《异香》中老灰残忍情节在常守义身上的借用；此后多篇作品中对《黑蝴蝶，黑蝴蝶……》中狼的意象的借用；等等。

在创作技法上，刘醒龙演练了多种现代小说技法。如《黑蝴蝶，黑蝴蝶……》中黑蝴蝶的象征意味，《雪婆婆的黑森林》和《灵猩》中意识流的运用，《返祖》《鸡笼》《鸭掌树》等多部作品中对魔幻现实手法的运用；《鸡笼》等作品通过电话打入与"我"的生活的糅杂来切割故事的方式对传统叙事手法的解构，《天雷》《地火》等篇章中的个人情感抽离的零度叙事模式，等等。在当时的湖北青年作家群中，刘醒龙是较早实践现代派手法的作家之一，这种实践活动为其此后的小说创作准备了技巧。

在文化选择上，刘醒龙此期的创作具有悲悯仁厚，宛转回旋的特色。作为一位青年作家，刘醒龙此期的创作显得较为苍老、沉郁。虽然在部分作品里透露出些许欢娱气象，但这种欢娱之气总为沉重的历史重负、文化忧伤和道德困扰所包围，在其作品中很难见到彻彻底底的张扬与畅快。在他的作品中，所见最多的是为文化殉葬的老人，十三爷为古老的花桥殉葬，长乐爷为古石堤殉葬，"奶奶"为古文化招魂，武瞎子和独臂佬拥抱着葬身西河……那古老的文化的根，一直是刘醒龙作品中极其珍视，又极其犹豫的一个部分，他追寻，但犹豫着接受，因为其中有不够现代的部分。但尽管向往现代，刘醒龙作品中并未真正追求现代，或者说现代生活在刘醒龙的笔下并未有一个健全清晰的轮廓。因此，林桦走向了现代又一次回归，贤可走向城市的目的也是为了三年后再回到老寨，钟华修建了现代的桥，但他并不是良善之徒，他纵火烧了花桥，图谋卜祥的钱财……虽然其价值观总在徘徊和犹豫之中，但更倾向于坚守与维护苍老的文化传统和道德规则。在历史方面，刘醒龙也一再回望，表现出极大的兴趣，他此期的作品历史题材占了一定比重，他通过现代去揭开历史的伤疤，希望用历史来警示现代，来治愈现代，或揭开今天的表层的伤让读者看到深深的历史的旧伤，前者如《牛背脊骨》，后者如《鸭掌树》。然而，尽管有抱怨，对于恶人或道德不够健全之人，刘醒龙却不愿给予过分的惩处，给他们提供改过和反省的机会，如其作品《异香》中的恶人老灰，刘醒龙并没有给予恶有恶报的下场，对于《重阳后，重阳前……》中的抛夫别子与人私奔的曲苏，也没有给予应有的处罚，在《后方之战》中，他也让道德沦丧的区长等人一一悔悟。他通过十三爷对对手钟华的救助，身陷死境的梅所长对来福儿的怜悯，退休后的老支书为挑衅者寻求救助款等方式显示出自有的仁爱。

然而，刘醒龙此期作品整体风格上尚不成熟。作品不论题材选择，还是技法运用都受制于整体的时代风尚。最初的知青题材和稍后的战争题材都能明显感受到作家的跟风心态，而题材的多变，题材间反差巨大也表明作家正处于寻找自己的过程；再者，对多种现代主义小说技法的运用也表明刘醒龙创作的不够稳定性，尤其是《鸡笼》一文中作家啰唆、冗长的故事流程解构模式的不恰当运用，更表明作家技法修炼尚未成熟。同时，在小说整体写作上，刘醒龙的作品更长于讲述，短于思辨，长于描摹，短于结构；对线索复杂的故事把握能力不足，而于线索单一，或想象性空间比较大，通过蒙太奇结构的故事比较精熟。在单纯讲述故事方面非常流畅、丰满，但在展示作者核心思想方面却不够到位，说理意图比较明显的作品，如《黑蝴蝶，黑蝴蝶……》《重阳后，重阳前……》都未能通过故事充分展示个人思想，大多故事，如《异香》《河西》等，只流于故事展示，不知作者核心思想所在，似乎故事收束部分较有欠缺。再者，此期部分作品情节有明显的对经典作品的摹写痕迹，如《雪婆婆的黑森林》中阿波罗巧捉逃犯的情节与马克·吐温《汤姆·索耶历险记》的结尾不谋而合；《大水》中，武瞎子与捉鳖佬在大水中通过死和拥抱的解决矛盾的方式与《弗洛斯河上的磨坊》的结局不谋而合；而《异香》中梅所长与老灰之间一辈子的猫抓老鼠的追逐模式与《悲惨世界》雷同。

小　结

文学作品虽然打上了个人生活的印记，是个人对于未知世界的探索尝试，但也能基本反映出时代生活的印记，对于初入文坛，没有太多历史重负的年轻人更是如此。在第一阶段，刘醒龙的创作尚处于童年时期，虽然个人风格和审美趣味都在逐步定型之中，但已经显露出深重的文化关怀和时代担当。

此一时期，刘醒龙作品都直指转型时期，民族、社会核心的问题。在其写作视野中，最焦灼的关切当属文化选择问题。他将此期大部分作品付诸对这一问题的探析。在作品中，他表达了对传统文化的坚持和对乡村文明的维护心态；作家悲悯仁厚，上溯中华文明源头，下抵现今日常社会生态，力争理出中国文明清明的根源。其次，作者深深关切现代生活中的道德伦理问题，对于时下青年的价值定位、家庭伦理、社会伦常，在小说中进行了多方面探讨，显示出自觉且坚定的社会良心和职业操守。

此期刘醒龙最有代表性的作品为"大别山之谜"系列小说，这些作品以大别山古老的风景和传统文化为核心，展现了大别山在传统与现代交织之际的价值冲突和代际之争。但"大别山之谜"系列外，刘醒龙尚有多种写作探索，不论是现代生活题材，还是历史题材，不论是知青小说，还是战争小说都有涉猎，在小说技法方面也多有探索，体现出了广泛的视野和多种可能性。

在文化选择上，刘醒龙此期的创作心态相对苍老，代表性的作品类似"爷爷讲故事"或"讲爷爷的故事"的模式，其文化心态也相对传统和保守，更趋近于文化守成主义。同时，其作品也一再深入历史探析现代，通过人物的历史来探测其人生的重负和伤痕。在风格上，其作品善于通过神话、传说和怪诞魔幻的故事营造天地洪荒，宇宙初开的意境。这些创作选择为其后的创作奠定了良好的基础，他此后的创作日渐澄明与踏实和此期的探索密不可分。

第三章　父亲的乡镇

　　适应 20 世纪 80 年代文化反思的需求，"大别山之谜"时期的刘
醒龙的创作倾向于从传统文化（"爷爷的山寨"）寻根。只是这种寻
根对有些作家而言，既是文化上的"问祖"，更是借"祖宗"的名义
来建立个体特色，文化反思在艺术的名义下，有时甚至变成了形式先
锋的作秀举动。在难以深化思想、转变视角的前提下，这种写作必定
会因重复制作而转入刻意的求新、求怪的误区。正如周介人所说：
"文化派小说发轫时气势不凡，超群脱俗，但走到后来出了不少装神
弄鬼与卖弄民俗知识的浅薄作品。"① 这种不可持续的写作行为必定
束缚作家写作能力的提升，及时转变势所必然，否则，只能被读者和
时代所抛弃。② 刘醒龙说："'大别山之谜'写到后来，就陷入了迷惘
状态。我突然不明白写作究竟是怎么回事，我不明白这样写下去的意
义何在，我如何接着写下去。所以写到'大别山之谜'中后期的时
候，也就是写到《异香》的时候，我很苦闷，我发现不能再写下去
了。"③ 在《一碗油盐饭》的启示下，刘醒龙完成了个人风格的转变。
这种启示在刘醒龙看来只是个人的偶然性事件，从整个文学背景而

---

　　① 《读小学教师》，见《周介人文存》，广西师范大学出版社 2004 年版，第 241 页。
　　② 实际每一次文化转型期，因不能调整自己，不能及时转向而被时代抛弃的作家不
在少数，如"知青文学"的许多曾经有影响的作家在完成个人的"知青"故事书写后就再
也无法写出后"知青"时代的作品；"先锋文学"期间的许多先锋作家们，在时代风潮转
变之后，再也难以焕发二次青春。
　　③ 参见周新民、刘醒龙《和谐：当代文学的精神再造——刘醒龙访谈录》，《小说评
论》2007 年第 1 期，第 62 页。

言，它却是必然的走向；在现实的大潮之下，充满童话色彩的山寨迷梦必然像闭门造车，不问世事的先锋文学一样被卷入现实的大潮之中。但刘醒龙的转向也有其自身的个体特色。在这一时期，刘醒龙结束了"大别山之谜"时期迷茫的文化探寻，从传统、神秘的浪漫真正嬗变为现实的个体人的书写，从对大别山传统的景观化展示转变为大别山人精神层面的雕塑。

第一节　现实转向与寻父意识

文学创作尽管是一种个体性行为，但在一定的文化形态下，文化语境对作家的规训作用不可小视。在国族启蒙和救亡时期及社会主义革命和建设时期，文学不可避免地卷入其中，充当了革命的旗手和建设的先锋。新时期以来，在小说创作上大体经历了"伤痕文学—反思文学—寻根文学和新潮小说—先锋小说和新写实小说"这样一个"后浪推前浪"式的文学思潮流程。但在理想主义精神日渐瓦解，物质欲求日渐充盈的背景之下，90年代文学面临着另一个"断裂"①。

一　市场化的困惑与寻父意识

毋庸讳言，80年代是一个太过激情与理想的时代，思想解放与启蒙、文化的传承与更新，这些时代大词频频出现在后革命时代文化精英们的言辞之中。20世纪90年代，80年代的激情澎湃的启蒙理想随着那次影响深远的政治风波而真正偃旗息鼓；随着十一届三中全会确立的政治上解放思想，经济上对外开放，对内搞活方针的步步深化和邓小平"黑猫白猫，抓住老鼠就是好猫"宣言的出台，市场经济的潘多拉之盒彻底开启，其意识形态的影响至今难以估量。曾经在80年代稍有冒头的各种不良社会风气，此时更加来势汹涌。大批不该富的人腰缠万贯，而自认应该被社会承认的有智一族却囊中羞涩。

---

① 前一个"断裂"为新时期文学与"文化大革命"及"十七年"的为政治服务的文学的断裂。

理想倒塌，经济拮据，传统文人的窘迫感到来得如此迅捷。大潮之下，传统文人开始分化，大批文人下海，坚守的群体也都普遍感受到了时代的不适之感①。加之 20 世纪正处于倒计时期，传统文人的世纪末情绪极为浓郁。在 80 年代末 90 年代初，几位诗人的自杀事件使这一精神困境更进一步放大。在文学创作上，曾有的口号和旗帜已经很难聚集起足够的拥趸，严肃文学期刊生存难以为继，而通俗文学却极为畅销。文学的大好时光仿佛正在远去。

实际早在 80 年代初作家的这种不适之感就已经存在，包括李杭育的"葛川江系列"作品，贾平凹的"商州系列"在内的许多寻根文学作品中已经透露出对文化传统的失落和新的经济形态的冲击的忧伤，以及对新的经济阶层的兴起的犹疑态度，他们一方面对新的阶层的出现表现出欢迎与维护的态度，另一方面却又隐约为新的经济形态出现带来的文化冲击和社会心态的不平衡担忧。大体而言，寻根文学更多的是对这种在 90 年代初被称作"人文精神失落"的状态的拯救——这种人文情怀在刘醒龙 80 年代的作品《返祖》《河西》等许多作品中都可以看出——虽然其有先锋的意义但与 80 年代后期纯粹的形式先锋作家毕竟有着质的差异。也就是说对社会现实的关注和忧虑早已存在于 80 年代的创作之中。悲哀的是，寻根出发点是对现有文化的不满，但在其后的实践过程中，寻根文学却过于关注历史和传统，目的是通过传统来拯救现实，但却矫枉过正地形成了过分专注于传统而忽略现实的状况。在写作上，寻根文学更倾向于采取浪漫主义的手法，将传统构筑成神秘、神圣的对象，以加深与现实的距离感和增强其经典性。其后的新写实主义小说关注现实，并且直接转入了对物质、人际等社会压力密集而赤裸的呈现，但它所采取的不介入价值

① 如周介人在 1989 年《转型期的文学》中写道："商品经济的迅猛发展，弱化了以往政治对于整个社会的专业。非政治、非道德的世俗社会突然发充起来。……似乎是不该富的富起来了，该富的却始终没有富起来，看着个体户、经纪人、乡镇企业家财大气粗，知识界失去了心理平衡。比起那些活跃于各种社交场合的企业家来说，作家们多少有些失落感。在社会转型期，文坛战将们还不习惯于充当新的社会角色。"《周介人文存》，广西师范大学出版社 2004 年版，第 110 页。

评判的零度叙事和在现实压力前的无力感与同时期出现，其后被称为"痞子文学"的王朔小说一样表现出对现实的顺从与参与态度。这种文学形态上的演变在另一方面映射出物质压力节节攀升，精神日趋窘迫的现实。面对这种窘态，先锋小说作家大体采取了回避的态度，通过小说自身的形式演绎来完成文学的繁衍。整体而言，此一时期的创作缺乏一种酣畅淋漓的倾吐与控诉，时代的情绪淤积厚重却无处发泄。在当时，风靡的是王朔小说、《北京人在纽约》《曼哈顿的中国女人》等表征对现实顺从与妥协的社会心态作品。而先锋文学则因其远离大众，貌似理想和实为自我的写作方式使原本趋冷的文学现状变得更加一蹶不振，使文学日益远离大众，走入象牙塔的小圈子之内。媒体上充斥的词语多是"物欲横流""良心沦落""贪污腐化""生态危机""人种退化"，等等，表露消极与负面的情绪。对某些适应性比较强的作家而言，这种时代症状是转型期的必然，无须太过在意，他们转而从商、从政或玩文学，但对于深具浪漫情怀和责任感的作家而言，他们的沉默时刻在孕育着爆发。贾平凹的长篇《浮躁》《废都》就是其中典型的例子，在作品中作家对时代之弊进行了大力的讨伐，展示了转型时期知识分子的时代之惑。

在这种世俗化和价值观念日益多元化的世相面前，文学日益边缘化，作家们自身的存在尚且变得尴尬起来。曾有的精英定位因经济地位的低下而变得虚假，曾有的启蒙理想和文化拯救雄心因读者的散去和文化的多元而变得无所依附。浪漫的文化氛围已经消散，对现实的呈示和批判突然变得必要起来。正如欧洲19世纪初文学由狂飙突进或温文尔雅的浪漫转入辛酸残酷的现实。这是一个不适合写诗的年代，80年代的诗歌热潮早已退却得迅猛而彻底，海子、戈麦都自杀了，童话诗人顾城杀人后也自杀了。火热的是汪国真，他的格言诗在中学生中很受欢迎，这也表明，这是一个需要方向和引导的时代。

90年代，现实主义文学全面兴盛起来，除了曾有的新写实主义作品并未退潮之外，作家们不再有80年代的竞争格局，曾经彼此互不相让，不分代际地你追我赶的创作环境被各种小圈子取代，"新状态""新体验""新都市""新市民""新闻体""文化关怀"等文学旗号，以代表性的文学杂志为中心形成了不同的小圈子。虽然他们都不叫作现实主义文学，但无一例外打的都是现实主义的招牌。80年代的理想和浪漫已经变得水土不服起来。当然，并不是没有理想主义作家和作品出现，张承志和张炜依然是理想主义的两面旗帜，但除此之外，所剩寥寥，曾经的先锋主义作家也基本放弃了曾有的实验，或停笔或现实起来。

如果说"寻根文学"对传统的打捞是一种文化的"问祖"行为①，但那种借助久远文化振兴来挽救现有文化颓势的努力毕竟有些不切实际，首先文化的振兴远非一日之功，而现实的困境已愈演愈烈，曾经的文化失落感，已经被日益深化的精神不振，道德、伦理失范所取代。其次，那种埋头"寻根"的过程实际已经脱离了现实，演变成了为古而古，为奇而奇的局面，在作家们和祖宗、神仙、鬼怪梦里相会的同时，作家的现实生存都已经面临挑战。80年代末期的先锋小说和王朔的所谓"痞子文学"、新写实主义作品则可以看作"寻祖"努力的破灭和对现实社会采取的"回避"和"顺从"的两种态度。而在另一方面，作家们在十余年内从国家政治、文化、社会各方面将当代中国社会反思了一遍，面对其时的社会精神缺失现状，唯有通过激烈的控诉和指斥，及树立新时代的道德标杆和精神楷模才能得以改观。

在这种状况之下，一系列社会批判与价值引领性小说得以出现，然而太过激烈的社会批判因政治禁忌而不宜书写②，新中国成立几十年来的文学规训也让作家们深知创作的底线。在这种情况下，精英文人们对文化的改造更多地通过文化代言人的方式塑造。这可以说是"十七年"文学和"文化大革命"文学中"三突出"原则的变相表达，只是这种表达更多的是出于作家们精英文化代表身份对大众文化的一种纠偏行为选择，并非政治的指令。这种文学上的寻父行为孕育在寻根文学之中，作为寻根文学的一支存在着，代表作品如王安忆的

---

① 有些作品为传统文化招魂，有些作品将传统文化视为糟粕，所以不宜称之为"寻祖"。

② 《浮躁》与《废都》都被列为禁书。

《小鲍庄》对儒家仁义的召唤，莫言"红高粱系列"对父辈酒神一样的热血与活力的再现及陈忠实《白鹿原》对传统宗法社会耕读儒家的伦理规约的再现，等等，但这种对现实隔靴搔痒式的表达，远不能满足转型期文人和社会对现实的痛切感受和难以起到真正的典范性引领作用。于是更多更为直接的言说表露出来，代表性的作品如方方的《祖父在父亲心中》直指知识分子丢弃了传统书斋中父辈的傲骨和济世情怀，进城之后变得顺从与委顿；邓一光的《父亲是个兵》则以父辈烈士暮年依旧硬朗、不屈的军人来为时代展示其行为守则和价值规范。同为湖北的作家，刘醒龙虽然很难在创作上进行具体流派归类，但大的文化语境制约下的创作必然体现出时代的印记。刘醒龙此阶段的创作也是通过对父辈的书写来建构的①。

刘醒龙的父亲是一位乡镇干部，长年工作在外，一年难得回家两次。在刘醒龙散文和访谈中的讲述，父亲更多的是一位政治的存在，属于国家和集体多于家庭和自我，父亲对集体与组织绝对地服从与维护，他从来都对党和国家有一种挥之不去的感恩戴德之情②。小时候对父亲的了解更多地源于母亲和爷爷口中，父亲工作的神圣性和父亲乡镇干部的典范性形象也深深影响到刘醒龙日后的创作。由于父亲是几十年的乡镇领导，虽然很少在家，但作为一方领导和家中支柱，父亲在刘醒龙生活中的影响力远非其他人可比。在日常生活中，他被外人作为领导的公子对待，乡镇百姓对待父亲的态度在一定程度上投射到他的身上，因此他在一定程度上已经被父亲职业角色对象化，已经不再是"刘醒龙"自己，成为父亲日常工作生活中的镜像，这种对象化使刘醒龙在日常生活中不由自主、不可避免地充当了父亲乡镇领导的角色，感受到其角色情绪；其次，由于父亲职业统领全局的关系，乡镇各个阶层都是父亲工作范围的对象，其工作接触与日常交往，不可避免地给刘醒龙留下印记。父亲与其同事间的交往、父亲与其辖民的联系实际都是一个个故事，它们使刘醒龙对行政区内各行各

---

①　这种同一地域作家集中的寻父意识很值得深入探讨。

②　而祖父则对林家大院仁义的财主怀有感恩之情。这两种不同的情感因素也是刘醒龙不同时期创作的不同特色的体现。

业有了深入的了解，并对各种乡镇人生有了认识。因此在父亲的人际生活中，刘醒龙实际充当了交往理论上的窥视者（摄像头）的角色，一个被忽视的参与者和记录者，这种隐形的职业和人生影响虽然往往不被重视，但其教化力量极其强大。再者，刘醒龙谈到由于工作的关系，父亲一年难得回家两次，因此与父亲的情感交流并不多，只在成年后与父亲交流才逐渐稠密起来。但与父亲稀少的接触并不意味着父亲在其生活中占的地位不足，恰恰相反，陌生产生了权威；父亲因回家次数稀少使其每次回家都仿佛节日降临，让家庭充满欢乐而使人倍加期待；从周围群众反馈得到的信息，及母亲和爷爷给予的信息都显示出父亲强大的存在感。所以，在这一意义而言，刘醒龙小说中所书写的乡镇实际是父亲的乡镇。

20 世纪 80 年代末 90 年代初，社会转型，时代精神、价值取向和道德选择都面临挑战，亟须建立新的价值准则和社会典范形象的时期，刘醒龙自然而然地选择了父亲这一形象。

在这一背景下的刘醒龙意识到前期的不够成熟和生造之处，抛弃了曾经的"大别山之谜"转而开始"人在大别山"系列作品的书写。

二 　《一碗油盐饭》带来的变化

诗歌《一碗油盐饭》普通读者可能闻所未闻，但对刘醒龙却有非同一般的意义。他说"上个世纪八十年代后期的一个秋天，在大别山腹地的一座小镇，听到一位饱经风霜的长者朗诵一首诗，难以克制的泪水竟然在脸上肆意横流。"① 这首诗就是《一碗油盐饭》：

> 前天，我放学回家
> 锅里有一碗油盐饭
> 昨天，我放学回家

---

① 《一滴水有多深》，作家出版社 2011 年版，第 57 页。《和谐：当代文学的精神再造——刘醒龙访谈录》中刘醒龙提到大约在 1988 年，在红安县召开的黄冈地区（就是现在的黄冈市——访谈者注）创作会议上，省群众艺术馆的一位叫冯康兰的老师，讲到这首小诗。

　　锅里没有一碗油盐饭

　　今天，我放学回家

　　炒了一碗油盐饭

　　——放在妈妈的坟前！

　　这首诗是一位因车祸故去的十八岁鄂西少女的作品。1995 年刘醒龙将它介绍给一位研究诗歌的知名大学教授，大学教授不以为然，而刘醒龙却既"解嘲"又"解恨"地认为"《一碗油盐饭》若是进不了诗歌史，那简直是天理不容"。① 2003 年在中法"中国文化周"活动讲座上刘醒龙再一次向法国读者介绍了这首诗；2011 年的第八届茅盾文学奖获奖作品《天行者》中，刘醒龙用了大半部作品的篇幅演绎了《一碗油盐饭》的产生过程，它被当作小李子写给已故母亲王小兰的纪念之作，并认为它不输于叶芝的名作《当你老了》；在长篇散文《一滴水有多深》第三节"像诗一样疼痛"中，作家用一整节的容量来阐释这首小诗；在多次访谈中，刘醒龙都提到《一碗油盐饭》是其创作由第一阶段向第二阶段转向的契机。

　　也许很多读者如那位知名大学教授一样，对这首诗并没有太多的赞许。但在历时 20 多年中，刘醒龙在不同场合，对这首小诗一再提及、推崇和演绎，说明它对刘醒龙具有非同寻常的意义。刘醒龙谈道："在场的人数在一百左右，这首小诗对其他人也许没有任何影响。而我却感动至极，泪流满面。在听到这首诗的那一瞬间我突然明白艺术究竟是怎么回事，原来就是用最简单的形式，最浅显的道理给人以最强烈的震撼和最深刻的启示。"② 无疑，每个人的情感触发点并不完全相同，因为个性差异、人生背景和经历不同、欣赏品味不一致，对同一事物的反应很难完全同一。就连真正的经典名作尚且有不能欣赏的读者。而《一碗油盐饭》带来的触动，刘醒龙用了四个"最"来表达——最简单、最浅显、最强烈、最深刻，这种既矛盾又

---

① 《一滴水有多深》，作家出版社 2011 年版，第 82 页。

② 周新民、刘醒龙：《和谐：当代文学的精神再造——刘醒龙访谈录》，《小说评论》2007 年第 1 期，第 62 页。

统一的情感必然是感触至深的情绪反应。根据刘醒龙的解释，这首诗作的动人之处在于情：贫困的乡村背景下，简单而质朴的亲情；三句话，三个情境，三种情绪和情感。就是这种简单与质朴一下子将苦苦寻找文学新出路的刘醒龙触动了。他说："它所表达的东西却太丰富了。年轻时藐视权威，甚至嘲笑巴金先生'艺术的最高技巧是无技巧'的箴言。是这首诗让我恍然大悟，并且理解了巴金先生之太深奥和太深刻。"① 接受理论认为作品的最终完成依赖于读者，每个读者都依照自己的生活经历、兴趣爱好等对作品作出个体性的解读。《一碗油盐饭》真正从形式和情感上为刘醒龙树立了创作典范。在此之前，刘醒龙苦苦寻求创作的泉源，在形式和内容上都没有真正的自己；在题材上他跟随文学风潮，为了突破前辈"影响的焦虑"殚精竭虑地求异、求奇；在表现手法上，趋附潮流，务求更现代、更先锋、更西方。——对于身在山村的创作者，走上文坛殊为不易，他必须通过数倍于常人的努力来冲破平庸，得到文学界的认可②。这种写作，据刘醒龙介绍，其父亲读了之后，一连打了83个问号，表示看不懂，不明所以③。而《一碗油盐饭》的出现让刘醒龙真正明白了自己的位置究竟在哪里。在形式上，刘醒龙抛弃了以前苦苦学习与实践的"先进""现代"的写作技法；在表现对象上，真正回到了自己身边的普通人，尤其是亲人；在表现手法上，真正回到朴实的现实主义上来。对于这种改变，王先霈先生总结如下：

> 　　早先《异香》集子中许多篇，作者致力于语句本身，强调文学作品语言与日常生活语言的区别，有时几乎是"能指自炫"——把选词、造词、词语排列秩序错动的效果看得比词句

---

　　① 周新民、刘醒龙：《和谐：当代文学的精神再造——刘醒龙访谈录》，《小说评论》2007年第1期，第62页。

　　② 在文集《无树菩提·序》中，刘醒龙说一位武汉作家曾对其谈到，身在乡村的创作者至少要比大城市作者多付出三倍努力才能拥有城市创作者一样的成就。而为了不被淹没，自己只能不断多发表文章。

　　③ 《仅有热爱是不够的》，《当代作家评论》1997年第5期，第101页。

的含义更加重要。从《村支书》以后，那些在全国有较大影响的作品，日见其平畅，文学圈内的人可以读，圈外的人也可以读，文化水平高的人可以读，文化水平偏低的人也可以读。喜欢不喜欢因人而异，但大约不会有人觉得别扭。作者不再是用写诗的方式、写美文的心情对待小说的语言，他一门心思想描述生活的真实状况，表达自己对现实的看法。语言，不过是表达的工具罢了，作者无意让语言离开生活内容与作者情感表达，独自向读者暗送秋波。总之，我的印象是，存中用了相当多的心力去"造句"，醒龙则更关心"写事"（反映社会，提出问题，表达思想，抒发情感）。[①]

诗作形式上由简单、浅显的三句话组成，却包蕴了三种不同的意境和情感。但是，刘醒龙一再甘冒冷眼、不吝推荐，"表达内容却太丰富了"的诗，其丰富性究竟在哪里？通过刘醒龙多次提到这首诗让自己、黄州文化馆守门老汉及法语翻译和部分听众感动得热泪盈眶我们可知，这首诗最直接的感人之处在于所包蕴的情感——至于创作上的可取之处，那是作家们关心的事情，那么这是一种什么样的情感呢？从前面提及的小说《天行者》和散文《像诗一样疼痛》两文中，我们能大体体会到这种情感。

《天行者》后三分之二部分讲述的实际就是"一碗油盐饭"的故事。文中，夏雪问李子："长这么大你觉得最好吃的是什么？"李子说，"最好吃的是妈妈炒的油盐饭"，但家里油少不能天天吃；界岭小学的家长们到学校看孩子带的好吃的也都"用从家里带来的清一色的油盐饭给孩子填填肚子"，因为在界岭，"长辈给孩子炒一碗油盐饭是在表示天大的爱；而成年人吃油盐饭会被嘲讽为还没长大"，给当家成年人吃的是荷包蛋，所以当余校长与万站长同去蓝小梅家时，蓝小梅以食物传递情感，给万站长油盐饭，给余校长端上荷包

蛋；与此类似，在王小兰与孙四海不能见面的时期，小李子则用母亲炒给自己的油盐饭为父母传递情意；而对于外来的客人骆雪及其父母，油盐饭却能表达出山村最真诚的情义：大山将他们当贵客和儿女一般对待……这油盐饭里包含着父母的亲情及山村的艰辛与质朴。所以当王小兰最后不幸死去，李子《一碗油盐饭》的诗作是多么深刻而又悲痛地表达了乡村父母之爱的艰辛与伤痛，同时又传达出子女对父母之爱的深切和不舍。在《天行者》中，油盐饭分明地传达出乡村艰辛的情意和悲惨的命运，以及乡村的质朴与纯真。

在《像诗一样疼痛》中，一碗油盐饭表达的也是乡村的痛楚、艰难与屈辱。在文中，刘醒龙写道："有了这首《一碗油盐饭》的诗，油菜花一开，依然可以早早闻到浓酽的菜油香，同时还能感到一种诗一样的痛苦。在苦涩的乡土，乡村人一直过着清汤寡水的日子。……金黄黄的油菜花，让在太深太久的压抑中变得坚硬无比的幸福之梦重回温情脉脉的情境。……乡土生活的质量是用一碗油盐饭盛着的。站在灶前的女子，小心翼翼地用半勺子菜油流淌出历史的痛苦，并辉映现实的沉重。"但像花一样明艳的乡村女子太多被城市收割，"乡村中任何新生命都命令属于古老……因为它是最古老的，因为它在肩负着同样古老的历史责任。"作家从一碗油盐饭里看到了乡村沧桑又压抑的历史承担和痛切肺腑的无私给予，同时也表露了作者深切的怜惜之情和滴水之恩，涌泉难报的乡村情怀。

在《生命之上，诗意漫天》中，刘醒龙谈道："在《天行者》中，我引用了一首过去二十几年中，反复提及过的那首名为《一碗油盐饭》的小诗……我喜欢这首诗，喜欢诗中足以充盈生命每一个毛孔的情感，更欣赏这种对于伟大人性的伟大敬意！"[①] 文学阅读上的感动，是因为读者在作者的故事中发现了自己的故事。通过刘醒龙对《一碗油盐饭》的阐释，我们能明晰地感受到深受这首小诗影响的刘醒龙此后创作的转变和面向。此后，刘醒龙的创作从以前的为写作而写作中挣脱出来，从理念回归到情感，写身边的事和自己熟悉的

---

① 《扬子江评论》2011 年第 6 期，第 3 页。

人，更深挚地表达了对于生命的真诚和悲悯情怀，对生养自己的大别山故土的涌泉相报。——通过自己的"一碗油盐饭"的故事去感动读者。

三　由景到人，由山到村

在第一阶段，刘醒龙塑造了大别山神奇的树、奇特的山、古老的寨、汹涌的河、神秘的信仰和离奇的民俗，综而览之，其目的实为造景（境）。作品中很少有形象鲜明、让人过目不忘的人物，也缺乏清晰、明朗的现实故事，整体传达的是一幅奇崛、魅惑而封闭的大别山山寨景观，虽然其中也有部分涉及现代生活场景，但那更多的是现实生活偶尔的投影，其目的依然是古老生活风景的牵引和引入性话头。根据风景学理论，游客对景物的摄取和感受更多地取决于其"看的方式"，观看方式不同，所得感觉迥异，而看的方式又与观景者的年龄、阅历、兴趣和背景有极大关系。在"大别山之谜"时期，作家站在山外人的立场看问题，其采取了山外人猎奇的视角，寻找足以引起山外人兴趣的景观进行展示，通过山外城里人对遥远、古老的山村的想象来营造大别山景观，带有十足的东方主义的殖民色彩。东方主义是基于政治和文化霸权的西方，出于自身对于东方神秘感和文化的需要，及政治和经济上教导和控制东方的目标，对东方的想象式的自我建构。"东方几乎是被欧洲人凭空创造出来的地方，自古以来就代表着罗曼司、异国情调；美丽的风景、难忘的回忆、非凡的经历。"[1]为了满足更具文化霸权的城市的需要，获得认可和关注，刘醒龙塑造了那个以大别山为名的景观，虽然其中也涉及大别山人，但那景中的人只是景的陪衬，已经完全景观化。其中，巫一样的奶奶，偏执的家族仇恨携带者独臂佬和豹子一样生命力和生殖力充沛的女佬等人物，都是古老风景的组成部分。而其中起支配作用的是对城市现代文明的妥协，导致创作上作家自我的消失。

---

① ［美］萨义德：《东方学》，王宇根译，生活·读书·新知三联书店1999年版，第1页。

　　在经历了最初的创作迷茫和盲目屈从之后，刘醒龙的创作并未收获意料中的鲜花与掌声，除了父亲看不懂之外，王先霈等批评家也给予了相应的批评。而作者个人实际也在后期通过军事题材、历史题材、乡村现实生活题材来寻求突破。直到读到《一碗油盐饭》刘醒龙才真正醒悟到应该书写人，书写情感，而不是对现代技法的一味模仿和对神秘、怪诞，甚至愚昧题材的苦苦发掘①。

　　在第二阶段作品刻画的地理空间并没有大的变化，依然是刘醒龙熟悉的大别山区，但处于作品中心位置的书写对象不再是景，而是熟悉的普通人。对景观的书写，刘醒龙选取的是对城市需求的仰视的姿态。而对人的书写，刘醒龙的视角最初是五四启蒙者一样的俯视视角，通过对底层国民劣根性的揭示来重新调整自己的写作姿态——从中不难看出，刘醒龙最初是怀抱五四启蒙理想的，相关的作品有《威风凛凛》《恩重如山》和《故乡故事》《冒牌城市》等部分作品。在这些作品中，刘醒龙抒写了乡村历史的残暴、愚昧和顽劣；作者以现代为标尺，表达了乡村改造在文化心理上的任重道远。《村支书》之后，刘醒龙才真正找到自己的创作领地，叙述身边并不普通的平凡人。虽然我们很难说刘醒龙揭示国民劣根性的作品不好，客观而言它们也很有可取之处，也达到了较深的深刻。也许是时代的选择，也许是此后的作品情感更加真挚、温暖人心，也许他们都是作家熟悉的普通人，作家真正写出了生活的绒毛和细丝。

　　此后的系列作品，刘醒龙真正做到了写自己身边最熟悉的一批人：村支书、农民作家、乡村教师、村镇干部、文化馆领导、工厂工人……目光变得平视而温情。因为曾有过类似经历或极其熟悉这一群人，刘醒龙仿佛在写自己，写自己深爱的人，写他们的历史和未来，写他们的出路和存在困境。这种摒弃了以往向上和向下目光的作品，如此坦诚和深切。在 20 世纪 90 年代社会整体精神困迫，人文精神消散的背景之下，这一批贫乏中坚毅的中国脊梁式人物很快就被读者接

---

　　①　这种对现代技法的学习和怪诞题材的发掘在其作品《故乡故事》及《鸡笼》中作者都曾提及。

纳了，并感动着。

在刘醒龙从写"景"过渡到写"人"的同时，其创作同进经历了另一层面的变化：即从写"山"过渡到了写"村"。

"山"和"村"都是文化上的隐喻意象，在这里"山"更多的是一种静态、封闭的文化景观，一种固定的生存哲学和传统习俗。在创作的第一阶段，刘醒龙的创作大多是立足于封闭的山寨，尽管外界有些现代信息传入，但它们依然自成一体，有的甚至固若金汤。在此期的作品中，作者一方面写了其表层的山村景观：《雪婆婆的黑森林》中神秘的山、《灵猩》中灵性的山、《老寨》中阴森、野性的山、《返祖》中混沌、鸿蒙、怪诞的山；更深层次地，作家揭示了这种山寨背景里的人生哲学和风俗民情。在这些作品中，文化传统和风俗习惯是山寨的核，山寨是这种文化得以生存的土壤和温床。人与人之间的联系并非通过政治、组织等系统，而是通过这种传统文化。这种固定不变的，很少有外界干扰和现代文化和政治渗入的、独立存在的文化景观和村落系统，本书称之为"山寨文化"。在这种山寨文化系统中，无法逃离就会永远被这一文化笼罩，而逃离大山则进入另一境，与这一文化系统彻底脱离。如《返祖》中"他"进入山寨，随即从现代进入了古老而独立的文化系统；《人之魂》中桂儿的自我救赎方式只是逃出大山，逃出这一文化系统她就获得了新生；《老寨》《地火》等文也都如此，文化的影响力以山为界，山外属于另一文化圈层和价值系统，两种文化之间近乎水火一样互相对立。

与此相对，在第二阶段，刘醒龙小说中孤立的山寨退却，神秘、怪诞的文化形态对人们的日常生活已经不再具有支配作用，人与人之间的交往更多依靠社会组织而非宗族长辈和山寨习俗。百姓生活和外界通过组织和商品交易、现代知识摄取等方面紧密相连，同时这种联系不可或缺，否则文章中的矛盾斗争就不会发生。如《村支书》中，如果缺少村支书去财政局要救灾款的环节，全文的核心冲突将不再存在；《凤凰琴》中如果删除教师下山，焦灼等待体制接纳的环节，故事将无法组织，矛盾将不再存在。如果说"大别山之谜"系列作品叙述的是前现代社会，此一阶段生活已经进入现代；

前一阶段作者表达的是拒绝现代的情绪，此处表达的是渴望现代的情感。因此，本书称之为"村的故事"，此处的"村"更多的指代的是政治组织形态。

作为传统与现代夹缝之间的村，在传统和现代之间摇摆，既在努力丢弃传统的负累，又在极力争取现代的富强；既在勉力保留传统的骄傲，又在为现代的负担而烦忧。此一阶段关于村的故事也是有关村在传统和现代之间挣扎的写照。

第二节　大别山人物谱系图

虽然批评界对刘醒龙这一时期的创作总体性的认识大体用"现实主义冲击波"或"分享艰难"概括，但这种以偏概全或以点代面的批评方式是极不科学和不负责任的。刘醒龙此期创作的复杂性远非一两个词语可以概括，不论是题材还是意欲阐明的主旨都有众多面向，它涉及农村题材、乡镇生活题材、历史反思题材、女性题材、知青题材、宗教题材等等；有启蒙意识、有成长关怀、有对弱者的悲悯、有对民间英雄的敬意、有对体制的批判，也有对社会风潮的剖析。总体而言，笔者认为此期刘醒龙正处在走向成熟但尚未完全成熟的创作探索期。在这一阶段，刘醒龙的创作摆脱了初期的盲目和盲从，找到了适合自己的正确的创作方向和题材领域，在叙事和写作技法上正朝成熟迈进。

这一时期，是刘醒龙真正开始讲故事的时期，讲身边人故事的时期。根据最初的计划，刘醒龙此期的作品总名为"人在大别山"，与前一阶段创作侧重写大别山人的群体不同，此一阶段力图展示大别山人的个体[1]。基于这一创作设想，刘醒龙刻画了大别山区不同的人物典型，如果说第一阶段刘醒龙刻画的是"大别山景观图"，那么此一阶段他描画的则是"大别山人物谱系图"。

---

① 金宏宇：《刘醒龙"大别山之谜"系列小说述略》，《黄冈师专学报》1991 年第 1 期，第 73 页。

　　原本刘醒龙极善于讲故事，但在前一阶段这种优势无从发挥。也许是考虑太多，想在文本中植入过多的思考——有关文化的、历史的、时代的思考和现代的技法及神秘的、流行的、足以引起关注的元素，或许是因为对讲述内容的陌生，第一阶段故事的讲述总是断断续续、牵牵绊绊，原本完整、流畅的故事总是被不同的线索或对文化景观的描述所打断，从另一角度也可以说，故事讲述能力的不足总是通过各种蒙太奇式的连缀来掩盖，真正做到流畅、明晰的故事并不多见。通过不同时期的两篇作品叙事能力的对比，我们也能清晰地发现这种不同。第一阶段的《后方之战》和此一时期的《村支书》原本是两则主题和风格都极其类似的文章，都是通信报道式地介绍两位时代英雄人物的事迹，批判与之相悖离的社会官僚与人际冷漠。但前者支离破碎，左支右绌，难以自圆其说，后者一以贯之，流畅圆融。这两则文章可以代表不同时期刘醒龙的叙事能力，也能分明体现出刘醒龙创作能力的进展。究其原因，前一阶段刘醒龙创作太过僵硬，想在作品中植入太多东西：既生造、拼凑并不熟知的故事，又玩弄技法。后一阶段作家真正做到了以人物为中心、讲述自己熟悉的人的故事，讲述真正感动或触动过自己的故事，简明、朴实，真诚可信。《后方之战》以新闻记者为线索连缀军人、官僚、后方普通人，题材和领域对刘醒龙而言都过于陌生，但其抱负却过于宏大；后者直接以故事主人公为线，通过其活动来展示其个性和人格，并映射出其他人的人格，而讲述的人物和人物活动的空间又是作者所熟悉的。在对自己熟悉的人物故事明晰、丰满的讲述中，刘醒龙表达出了发自内心的关切、思考与批判，表达了对自己切近的大别山区人们及身处的大别山区乡村的热爱和深沉、浓郁的责任意识[1]。也许正如刘醒龙创作谈里所言，面对自己深爱的大别山区和熟悉的人们自己投入了全部的灵魂和血肉，大别山乡村正是给了作家那碗油盐饭的"母亲"！

　　此阶段刘醒龙大别山区人物谱系不同于前一阶段作品中的山村宗

---

　　[1]　对此，周介人称之为"公民意识"。

法自治体系下的人物组成关系，封闭而孤立，主要对族规、祖训和风俗承担义务，彼此之间关系主要限定于代际之间和族际之间；此期，代际和族际之争已经退居次要位置，人物之间的关系主要存在于经济和政治之间：经济上，生存和发展导致的冲突，政治上，垂直行政管理和政治利益争夺产生的冲突。围绕现代大别山区政治、经济格局，刘醒龙作品中的人物谱系大体为城镇和乡村二级格局，城镇，以行政领导为首，以各级行政机构人员为中间阶层，以普通工人、市民百姓为底层；乡村，以村支书和村干部为顶层，以乡村教师、劳动模范和乡村能人为中层，下层为普通民众。在各种关系中以行政管辖权为首，上下级之间层层管辖，最有威慑力；其他主要是平等主体间的经济和人际交流，在乡村则同时受宗法和伦理制约，不过比起行政管辖，这种制约则要小得多。

刘醒龙第二阶段现代行政体系下的人物谱系图及作品组成：

（一）城镇

县委书记：钟进（《浪漫挣扎》）

镇长：孔太平（《分享艰难》）、安乐（《路上有雪》）

普通城镇干部：财政干部小柳等（《暮时课诵》）、银行干部白青松等（《去年》）、警察李小武等（《合同警察》）

文化馆官员：石祥云《伤心苹果》、杨一《去老地方》、王副馆长（《秋风醉了》）、庄大鹏（《菩提醉了》）、高南征（《清流醉了》）、古九思（《民歌与狼》）

工人：《孔雀绿》《寂寞歌唱》《生命是劳动与仁慈》《棉花老马》《绢纺白杨》等作品中主要人物。

僧人：显空、显虚、显无《赤壁》、慧明和尚等《暮时课诵》

（二）乡村

村支书：方建国（《村支书》）、石得宝（《挑担茶叶上北京》）、卢克礼（《蛙鼓如歌》）

村庄精英：教师（《凤凰琴》《威风凛凛》）、作家（《农民作家》）、劳模（《黄昏放牛》）、村长夫人（《白雪满地》）、李红梅（《红颜》）

普通百姓：四聋子（《恩重如山》）、邱启明等（《火粪飘香》《黑色青春》）、吕大能（《割麦插秧》）

城市打工仔：万方和陈凯（《音乐小屋》）、大河与小河（《白菜萝卜》）

知青：白狗子等（《大树还小》）

大学生：杨梅（《心情不好》）

（三）城市系列

莎莎等（《城市眼影》）、孔雀等（《我们香港见》）、老郑（《汽车不敢撞人》）

在刘醒龙此期的创作中，他已将大别山区当作了一个独立的社会，在这一社会中他雄心勃勃地建造了自己的完备的纸上人物体系。有评论者将刘醒龙称作中国的巴尔扎克和中国社会的书记员，或许正因于此。

一　乡镇领导系列

乡镇领导是刘醒龙刻画最为成功、社会影响最大的一个阶层。其代表作品《村支书》和《分享艰难》刻画了两位乡镇最高行政官员。

《村支书》讲述了一位老式的为民请命的村干部方建国的故事。方建国是望天畈村的村支书，望天畈村是县里最穷的村，欠了财政局5000元修水库的借款十几年没还，大水来临之年，水库又坏了，还得找钱修。方建国家里也极穷，一日三餐，有饭就没菜；母亲和自己一身病没钱治，一直拖着。这样一位无力带动百姓致富的老支书却总也无法卸任，老百姓总要选他。而年轻村长渴望接任却没有人气。这是一个悖反！为了修建村里水库，家境贫寒、一身是病的他18次往来于县财政局催要水利救济款无果，在大水为患之际，他舍身堵漏，葬身鱼腹。这是一个发人深省的故事，也是有关转折时期的故事。方建国之所以无力致富，不是因为没有能力，在管理村庄方面他愿付出，不计私利，有手腕，有威信，不足之处是太过原则，不愿意撒手腕逾规办事。而年轻的文村长，自私自利、手段多样，是村中的首富，却不能主政。在解决村庄贫穷问题上，这是另一个悖反。文村长说："十几二十几年，你栽了些什么花？人家一把手今天找上级要部拖拉机，明天又向国家要座水电站，咱们村都穷成这个样子了，年年救济款反而比别人少……"① 张部长问："你们村划成山区或苏区没有？"方支书说："就差几里路远，没划成……"张部长发了火："界线还不是人划的！你太没用了，这些事要拼命地争。"② 但这些方建国都做不到，他是一个传统时代循规蹈矩的领导人。而新村长则是一个新时代无视传统规范和现代法制的乡村领导人，他偷税漏税，他结交政府工作人员成为酒肉朋友，打通关系卡住救济款等。

《分享艰难》刻画的是年轻的镇长孔太平治理贫穷西河镇的故事。面对一穷二白的烂摊子，为了自己的政绩，孔太平左支右借，通过抓赌发教师工资，打通各种关系、忍痛牺牲自己表妹来维护镇办企业，焦头烂额地维护乡镇稳定。这是另一个时代的故事，故事中传统的规约已经不再存在——至少对一位乡镇书记而言，已经不再存在，这个时代最大的约束是发展经济，是攫取权力，取得政绩。在发展经济的名义下，孔太平也牺牲了比父母还亲的舅舅的尊严及表妹的肉体。这是一个新时代的舍生取义的模式。

这一老一少极具时代特色的两位乡镇干部实为新中国乡镇干部的家族序列中两个时代的代表人物，他们是政权意义上的"父子"。孔太平的故事是方建国故事的续集，孔太平实为文村长的化身。两位乡镇领导人，一位是舍小家保大家、责任意识极强、行事古板、不知变通、舍生取义的老一代领导人；一位是心怀私利、圆通世故、敢想敢干、大局观强的年轻一代领导人。如果说前者是现代的大禹，那后者则是当今的西方豹。更为难能可贵的是，作家没有像传统英雄小说一样将他们塑造成人格上的高大全，作家将他们的私欲、局限——展现无遗，使人物丰满、立体，真实可感。他们丰富了中国现代小说乡镇领导干部体系。理应在文学史流传。

除了以上两部自成序列的父子乡镇领导人之外，刘醒龙以乡镇领

---

① 《恩重如山》，中国文学出版社 1995 年版，第 160 页。

② 同上书，第 176 页。

导为主人公的作品还有《挑担茶叶上北京》《浪漫挣扎》《蛙鼓如歌》《白雪满地》《路上有雪》等。这些作品并没有完全重复前述两部小说的"闯关—牺牲"模式，他们从不同角度、多种社会关系刻画了乡镇干部的形象，使这一主题自成序列，如晤如对。《挑担茶叶上北京》中丁镇长为了给上级送礼，摊派给各个村庄筹措冬茶的任务，村支书石得宝为了村民，只得欺骗父亲、牺牲自家的茶园应付征徽；《蛙鼓如歌》中领旨参观学习的全体村支部成员好不容易筹到的钱款被偷走了，最后在武汉火车站和收容所住了几天，又虚张声势地回到乡里；《白雪满地》中穷村村支书年关为村民所逼，到外避风头，村支书夫人以满腔仁爱之心将村中棘手事务一一摆平，使村庄温暖祥和；《路上有雪》中安乐新任书记，所辖村支书却纷纷外逃打工，以逃避乡里向百姓催徵税赋的差使；《浪漫挣扎》中钟进再遇初恋情人，在出轨与否中纠结不休。这些作品曾被某些论者概括为新改革文学，认为它们是对20世纪80年代改革文学的继续，这些有其言之有理的缘由，但其时代性、地域性和复杂性远远胜出了过分理想化的80年代作品；这些作品刻画了经济挂帅，社会价值变更，干群关系日益复杂化状态下，转型时期（20世纪90年代）中国乡镇领导的群像。这种纤毫毕现，有生活、有思考，有责任、有担当的创作，极具研究价值。

二 文化馆官员系列

因为多年的文化馆工作经历，刘醒龙对文化馆这一空间及其人物非常熟悉；他此阶段的创作中，书写文化馆官员相关的作品共6部中篇，虽然数量不多，但刻画入骨。

首先，颇具反讽意味的是，其文化馆的作品，不谈文化，大谈做官，只在2000年发表的《民歌》（也叫《清水无香》）中谈及了民歌。这一组作品影响最大的是《秋风醉了》。小说写的是文化馆王副馆长极具工作能力，脑子活、有魄力，其他人想不到的点子，他能想到，其他人干不好的事，他能干好；在代理馆长期间他建了文化馆大楼、舞厅和镭射影厅，各方面工作都有声有色，堪称典范，唯一的愿望就是升职转为正馆长。每次卖力干活，以成绩求肯定，结果总是吃力不讨好，组织部接连外调了三位馆长进来，也没轮到他。更让他难堪的是，外调来的馆长能力都远不如他。正当王副馆长心灰意懒，一心带孩子，养花草、虫鱼，毫无进取心之际，却被升任为正馆长。这是另一重反讽，是典型的黑色幽默手法。《菩提醉了》写的是文化馆改革纠纷。孔馆长要对文化馆进行改革，改革的结果是副职一律改为馆长助理，向馆长报告工作，馆长决定升迁，连打电话也要请示；于是围绕如何改革，谁指挥改革，改革是少数改革多数还是多数改革少数，是群众改革领导还是领导改革群众等问题，文化馆员工之间，合纵连横；最后得出观点：改革就是改革别人，谋自己，领导之间的改革就是狗咬狗。文中"改革"一词，在现代背景下被神圣化，但在具体操作过程中，它却沦为最庸俗不堪的遮羞布和护身符；在某些单位，它实际是重新分配利益的幌子。为了获得它的护佑，不同势力之间不可避免地有一番火拼，于是它成了那个看上去很美的"金苹果"。这又是一重反讽。《清流醉了》是文化馆选任馆长，徐馆长新任，正值评副研究员职称之机，徐表面清正，但背后施尽诡计，只肥个人；为获取上级资金，他生生将会计兰苹逼成公关女和人上床；继任，大家选似乎不错的胡馆长，结果单位成了胡姓人的天下，胡家亲戚不断调入，操纵行政，经济实体、杂志全承包给了胡家人；而会计兰苹则被骗做了胡馆长的专用情妇；胡馆长事发，再选馆长，大家认为一任比一任贪，公认选个已经贪足喂肥的。通常意义上，做官自然选良任能，改革是除去制度积弊，扫除发展障碍，但在转型期的中国上演着一场场的新"官场现形记"。这一组文章通过黑色幽默的手法，对现实无奈苦笑，极具批判力量。中国历来是官本位意识极强的国度，官场文化极其兴盛。刘醒龙的"三醉"系列，将文化馆与官场竞争联结，用《秋风醉了》等文化作品来影射仕途的竞争，使"官场文化"这一隐含意义更明显，而"秋风""菩提"和"清流"意象的引入，实际在表明对自然、清明的渴盼，但"醉"的酒肉、昏乱的意蕴使这种清新最终堕入尘俗。但在去除官场积弊方面，刘醒龙似乎是一个消极的作家，如果说《秋风醉了》在一定程度上肯定了王副馆长的进取，以其为主要切入点，讽刺了中国的用人制度；在《菩提醉了》中，主角已经变成了庄大鹏和孔馆长之间的"狗咬狗"，褒贬没有偏向任何一方，而围绕着庄、孔两位周围的是一群利益群体，从双方妻子、家人到相关同事，全部卷入，这是一幅真正的官场众丑图；《清流醉了》展示的恰似一条官员长河，迎来送往、来来去去，时间带给大家的只是绝望，他们留下贪官是希望不要更绝望。

"三醉"似乎太过绝望，批判太过。在"三醉"之后，刘醒龙还写了《去老地方》和《伤心苹果》《民歌与狼》三部作品，前两部依然是写官场。《去老地方》写文化局长杨一的仕途心态。作为一个经济清淡、不受重视的小局局长，周旋于官员之间，杨一经常怀念河边的柳岸，希望能回归清淡、恬静的生活。这种"采菊东篱下，悠然见南山"的仕途心态，再一次回归到自春秋以来的隐逸古风。这种回归田园，返璞归真的仕途心态使"三醉"式的官场文学再入一境。整体看，刘醒龙虽然是个文化保守主义者，但并不是一个孤寂和绝望的作家。在"三醉"式的绝望和《去老地方》的消沉之后，在《伤心苹果》中，作者推出了"明大妈"这一民间的热心大妈，她乐善好施，舍己为人，弘扬"大爱"，将爱传给儿童，传给下岗工人，传给行政官员们。

从"升官图"中的绝望到《去老地方》的消沉，再到《伤心苹果》的仁爱，是刘醒龙官场文学的三个发展阶段，也是他对时代之病给出的诊察、思考和疗救之方。

文化馆系列的《民歌与狼》也名《清水无香》，这部作品与其说是一部小说，不如说是作家的文艺思想的体现。也是作家文化馆系列唯一一部谈论文艺的作品。民歌作曲家古九思需要挑选一个合适的女歌手来演绎自己的作品，参加市里的民歌比赛。不料各方力量纷至沓来，每一个歌手背后都是一系列的关系，或官或商，于是艺术已经不再是艺术，它演化成艺术与政治、与金钱、与肉欲的交锋了，艺术"群狼环伺"，想要保持自己的独立性谈何容易。这个过程里，古九思牢牢捍卫着自己的高傲的人格与清纯的艺术追求，坚定地选择置身人群之外，最纯真、淡雅的柳柳演唱其歌曲。小说中，小园与柳柳，两个美女，代表两极，小园在歌厅唱歌，在老板与官员间周旋，为了成名，灵魂与肉体都可以不要。小柳在家养蚕，采野茶，料理家务，只在大自然中唱歌。

小园说："我要当歌星，我愿意付出代价！"

古九思说："你是一只母狼！"

小园说："民歌是野歌，不像狼是唱不好的。"

古九思说："你毁了我的民歌！"①

而柳柳，拒绝参与竞争，但她与曾经的民歌名家汪子兰类似，"一对辫子在民歌声中如山涧旁的藤条一样荡来荡去"，歌声像"花开时节的风，不但能听到还能抚摸到"。②

显然，刘醒龙更崇尚艺术的自然，认为艺术来源于劳动生活中，为日常生活服务，质朴、清新，而不是肉欲的佐料，歌厅的摆设。

文章写道："屋里只听见剪刀在沙沙响。变成丝的桑叶，飘落似云，铺陈似海。两只手在其间宛如一对比翼的白鸽，无论怎样的翻飞与滑翔，总能在高处抒情地舒展。听过大蚕与蚁蚕咀嚼桑叶的声音，只要闭上眼睛，任何时候都能看见千山万岭之上松涛的起伏，与桃花雨在深夜里动情的呢喃。毫无疑问，民歌就是这样诞生的。在古九思的记忆中，民歌是原野上的人群累着与闲着、快乐与忧伤，还有爱恨交加恩怨错乱时，清理性情与抚摸灵魂而无须神圣菩提的渡水之舟、度人之路。"③

三 乡村人物系列

乡土是刘醒龙一直无法丢弃的血脉身份和永生记忆，对乡土人物的刻画是其作品中分量最重的一个环节。刘醒龙作品中的乡村人物有乡村精英，如乡村教师、乡村作家、乡村劳模等；有普通农民；还有乡村无赖和乡村走出的城市流浪者等。他们来自乡村，乡村也成了他们的身份标签和永恒的宿命和耻辱。因为，在刘醒龙的乡村书写中始

---

① 《清水无香》，见《挑担茶叶上北京》，作家出版社 2012 年版，第 234 页。

② 同上书，第 185 页。

③ 同上书，第 202 页。

终隐含着一个对立又向往的城市，而城市是乡村痛苦的根源。

刘醒龙笔下的乡村精英人物有《凤凰琴》中的乡村教师，《农民作家》中的作家、《黄昏放牛》中的劳模、《白雪满地》中的村长夫人、《红颜》中的李红梅等。之所以将他们与其他乡村百姓区别开来，并称之为"精英"，是因为他们在作品中表现出了超出普通乡村百姓的禀赋和涵养，在乡村生活中起到了更加正面的积极作用。因为乡村领导在前面已经专节讲解，这里并不将他们列入。

《威风凛凛》和《凤凰琴》都书写了乡村教师的形象，在这两部作品中，教师真正体现出了他们灵魂工程师的称号。《威风凛凛》中来自城市的赵长子为了报恩和启蒙乡村，从城市来到乡村，贡献了自己的财富和知识，他秉持传统儒家"我不入虎穴，谁入虎穴"的舍生取义精神，高贵地树立起了乡村启蒙者形象；他外面怯懦，内心刚强，妄图把知识的种子撒播在愚昧的乡村，但却被乡村所屠戮，乡民都将他的忍让当作软弱，将他当作一个可以施展自己威风的最好对象。他正如鲁迅《药》中的夏瑜，妄图充当智慧的药来救治乡村，反被乡村所吞噬。《凤凰琴》中张英才、余校长、孙四海等几位界岭的知识英雄们在最贫瘠的界岭上构建一座理想之岛，而山上的五星红旗则是他们的精神旗帜，《我们的生活充满了阳光》的歌曲反复吟咏，虽然一再和他们的生存现实形成反讽，却在更深层次象征了他们精神生活的阳光与高贵，这种精神之光照亮了山村未来的生活。作品书写了一个贫穷而富穷的山村理想主义者群体，他们不是行政领导，但他们代表的是山村的良心与正义和精神品格。他们的精神宣言正如余校长所言："我不是党员，没有党性讲，可我讲个做人的良心，这么多孩子不读书怎么行呢？拖个十年八载，未必村里经济情况还不会好起来么？到那时再享福吧！"① 当然，他们一方面肩负大义，另一方面却无法抑制对山外文明的向往，对城市的追求。下山去追求更好的生活一直是他们的心意所向，念念不忘，但责任和道义使他们无法做到成全个人，放弃其他。他们是伯夷和叔齐的现代化身，为了节

---

① 刘醒龙：《凤凰琴》，见《恩重如山》，中国文学出版社1995年版，第199页。

义，不恤个人生死。周介人曾说刘醒龙的作品中有一种大爱，这两部作品中的教师形象就是其"大爱"的化身。

如果说《清水无香》是刘醒龙文艺思想的体现，那么《农民作家》则是刘醒龙文学批评理论的小说化，而文中孙仲望和华文贤则给读者刻画了乡村作家的典型形象。孙仲望因奖金驱使，成功地创作了一出戏《偷儿记》，但到县文联经过创作指导老师毛主任等一番理论指导后，增加了色情场面，喜剧改成了悲剧，让剧中人物全死光，大年夜电视演出，群众都认为晦气，他们向孙仲望家泼大粪，贴白联；在老婆等人的建议下，孙仲望改成了群众喜闻乐见的情节和大团圆结局后，戏从初八排到了月底。农民作家为农民服务，满足农民大众需求而不是城市假文人的需求，这是《农民作家》通过文字演绎得出来的结论，也可算作刘醒龙的文艺主张。《一碗油盐饭》后，他的文风陡变，从先锋变得平易，从古拙、怪诞变得清浅、大众，应该也是这种文艺思想转变后的收获。文章中的主人公华文贤和孙仲望当是这两种写作观和人生观的代表。同时，虽然文章恰似一则创作批评作品，但其中体现出的农民作家孙仲望和华文贤两人形象却极有代表性。孙仲望质朴、仁义，虽然有写作赚奖金的冲动和大男子主义意识，但想农民之所想；华文贤狡黠、势利，写作能力有限，却总希望通过巴结城里人来改变自己的农民身份。

《黄昏放牛》通过劳模胡长升的落寞表达了经济转型、价值变更时期传统劳民的文化困惑和价值失落。胡长升是多年的老劳模，全镇年龄稍大者无人不知。当年轻人无心务农，对传统伦理、道德不再坚守时，他一心想通过自身努力来做出典范，证明萧条的农村大有可为。但当捐税频出、领导贪腐抢夺、民众唯利是图、道义都遭否定，而农产品价值低廉之际，他也不禁悲观起来。而他暗中恋了 23 年的女人的病逝更是让他对曾经深爱的农村和农业丧失了所有信念。胡长升是一位傲岸劳模，烈士暮年，壮心不已，他从不屈到最终备感屈辱的悲凉过程，串起了时代的痛肿。他的痛是时代之痛，他说出了许多作家没能大胆说出的真相，多年之后当湖北的另一位良心人士李昌平向朱镕基总理提出震惊全国的"三农"问题时，我们再回看《黄昏放牛》，发现这些话刘醒龙早都沉痛地说出过。文中曾经美丽的秀梅实际就是胡长升心中曾经美好的农村世界，秀梅的逝去，代表美丽乡土的沉没。这是一则非常有力度的作品，不仅人物设置精巧，文中几个经典场面的刻画，也极见功力和深度。如开场与秀梅的女婿麻木司机李国勋的见面，李国勋为了让胡长升坐车，假传镇长的指令，说是镇长请他车送胡长升，将胡长升送到目的地后，又欺他面生，二块钱的车费要了五块。这样的情节设置，使胡长升的回乡之旅从最初就遭受打击，同时也深刻刻画了李国勋的乡村混混形象。再如胡长升与德权在田间积肥巧遇徐镇长一行人，胡长升以为镇长下乡召开现场会，因为自己在田里积了比人还高的三大堆肥，在往日是要开现场会表彰的，胡长升立即要德权帮忙回家去拿烟接待；但镇长连招呼也没打，直接去了德贵家的酒厂；胡长升极为生气，当吴支书问德权回去做什么了时，他气愤地说"他不是回家，他是去厕屎"。这种极具生活化的场面既让人啼笑皆非，又笑中带泪。

　　在如上主要精英群体之外，刘醒龙还在《白雪满地》中刻画了一位仁爱、包容的村支书妻子李春玉的形象，她是村支书系列的小小补充和典型刻画，这种以干部妻子为核心的作品在以往的现当代文学史作品中很少见到，她也是刘醒龙乡村人物谱系中的独到发掘。在年关之际，领导们因无法支付村中困难户的过年款，全部像杨白劳一样外出躲债，留下一群妻子在家支撑；这些干部妻子们有的炫富，有的拆台闹事，只有李春玉真正体恤穷困，宽容大度，她原谅了马爱国故意将年猪不杀死的报复，没有计较偷了自家年猪的马二伙并为其处理好一系列麻烦的家事，提供赵二爹过年的肉鱼，并请穷困户一起到家吃团年饭。文章以严寒的大雪为自然背景，以乡村的贫穷和纷争为社会背景，但在仁爱的关照下，却团聚成了一个温暖的乡村大家庭。这是一部具有浓烈西方圣诞剧意味的作品，也是一部在内容上戏拟经典戏剧《白毛女》，但却写出相反意味的作品。很有探究的意味，可惜批评对其关注不足。文中支书夫人李春玉酷似西方耶稣一样的乡村女菩萨，关爱众生，体恤疾苦，仁慈大度，最终化解了仇怨，缔结了温情。

　　对乡村普通百姓的刻画也是刘醒龙此期作品中的一个重要部分。这类作品主要有，代表乡村父母形象的四聋子（《恩重如山》）和邱启明（《火粪飘香》），等等。《恩重如山》是一部剖析国民劣根性的作品：老光棍四聋子捡了一个弃儿冬至，为了让冬至长大行孝报恩，四聋子保留着冬至被弃时包裹的花棉袄，经常要冬至温习诸如"大恩大德来生做牛做马也报答不完的类似言语"。因害怕冬至读书远走，他极力阻止冬至读书上学，阻止冬至打球，为了将冬至留在身边，他让十三四岁的冬至强奸婶婶静文，结婚、生子留在自己身边。四聋子的形象代表了老一代中国人养儿防老、急功近利的狭隘思维，揭示了华夏国民性中的那一个"小"。《火粪飘香》直接承接《恩重如山》，但与《恩重如山》不同的是，文章刻画了两位中国式的"高老头"形象。吴四哥的儿子吴水清上大学进城以后，六年没有回家，老父亲饿得昏死了过去也不管；邱丙生的儿子启明即将高考，他担心启明像水清一样进了城就不认老子；但当儿子开口要钱，他虽然极不情愿，但也尽力满足并陪儿子高考结束；最终儿子没有考上大学，从来看不起吴水清的他，只得多次向吴水清求助，并极力筹钱让儿子读上定向委培的大学；而多年恨透了儿子不孝的吴四哥在儿子即将升任局长，纪委调查时却一反常态地敦促邱丙生为儿子说好话，为了帮助邱丙生的儿子上学，从不求儿子的吴四哥喝农药自杀，遗书请求儿子一定大力帮助。两部作品，一部写出中国父母的劣根性，另一部则写出了这种劣根性背后的另一种爱的本能：不求回报，不计得失地为下一代奉献，死而后已。

　　除此之外，刘醒龙乡村系列中，还有一类乡村混混形象很值得注目，这类形象在很多作品中都出现过，但在刘醒龙作品中，他们更具有转型时期的特色。在刘醒龙作品中，除了早期《异香》中的老灰之外，此期作品混混形象涌现得较为集中。在这些作品中，首先且较为集中地对乡村混混进行书写的是小说《威风凛凛》。"文化大革命"过后，以前的权贵和权威被打倒，乡村无赖翻了身；他们从革命斗争中得到的经验教训是绝不能长人志气，灭自己威风（也即湖北方言"斗狠"），于是一批原本就缺乏道德顾忌的无业游民趁势作威作福，欺凌乡党，无恶不作，其中，五驼子和金福儿就是其中的代表。他们欺行霸市，无恶不作，彼此间互相倾轧，五驼子是个屠户，总是以凶狠示人，他最终杀死了赵长子；而金福儿通过财富积累和绑架权力（和女镇长结婚）控制了全镇的经济和决策。在他们影响之下，全镇百姓都以耍威风为要务。这是一部隐喻性质极强的作品，在不尊重知识，只重霸权的时代，每个人都有混混的潜质，文章实际写出了民族的混混本性。

与《威风凛凛》集中书写乡村混混不同，许多作品中的混混只是文章乡村势力的一种，他们是乡村的恶瘤和仁善乡村的破坏者。如《红颜》中的张狗儿以贫农身份混进革命，以革命者的身份霸占良家妇女，杀害无辜，欺凌乡民；《黄昏放牛》中的李国勋，则是改革时期的毒瘤，为了金钱和私利可以放弃一切，他骗乘客钱，诓要岳母的金戒指，不赡养病重的岳母，在岳母村里和野女人私通。其他如，《大树还小》中的某些知青，《清明》中的石磙，等等。除了以上提及的作品之外，刘醒龙此期小说通过诸多事件，揭示了只要时势变动，不能妥善治理，良民也都是潜在的混混。如《心情不好》中杨林与村干部的对峙，《白雪满地》中因贫穷和怨恨而报复和偷窃的马二伙和马爱国等。

刘醒龙作品中的乡村人物谱系还包括：《音乐小屋》中的万方和陈凯及《白菜萝卜》中的大河与小河等去城市的农村务工者形象，《大树还小》中刻画的下乡"知青"形象，《割麦插秧》和《火粪飘香》刻画的种田农夫吕大能和邱丙生形象，及乡村企业家史和平形象，《心情不好》中乡村女大学生形象，等等。这些作品，共同构成了一幅乡村世界人物全景图。

四　城市人物系列

与乡镇人物的全息刻画不同，刘醒龙有关城市的作品相对较少，很少为评论关注，其作品中的城市人物形象除领导人物及文化馆官员之外，关注较多的为工人和普通城市百姓，其形象特征也较为模糊。

工人是刘醒龙较为关注的群体，其此期有关工人的作品有《孔

雀绿》《寂寞歌唱》《生命是劳动与仁慈》《棉花老马》《绢纺白杨》
等五部，这些工人形象实际为农民形象的工厂面孔。因为时代相同，
困境相似，作为社会中下层的工人与农民兄弟们遭受着大体类似的时
代之痛。《孔雀绿》中劳模吴丰产品革新成功，但厂长承诺的 500 元
奖金却没有影子；吴丰家里揭不开锅，这钱早已做好了打算；虽然工
厂产品滞销，但部分人却过得极其滋润，劳模经历了漫长的思想斗
争，最后参与了其他工友对工厂的偷盗行为。而在同样的背景下
《绢纺白杨》中的女工杨小娜走在出卖肉体的边缘，而其两对工友则
直接偷盗了厂长家的保险柜。《棉花老马》中的刁师傅和马师傅因为
工厂倒闭下岗，一起合伙开了家汽车修理厂，但生意也都被领导家的
修理厂垄断；他们的儿媳妇因从事领导接待工作，被他们怀疑通过出
卖色相混生活，家庭关系极为紧张。《寂寞歌唱》与《生命是劳动与
仁慈》是两部长篇，前者写工厂倒闭边缘，退休老工人林奇与作为
厂长的儿子林茂之间的价值观碰撞，林奇要求谨守道德准则，一心为
百姓，而林茂则无视工人死活，只谋私利；后者通过农村进城的合同
工陈东风的城市工人经历指证了农村的萧条，工厂的危殆，抨击了城
市的荒淫和傲慢，弘扬了乡村的田园牧歌式生活。这些作品中书写了
三类人物：克己奉公的优秀工人，损公肥私或无所作为的工厂领导及
贫穷的工人们。优秀工人与无所作为的领导之间由于价值观念的激烈
冲突，导致两类人物生活境遇的天壤差距，优秀工人都是忍辱负重的
一群，在为工厂的新生不懈地奋斗与坚守着，而领导们也在通过自己
的努力让工人们看到些许幸福的远景。而处于困境中的工人们，男工
大多因利益之争而闹事和偷窃，女工基本在出卖肉体或正在走向出卖
肉体——纵使《棉花老马》中作者给予了理想式的维护，斥责了老
马和老刁的庸俗思维，但两位老人的儿媳做的实际是出卖肉体的工
作——这导致故事的内容与作者理想的某种悖逆。

　　此期关于城市的文学作品共有《城市眼影》《我们香港见》《汽
车不敢撞人》等几篇，总体而言，小说缺乏形象鲜明的人物，这些
人物大体都成为情感迷乱、物性十足和操守欠缺的指代性符号。《城
市眼影》中，蓝方往来于莎莎、师思两个女性之间，师思与蓝方似

乎互有好感，但也在几个男人之间徘徊，报社主任等人物也都身陷情感迷惑之中；《我们香港见》主要写了两个女性：我的初恋情人白珊与导游孔雀，两个女性都是物质的动物，白珊为了总经理的钱抛弃了深爱多年的"我"，孔雀则为了金钱坑蒙拐骗、卖身、走私无所不为；《汽车不敢撞人》中吴、郑两名副主任都想转正，但老郑最终成功了，而每天上班路上用时太多的老吴向手段多样的老郑打听上班用时少的原因，老郑提供秘诀：上班从不等红灯，从不让车，而让车让人，老吴效仿，果然奏效；最后老郑终于被车撞死，而老吴依然不改。总体而言，这些城市文学较之乡镇题材文学质量一般，作者缺乏对城市的深入了解，和融入的感情，作品和人物都流于表面和符号化，作品也更多从消极方面书写城市。

第三节　批判与分享：时空之惑

从《黑蝴蝶，黑蝴蝶……》的理想主义的"光点"到《分享艰难》的委曲求全，从《雪婆婆的黑森林》中的天真烂漫到《威风凛凛》中弱肉强食的"丛林法则"的残酷，刘醒龙的创作变化之大，令人瞠目结舌。最初个人主义的"黑森林"早已被社会大潮所覆盖，童真灵秀的征服黑森林愿望演变成了个人对社会现实的穷于应对，这其中既有时代发展的烙印，也是作品发展的轨迹，更是作家世界观变化的印记。从这些演变中，我们既能看到作家作品的相互关联，也能看到其从虚到实，从个人走向社会的鲜明印记。刘醒龙这一阶段的作品被统称为新现实主义小说，作为现实主义的表征，客观反映社会现实、刻画典型环境中的典型人物及强烈的社会批判性是其典型特征。这些作品继承了前一阶段强烈的参与意识与文化关怀情结，不同之处是其当代性更强，参与更深，批判性更强。而刘醒龙作品的批判性与现实主义作品多见的政治批判不同，其政治批判的同时，占据主导方面的更是一种文化批判——融注着深刻时空意识的文化批判。刘醒龙此期作品继承前期的文化之惑，陷入了深深的时空回望之中，作品对以前的时间充满怀恋，对现在的时间极感不适；对乡村文明具有强烈的认同之感，而对与之相对的城市文明则大加讨伐，并将二者对立起来。

在上一节中，我们对其作品中的典型人物进行了粗略分析，而其寄寓于这些人物之上的心意所指更值得进一步深究。总体而言，刘醒龙此期创作可用"分享"与"批判"言之。"分享"一词来源于其此期代表性作品《分享艰难》，它本义为对成果的共同享用，但此处因其原作的含义就有了"分享"与"分担"的双重意蕴，既意味着分享劳动成果，又意味着分担时世艰辛。而批判在刘醒龙作品中显得更加突出，作为传统现实主义文学的特色之一，批判本身就为其题中应有之义。刘醒龙的批判涉及多个层面，既有国民性批判，也有政治批判、社会文化批判等。当然，现实的批判从来就不是孤立的，在同一部作品中，政治批判和社会文化批判很难真正分割开来。而与作为批判对象的负面现象相对，在批判的同时，刘醒龙同时也为读者提供了可以敬仰的道德楷模和精神斗士，这一形象的设立与其精神的感召也即刘醒龙作品中的"分享"所在。

一　国民性批判

国民性批判总与启蒙不可分离。五四以来的启蒙主题在此后的文学写作中，一直被一批严肃的作家们继承着，在使命意识强烈的作家们那里，启蒙与批判从来都是其创作的义务。刘醒龙作品的启蒙意识从来就有，第一阶段的创作虽然优秀作品不多，但对传统文化的使命感，个人对国家和社会的担当意识依然极其突出，如《返祖》中对"根"的回归，《大水》中通过时间之河的冲刷来映衬执着古老家族仇恨的可笑，《故乡故事》对故乡人的种种愚昧可笑之处的针砭，《冒牌城市》中对乡土生活习性的根深蒂固与乡村城市化和现代化艰难的描述——这也是他能最终为读者所认可，在中国当代文学史上留下存在印记的最重要原因。在创作的第二阶段，刘醒龙的创作也是从对国民性的批判开始的，其中深深地透露着师从鲁迅和向鲁迅先生致敬的痕迹。同时也表明经历了第一阶段的创作艰涩之后，刘醒龙重新回到五四，重新从新文学源头上去汲取前行的养分。

发表于 1991 年的《威风凛凛》是国民性批判的代表作之一。作品写的是"文化大革命"后，改革中，西河镇昔日的流氓、地痞称霸，百姓以杀人威风、让对方永世不得翻身的"文化大革命"宣言为处世之道，以求自保，曾经被珍视的风雅的文化精神，仁爱的处世之道被弃之如敝屣。文中，爷爷当面羞辱前来家访的赵长子，并以此告诫孙子说：

> "我只是当面杀杀赵长子的威风，不让他有一点翻天的机会。
>
> 我说，爷爷，你不是说，赵老师是镇上最没用的人吗，他哪儿来的威风呢？
>
> 爷爷说，伢，你不懂。你看金福儿如今骑着全镇人拉屎拉尿，就是当年没好好杀他的威风，若是像待长子这样就好了，就不至于有今日。
>
> ……
>
> 爷爷又说，谁要是连赵长子都不敢欺负，那还有什么用。"

这种武力压服，以"斗狠"来争取个人价值的原始价值衡量方式在西河镇大行其道。小说叙述了从外地来山村的启蒙者赵长子，致力于西河镇文明、富强的老师，被西河镇饿得又高又瘦，成为人人都敢欺负的对象，最终被杀害的故事。故事以侦探小说的形式，通过杀人案件侦查的过程来展现赵长子所受到的欺侮和西河镇百姓人性深处的凶残，这一凶残以革命和改革为契机恣意发挥出来。这是一部从内容到形式都与鲁迅作品形成互文的作品。作品中，赵长子即西河镇的"夏瑜"，他给山村带来金钱和知识（启智之"药"），希望将乡村的孩子送出大山，为乡村的未来做好铺垫，但却被西河镇人杀害（西河镇人的斗狠之"药"）；他也是西河镇的"狂人"和"阿 Q"，他秉持着传统的儒家礼仪，知恩图报，以诗文作为精神财富，作为自己抵抗欺侮的最坚硬的武器，堂吉诃德一样抵抗着强大的环境，是西河镇人眼中十足的异端和疯子，是自我满足的阿 Q，最后以革命的名义被时代除名——这是一个暴力革命压倒思想启蒙的时代。

"斗狠"与"杀威风"，这是一个民族的根深蒂固的劣根性，它揭示了中国几千年来"恕道"不行，每一页历史中都写满了"杀人"的真正原因。这一结论与鲁迅的历史（三纲五常）的"吃人观"虽然不同，但却从另一侧面揭示了中国文化"吃人"的真相，和启蒙（药）难以真正产生疗效的原则。

在《恩重如山》中，作者以四聋子养育冬至的过程，再一次回应了鲁迅"救救孩子"的主题。冬至是光棍四聋子的养子，为了使冬至长大后给自己养老送终，四聋子在对冬至的教育过程中始终贯彻着"知恩图报"的主题，并用尽各种方法破坏冬至奔赴远大前程，离开自己，最终使冬至成了另一个"四聋子"。从收养时开始，"四聋子依然每天早上拍打冬至的光屁股，说他是野种，不是自己好心收养他，他的狗命早就没了，要他长大了多行孝多报恩。"冬至读书很好，"四聋子最不爱人说冬至前途无量，他对人说，他没有别的念头，只要冬至能报恩就行。"最后终于想尽方法将老师赶出了山村；冬至乒乓球打得好，四聋子让他在比赛时出丑从此厌弃乒乓球；对于其他人的质疑，四聋子回答："我讨厌将来，我只顾得了现在。"最终，冬至开始偷看女人上厕所，扒女人窗户，强奸女人，并早早结婚、生子，开始了与父辈同样的人生循环。鲁迅认为中国的文化教孩子"吃人"，因此在多处提到"救救下一代"的主题，这回应了"五四"时期反封建、寻求个人平等和自由的精神；同样的主题，在民族解放后，市场经济初兴，功利思想盛行的 20 世纪 90 年代，刘醒龙从国人教育的近视和功利性上作答，给了我们不同的启示。

此外，《火粪飘香》中揭露的近乎本能的父母之爱，《合同警察》《路上有雪》等许多作品中揭示的宗族斗争等都从不同侧面探讨并抨击了我们民间遗留的国民性的不足之处，而《蛙鼓如歌》则在一定程度上讽刺了村委们死要面子活受罪的传统烙印。

二　社会文化批判

20 世纪 90 年代对于社会文化的批判似乎是一个精英文人不约而

同的矛头指向，其最集中的体现就是发轫于 1993 年的"人文精神大讨论"。这一讨论以社会的日趋纸醉金迷、道德沦丧为目标，旁涉传统文化的消弭与精英意识的沉沦；20 世纪 90 年代的文化事件似乎大多与这一主题相关，而 20 世纪 90 年代的文学创作也无法真正与这一论题撇清——因为这实在是一个包蕴深广、纠结不已的话题，既与市场与媚俗相关，又与启蒙与推广相关；既是一个道德和精神之间纠缠的话题，又是一个大众文化与精英文化之间纠缠不已的话题；既卷入传统的扬弃又涉及对现代的迎拒，既涉及乡土与自然，又要面对城市与工业化。所以这一论题，参与者大多自说自话，作家们也各执一端，聊以借一话题表述自己而已。就是在同一个作家笔下，这种表达也经常是矛盾的、游移的。刘醒龙作品中对于社会文化的批判也是如此。

在《村支书》中，一方面刘醒龙批判了现代市场经济的唯利是图和官僚主义，但另一方面对经济上唯利是图的现代意识却又极其欣赏，在文章结尾暗示文村长的致富之道才是望天畈村的兴旺之道；否定官僚主义的同时，却又极其明确地包含着对清官的赞许和期待。在《农民作家》中，作者鲜明地表达了对文艺大众化的推崇，对精英化、过分雅化的抨击，但在《清水无香》中，却一再表达对于民歌清新、脱俗的推举，对大众、俗艳的贬斥。

然而排除在发展经济和弘扬艺术上的矛盾之举外，刘醒龙对社会文化的批判锋芒坚定而猛烈。这种批判基本都出于对精神高洁、伦理道德和传统文化的维护。如在《威风凛凛》中对赵长子与镇上居民两种人格的对比所体现出的批判与彰明：

> 爷爷说，你想斗狠，我也不怕。
>
> 赵老师说，其实，人怕人又有什么意义，任谁也骄横不了两生两世，可如果想着多给别人做好事，过了许多代也还有人纪念。①

---

① 刘醒龙：《威风凛凛》，作家出版社 2007 年版，第 30 页。

　　爷爷不作声，停了一会儿，又说，我知道，赵长子的骨头是诗文做的，他的威风全在骨头里面，西河镇的人连他脚趾缝里的泥都不如。①

　　我说，屙尿跑那远干什么，又不是女人非要上厕所，找个无人的地方，不就行了。

　　赵老师插进来说，人嫌不嫌别人脏，或者脏不脏了别人，都是次要的，最重要的是自己嫌不嫌脏了自己。②

　　作品仿佛北岛《墓志铭》的小说版，以高尚者的死亡和卑鄙者的胜利和苟活设置情节，在悼念赵长子的同时，也痛悼古典时代的远去和另一个堕落时代的来临。

　　《黑色青春》是一则新闻体小说，写的是好学生汪祥因为家境贫穷，被迫辍学，但社会的冷漠、亲人的嘲讽使他最终走上了弑亲之路。如果说李昂的《杀夫》是对传统男权社会的祭旗，对于传统的宗法社会，《黑色青春》则是另一面祭旗。在这里，曾有的以宗族为单位的同舟共济、同仇敌忾、荣辱与共都已消失殆尽，温文尔雅、相互体恤的亲情和对知识的尊重已被经济的贫富所解构，财富是带给人们尊严与荣辱感的唯一因素，家族的冷漠最终使汪祥将自己的七口亲人杀害。

　　《火粪飘香》则是一则亲情流失的祭文，曾经的养儿防老传到了吴四哥那里却成了一种讥讽。吴四哥供出了足以光耀门庭的大学生吴水清，儿子一路高升但却早已忘记了曾经的养育之恩——多年对父亲不闻不问，吴四哥差点被饿死；儿子偶尔的回归还是因为邱启明的告状和为升迁扫除障碍；为使儿子为自己办事，吴四哥最后只得以死亡相抵。作品犹如一架天平，将养育之恩与个人的仕途升迁相衡量，最终结果自然是仕途更加重要，其实何止仕途，吴水清早已将养育之恩遗忘，七年之中没有回乡看望老父亲。这种代际间对于养育恩情的不

① 刘醒龙：《威风凛凛》，作家出版社 2007 年版，第 8—9 页。
② 同上书，第 58—59 页。

同理解，充分体现出了时代之惑，在农业社会秩序一切照旧，但在现代社会时间是另一种秩序，古老的养儿防老，早已被某些人抛进了时代的垃圾桶。

时间之惑还体现在《赤壁》《黄昏放牛》《孔雀绿》等作品中。《赤壁》让人想起"三个和尚没水吃"的故事：在传统文化深厚的东坡赤壁，在著名的二赋堂，显空、显虚、显无三个和尚没能潜心研习佛法和书理，整天忙于彼此争权夺利和女色之中，最终在日本人入侵到来之时，国军既没能在军事上和侵略者抗衡，在文化上也输得一败涂地。这种文化上的哀思和批判，极具深度和影射力度。"赤壁"是民族文化殿堂的象征，自苏轼以来，代代文脉昌盛；文章通过赤壁兴盛时期和兵荒马乱的抗日战争时期的对比，突出时间之惑，传达出文化衰落，今不如昔的慨叹。20世纪90年代，经济的强化、传统价值观念和传统文化的衰落，使作者深为痛心，作品的忧世伤怀情愫和批判意识强烈而充溢。

《黄昏放牛》和《孔雀绿》另辟批判空间，对社会的价值评判标准进行了强烈的质询。胡长升和吴丰都是多年的劳模，他们是工农良心的代表，但在新的社会情势下，他们都没有立足之地，最初热烈的种好地和好好工作的愿望都无法坚持。归去来兮辞曰"田将芜兮，胡不归"，胡长升从城市回归到田野，但繁重的捐税使他难以再次侍弄田园；现代社会评价标准早变了，谁能弄到钱谁就是劳模，种田能手早已被遗忘。而吴丰虽然全家吃了上顿没有下顿，整天为集体发愁，最后也被逼得偷起了工厂的财富；而真正过上好日子的人是那些整天打牌，一心为私的采购人员们。

时间的伤悼体现出的实际是现代的困惑：对于传统文化的失落，传统文化风骨和价值标准缺失的痛悼；《黄昏放牛》中对于农村传统道德流失、伦理失范的指斥；《音乐小屋》《大树还小》《绢纺白杨》《棉花老马》中对以强凌弱、贫富不均的冷漠社会现状的抨击；在《暮时课诵》中对尘界和仙界两极颠倒，没有敬畏，唯利是图的社会现状的抨击；《我们香港见》《城市眼影》中对城市的唯利是图、真情缺失和情感困惑的抨击等都是其不同的表现形态。

　　而刘醒龙对于发展现代经济和弘扬文化上的矛盾实际也是出于对道德和传统文化精神的维护，因此刘醒龙的社会文化批判实质是一种道德文化批判，这种批判实际延续的是：物质的"现代化"与精神的"纯洁化"这样一个当代文学发展中的"分裂性"主题，实际反映了左翼文学思潮进入现代民族国家历史阶段后，一个自身无法克服的矛盾与困惑。作家一方面停留在过去的时间之中，另一方面对现代的时间极其向往，这种时间和空间的矛盾是刘醒龙文章，也是文化精神讨论过程中许多人所无法回避的局限。

三　城乡对抗

　　城市与乡村是人类在不同时期寄居的两个地理空间，它们分别代表着两种文明和价值观念。中华民族长期的乡土生活经验使其人生哲学和社会组织与管理形式大多围绕乡村文明而制定，如仁厚、忠孝礼义信；如宗法、纲常，如小国寡民，老死不相往来；等等。这种价值规范更适应于亲族等小圈子之间的礼法、等级与道德交往，它是一种封闭的大陆性哲学智慧。而与此相反的城市文明则是一种海洋性的哲学智慧，它在欧洲海洋城邦居民日常的接触中形成，更重视人际之间的经济交往、文化交流和武力争夺等方面的交往，因此其平等意识、规则意识和逐利本性更其突出。在改革开放之初的中国，旧的文化传统正在被打碎，新的规则还未形成，社会意识还处于较为混乱时期，在这样的背景下，长期生活在旧的文化体制之下的传统文人和社会百姓一时无所适从，不可避免地产生了社会迷乱感。在20世纪80年代初一批文化人在现代化的冲动之下，一心想抛弃旧文化的束缚，高喊"打倒"和"西化"的口号，但到80年代后期及90年代，当旧的文化传统真正不被重视之时，他们又生出无限的文化恐慌，这种恐慌一方面表现在对过去时间的留恋和对现在时间的不适之感，另一方面则表现在对曾经的乡土的怀念和对所处的城市的批判。在这方面刘醒龙是典型的例子。

　　在第一阶段，刘醒龙对大别山神秘景物和人情的描摹在很大程度上，目光是向外的，是为满足外界对山里的期待和需求，因此这种描摹是带有山外眼光的对山村的审视，是一种追求"陌生化"风景的猎奇目光，尽管这种猎奇偶尔也具有珍惜和影射当下的意味，但并不妨碍作者整体的创作取向。但在第二阶段，猎奇的"山村"变成了怀恋的"乡土"家园，作者与城市同谋的视角变成了对城市的背叛和控诉。这种控诉几乎是一以贯之的。作者谈道："离开乡土15年后，乡土意识才会真正觉醒。"也许这正是作者第一、第二两阶段创作表现出截然相反的价值取向的原因吧！

《村支书》中作者以村支书方建国焦裕禄式的鞠躬尽瘁和大禹式的为人请命来表达乡村"中国脊梁"式的道德品质，而以城市的推诿和狡诈来喻示城市的生存哲学，两者的地域空间差距实际是一种道德差距，而乡村的贫穷与城市的安乐的等级分化及俯仰的不同视角又加深了其二者间的对立。而《农民作家》等又从文化品位上对城乡进行了比较，肯定了农民作家的大众化，痛斥了城市文化官员的食洋不化和教条主义的"媚雅"。

而其中较为典型地反映城乡对立的作品是《白菜萝卜》和《大树还小》。

《白菜萝卜》以大河、小河兄弟俩作为城乡形象符码，小河进城揽活，大河在家务农——暗合了城市来自乡村的事实。俗语云："大河有水小河满"，文章自开始就设定了这一情节主题，通过去城市为小河解决难题的大河的视点来展示城市本身：来自乡村的小河很快在城市就变坏了，他与人通奸一再受到威胁，请雄壮的哥哥大河去击退来人；通过恶霸闹菜场、初恋情人的卖身、小河夫妻关系恶劣，小河认识到城市的人际关系的紧张，情感关系迷乱，和生存的弱肉强食等多重事实，最后，香艳的城市女人也没能留住大河，他回归到了故土乡村。毫无疑问，这是一部寓言性作品，本雅明在《德国悲剧的起源》中谈道，现代小说起源于寓言，它们都是寓言性作品。《白菜萝卜》就极明确地定位了城市与乡村的关系——憨厚、淳朴大哥与腐朽、堕落小弟的关系。

《大树还小》被当作一部"知青小说"受到关注，但其对城乡的关系与定位上较《白菜萝卜》有了更进一步的深入。小说题名较为怪异，来自乡村的敏感、贫病交加的少年名叫"大树"，"树"是根、本的象征，贫弱、敏感的大树无疑是乡村的象征，文章就是以大树的视角讲述了一个知青的"回归"故事。"文化大革命"期间，来到乡村的城市"知青"受到了乡村的优待，被乡村挽救过生命，但他们却偷鸡摸狗，诱奸乡村女孩，嫁祸乡村领导；返城多年之后，曾经的城市青年已经人到中年，过上了优渥的生活，于是乡村又成了他们怀旧消闲的去处，而乡村的女儿则成了他们放纵欲望的对象。这是一个双线并进的故事，寓言性极强地重新讲述了城市"弑父娶母"的本质。乡村是一棵虚弱的大树母亲，而城市则是变本加厉，代代沿袭的被宠坏的孩子。

除了在作品中广泛展示城乡的对抗之外，此期刘醒龙还在《城市眼影》《我们香港见》《汽车不敢撞人》中集中展示了城市的迷乱与欲望和投机性。这些刘醒龙作品集中较为少见的另类的作品，更进一步强化了城市的本质。而此期的乡村进城务工青年的城市感受则更进一步强化了城乡的差距。如果说此前《白菜萝卜》和《大树还小》从城乡关系本质上思考了城乡关系，《音乐小屋》《民歌与狼》则从城乡等级观念和审美趣味上探索了二者关系。

《音乐小屋》通过乡村青年万方的视角来展示了城市的粗俗：瞧不起他人的楼上的胖邻居，让儿子弹"富足而有知识的象征"的钢琴，但喷着恶俗的香水，总穿着高跟鞋敲打邻居的头顶，而其儿子更喜欢万方的口琴；给女儿取崇洋媚外的"伊莉莎白"名字却举止粗鲁的城市女人；外表清纯的妓女；追捧装腔作势做表面功夫的做派；"施肥太过，只知道疯长"的霓虹灯和永远死气沉沉的冬青树……万方更喜欢朴实的口琴和自然凋谢的菊花。

《民歌与狼》则通过柳柳所代表的乡村的清纯和无欲无求与小园代表的城市的俗艳和摄取的审美对比展示了城乡的人生追求和审美情趣差异。

四　灰色背景下的父辈形象

20 世纪 90 年代是一个灰色时期，工业、农业及整个社会价值观都在动荡之中，体现在文学作品上，80 年代激情、理想、讴歌及实验性作品极为罕见也无法构成潮流，对现实的批判与抗争的作品大行其道。整个 90 年代，前有《废都》等批判性作品，中有"现实主义冲击波"等无奈的微笑式作品，后有"身体写作"的投降主义涌现。理想主义大旗在节节降落却又被一批中生代作家勉力扛举，如张承志、张炜。刘醒龙也是其中之一。刘醒龙的理想主义虽然远不如张炜和张承志来得激烈和慷慨，但却从未放弃，他的理想主义犹如明日黄花被父辈人物高高擎起。

　　许多批判性作品都谈到刘醒龙的小说中大都有一位老人或父辈形象，这位老人在其创作初期以爷爷的形象出现在其作品中，在第二阶段他们则以父辈的形象现身，担负起生活的希望，承传朴素、仁厚的道德理想，承担艰辛又实在的劳作行为。"父亲"形象是刘醒龙此期作品中的核心人物，任凭时势变迁，潮涌潮落，他们始终是最坚定、最执着隐忍的一群，是民族精神最沉默却又最值得敬重的一群。

　　"父亲"形象的出现总是与社会价值观念变幻紧密相连。《威风凛凛》中的赵长子是学文的老师和父辈，革命之后，尽管整个小镇都"盛气凌人"，人际关系成为你死我活的"弱肉强食"世界，赵长子始终逆来顺受，坚持着非暴力的道德理想和弘扬知识、迎接文明的价值追求。他是小镇唯一的文明火焰，是最后的普罗米修斯。《村支书》中的方建国，在社会风气变迁，个人主义盛行，干部只为个人服务之际，在家庭经济极度紧张、身患重病之时，始终不负百姓重托，忙完公务再忙责任地，多次前往县财政局催款，最后用身体堵住了为害的水库。方支书就像新时期的黄继光，堵住了为害的枪眼，但在一定意义上他更像现代的大禹。正如文中张部长所言："老方是个好干部，是一面镜子，为百姓谋利益的干部才是好干部，这样的人过去有，现在有，将来会更多。"[①]《黄昏放牛》中胡长升在农村田地荒芜，年轻人懒散、享乐，社会人际冷漠，人伦溃败之际回归，他以勤劳、忠贞、勇于担当的光辉形象映照出生存背景的灰暗和绝望。其他

---

① 刘醒龙：《村支书》，见《乡村弹唱》，群众出版社 1997 年版，第 41 页。

如《生命是劳动与仁慈》中的陈老小、陈二陌、高天白，《孔雀绿》中的吴丰，《寂寞歌唱》中的林奇，《火粪飘香》中的邱丙生和吴四哥……他们都是在道德沦丧、社会价值观念浮华之际，坚守传统道德观念，仁厚谦恭，同时勤劳任怨，不计较物质利益的一代人。他们是灰色社会的一抹亮色，他们的坚守映照出时代的病症。与父辈相比，年轻一代的人格和道德不足显得如此刺目，社会整体价值的局限及其改造变得刻不容缓。

　　然而这种时代的不适之感，除了反映出作者个人的文化保守心态之外，还有很大一方面来自于"十七年"及"文化大革命"文学的熏陶。毋庸置疑，刘醒龙的价值观念是极其保守的，其作品中九斤老太"一代不如一代"的观念根深蒂固，根据余英时与姜义华对保守主义的定义"要求变革较少""要求使变革范围于特定的价值取向之内，于尊重传统、尊重权威、民族主义等范围之内"①的保守主义定义，刘醒龙无疑是典型的文化保守主义的代表，在其作品中，年轻人始终是落后文化的代表，是追赶浮华时代潮流、应该被改造和教育的一群，相反父辈始终代表权威和正面的文化价值观念。其作品中对权威、对传统的尊重一以贯之，无处不在；与人际的道德观念向后看相似，城市作为人类后起的文化环境，也是罪恶与堕落的滋生地，是乡村堕落的源头，而乡村，正如其在《大树还小》中所隐喻的，是城市的父辈与母体，是城市值得感恩和学习的所在。

　　另外，刘醒龙此期的作品与此前的"十七年"文学和"文革"文学有很大的继承关系。首先，刘醒龙作品中年轻一代与年长一代的矛盾与"十七年"文学和"文革"文学中所多见的两条路线的斗争有极大的相似性。如《三里湾》和《艳阳天》等一系列作品正是以这种两代（类）人的价值观念与人格品性的矛盾来表现时代的变迁中的观念冲突和道路选择。不同的是，前者更多地表现的是老年人或地主和富农等落后分子的负面人格形象，而刘醒龙作品否定的

———————————

① 许纪霖：《激进与保守之间的动荡》，见李世涛主编《知识分子立场——激进与保守之间的动荡》，时代文艺出版社 2000 年版，第 37 页。

价值承担者是青年人，青年人的角色形象集中了负面的道德价值和人格倾向的一面。其次，刘醒龙作品中的父辈形象无法不让人联想起"十七年"和"文革"文学中那些革命的先进人物和建设中的高大全英雄形象，如《创业史》中的梁生宝，《三里湾》中的玉生，《艳阳天》中的萧长春等，他们有大局观念，道德清明、人格高尚，虽然前者不高喊革命口号，没有崇高的人生目的性，他们大多只是如《凤凰琴》中的余校长一样出于道义和职业责任感，或《生命是劳动与仁慈》中陈老小、陈二陌那样出于近乎本能或习惯性的劳作或修桥、补路，但他们的形象同样高高矗立在群体之中，为人景仰，为大众典范。如文章就提到，胡长升是多年劳模，镇上稍有年岁的人对他无人不知，陈老小、高天白、吴丰等也是多年劳模。不可否认，刘醒龙作品中提倡的道德理想和价值标准与"十七年"和"文革"文学中所倡导的集体主义、同志情谊和简朴生活、劳动至上等有异曲同工之妙。根据刘醒龙作品展示的那特定时期的典范形象——计划经济时期的劳模、铁姑娘等，我们有理由认为，刘醒龙作品深受曾经政治文学的影响，同时曾经浪漫年代的价值观念对他也有深刻影响。

　　刘醒龙作品的价值取向在一定程度上代表了"50后"（或新中国成立后十年）一代作家的创作倾向，在梁晓声、张承志、张炜等作家的叙事中，我们都能看到这种对特定时代精神价值的向往和对商品经济时代的不适之感和强力控诉。赵园在《想象与叙述》中谈到了"遗民现象的普遍性"，她认为遗民心态在每个时期都会存在，并不一定局限在改朝换代之际①；她认为"遗民提供了特殊机缘以考察'知识人'当历史变动之时的反应及其观念背景"②。当然，这并非表明刘醒龙们想回归那火红的年代，只是表明他们对一种理想人格的向往和对现有社会价值追求的异见所导致的时代不适感。这种时空的不适之感，使他们成为时代最清醒、最洁身自好的一群，在现在的时空

---

①　《想象与叙述》，人民文学出版社 2009 年版，第 121—135 页。
②　同上书，第 130 页。

中畅望着过去的时空，痛苦地生存，痛切地批判。

第四节　乡村政治与"现实主义冲击波"

乡村政治几乎已经融入了刘醒龙所有的作品中，此期，他大部分作品都涉及了对乡村领导人物的书写。然而，这并非意味着刘醒龙的作品是政治文学，政治作为现实生活的一部分，它们和爱情、道德、亲情、宗教等一样，也会在文学作品中得到反映，刘醒龙作品中的乡村政治实为其生活背景的映射，是父亲在其生活中的投影。作为几十年的乡村干部，父亲的形象及父辈的生活对刘醒龙及其家庭的影响极其巨大。许多作家都曾谈到个人生活经历对其写作的影响。如王安忆就谈道："我以为中国当代文学中最宝贵的物质是生活经验，这是不可多得，不可复制，也不可传授的写作……生活是小说最丰富的资源，就像自然养育庄稼，生活养育故事。"[1] 刘醒龙第一、第二个阶段的作品更多地来自于个人生活的经历。在刘醒龙早期的小说中我们已经能看到其日后作品中的作为乡镇干部的父亲的影子，处女作《黑蝴蝶，黑蝴蝶……》中的邱光，实际就是第二阶段村支书的影子，《异香》中梅所长实际是乡镇领导的代言人，《河西》《老寨》《天雷》等多部前期作品中的中心人物如十三爷、宝阳伯、九伯发挥文化引领作用的老人实际也是村寨管理者的身份。这样一路下来，第二阶段就有了《村支书》这样直接取材于父亲故事的作品，其他直接刻画乡镇行政官员的作品，有《挑担茶叶上北京》《蛙鼓如歌》《分享艰难》《白雪满地》《浪漫挣扎》《政治课》《痛失》等一大批作品，而刘醒龙文化馆的生活经历，使他对文化馆官员的心态有更深的了解，在此基础上，他创作了《秋风醉了》《菩提醉了》《清流醉了》《伤心苹果》《去老地方》等一批以文化馆为背景的官场故事，这些故事完全可以看作此前《村支书》系列作品的延伸，其他作品如《去年》《合同警察》《凤凰琴》《火粪飘香》《黄昏放牛》，甚至

---

① 《经验性写作》，见《小说课堂》，商务印书馆 2012 年版，第 186 页。

《生命是劳动与仁慈》《清明》等也大多与乡村治理相关，也大量涉及乡镇干部，可以说刘醒龙此期作品是集中书写乡镇领导人和乡村政治的。然而对乡村干部和乡村政治的书写并不意味着刘醒龙此期作品都是官场小说，或者是用作品在为官员"分享艰难"；文学题材具有开放性的特征，不同题材领域都是其关注点。此期，刘醒龙实际在借乡村政治①在表达其人文关怀、其对乡村及其治理的关注，乡村作为其童年的生活处所，其情感的寄托之处，乡村政治作为其父亲的工作内容、其生活中曾经很重要的关注点及其了解乡村、民情的重要窗口，不可避免地出现在刘醒龙笔下。

也因为其对社会现实和乡村政治的关注与书写，刘醒龙的作品被称作新现实主义小说；《分享艰难》发表后，刘醒龙这一时期的作品又和河北"三驾马车"（谈歌、何申、关仁山）等作家的现实主义作品一起被称作"现实主义冲击波"。此后，"分享艰难"成了"现实主义冲击波"的代名词，而刘醒龙也成了"分享艰难"和"现实主义冲击波"的代表作家，而他的其他作品则相对被遮蔽，这种遮蔽一直成为刘醒龙的困扰，也是其此后作品转型的原因之一。正如汪政、晓华在《一个作家的乡村政治》中所言，刘醒龙"在中国现当代小说史上第一次集中地将乡镇政治生态作为表现的对象，但其意义因为乡土小说、文化批判和现实主义冲击波等概念的挤压与遮蔽，至今还没有得到足够的重视"②。

一　"现实主义冲击波"的发生及其评价

任何一种写作范式的产生都有与之相应的文化背景的驱动。随着市场经济和改革开放的深入，政治管理和经济运作较以往计划经济时代更为复杂、多变，不同的利益诉求和价值观念互相碰撞、交织，欲望得到进一步张扬，社会关系更加复杂。在社会治理和经济行为中出现了一些新的社会矛盾及传统的政治和经济模式无法处理的事件和行

———————

① "乡村政治"广义上指一切有关乡村治理，狭义上专指乡村行政管理。本书取其广义。

② 《小说评论》2010 年第 6 期，第 77 页。

为，作家们针对这一现实状况，聚焦新的社会关系和现实社会关系中人们的矛盾冲突，创作出了一批作品。对这一批作品，理论界称呼各异，有的称作"体验现实主义"①，有的称作"新批判现实主义"②，有的称作"分享艰难的文学"或"社群文学"③，有的干脆统一称作"新现实主义"文学④，其他诸如"现实主义回归""现实主义升温"等大同小异，现今比较多见的称呼是"现实主义冲击波"。这一名称，周介人认为始于雷达，他说"评论家雷达认为，这些作品出现的时间相近，揭示的矛盾和思索的问题竟也像事先约好了一样的相似，它们在一起就形成了一种阵势，可以称它们为一股现实主义冲击波（见《文学报》一九九六年六月二十七日）"⑤，而李明、王春林等人认为这一名称始于张新颖《文坛涌动现实主义冲击波》一文。⑥昌切则直指本质，认为这是一场文坛炒作行为，他说：

　　这股"现实主义冲击波"是人为的结果。从去年年初开始，京城的《人民文学》，沪上的《上海文学》，两大名刊，一南一北，遥相呼应，呼唤和推介"现实主义"，随后便得到各地多家文学报刊的响应，没用多长时间就"炒"红了几位"现实主义"作家，"炒"热了"现实主义"。《上海文学》因势利导，用"现实主义冲击波"来概指这批"现实主义"新作，阐发这批新作的"新义"，并以之为栏名，集中刊发"现实主义"小说。不消说，这是"现实主义冲击波"一说的由来。认真想想倡扬者的讲法，仔细考察考察他们所推重的一批作品，不难发现，相比

---

① 秦晋：《走进发展、开放、多元的现实主义》，《文学评论》1997年第2期。
② 王彬彬：《当前文学中的现实主义问题》，《文艺争鸣》1996年第3期，第80页。
③ 张颐武：《"社群意识"与新的"公共性"的创生》，《上海文学》1997年第2期，第72页。
④ 杨剑龙：《论新现实主义小说的审美风格》，《复旦学报》（社会科学版）1999年第3期。
⑤ 《周介人文存》，广西师范大学出版社2004年版，第474页。
⑥ 李明：《从"改革小说"到"现实主义冲击波"——新时期小说现实主义功能变迁及回归》，南京师范大学，硕士学位论文，2008年；王春林：《刘醒龙小说创作论》，《扬子江评论》2011年第6期。

较而言，从写作模式看来，当今文坛确实存在一股重蹈 80 年代前半期文学故辙的"回归"、"深化"的"现实主义冲击波"。①

尽管名称没有统一，出处说法各异，但并不妨碍批评家对这一现象展开激烈的论争。如昌切就提到 1996 年"相当平静"，"似乎唯有所谓的'现实主义冲击波'腾起了一点声浪"②，而於可训则认为"进入 90 年代以来，中国文坛一个最为引人注目的文学事件，是一股被人们称为'现实主义冲击波'的小说创作潮流所引起的震荡"。③

思潮初显之际，张新颖指出："近一二年来，出现了一些深入反映现实生活的比较有分量的作品，在《大厂》之前，有 1995 年年初出现的《年前年后》，同时还有刘醒龙、陈源斌、毕淑敏、关仁山、邓一光等一些相当活跃的作家的作品，共同形成一股文学潮流。这些作家的作品充满了浓烈的当今实际生活的气息，表现出经济和文化转型过程中我们这个时代的勃勃生机，同时也写出了这一过程中普通民众的痛苦和艰难。转型作品在这一段时间里相对集中地出现，不约而同地提示出相似的矛盾和问题，形成一定的阵势，掀起一股现实主义的冲击波。这一股现实主义冲击波所传达的感情容量，突破了个人日常生活的琐碎、得失、悲欢，而表现出对我们共同承担的社会现实的真切忧思。"④ 周介人认为："但留下比较强烈印象的，是它们对于当下转型社会现实关系独特性的揭示……它们所描写的现实关系本质上仍然是人与人之间的政治关系；但这种政治关系时时处处落实、渗透在经济利益关系之中……在他们的笔下，政治关系有了与以往作品中常见的'斗争'形态与'同一'形态都不相同的'磨合'形态"；人物塑造上，"他们的个性主要不是以时间性、符号性来呈现，而是以空间性、多层多重多面性来呈现，在他们性格中集合着当下转型社

① 《是回归、深化还是滑行——我看现实主义冲击波》，《江汉论坛》1997 年第 2 期。
② 同上。
③ 《在经典与现代之间——论近期小说创作中的现实主义》，《江汉论坛》1998 年第 7 期。
④ 《文坛涌动现实主义冲击波》，《文汇报》1996 年 8 月 2 日。

会的许多文化心理矛盾，他们的内心世界本身是一个不断磨合的'空间'"；"……对于现实关系的描写与对于人物性格的表现格局方面，有了比之传统现实主义、新写实主义更为新鲜的笔触，它们在一个超越家世、血缘、阶级关系、机关单位内人事关系的更大空间内开展自己的艺术思考"①。秦晋认为："'体验现实主义'对社会改革取一种更现实平和的姿态和视角，它既领受社会进步的成果，也分享社会进步的艰难，可以说是转变时期的社会特征在文学中的比较客观、比较真实同时又比较积极的反映。"② 其他如雷达等许多批评家都关注到这一新的文学现象，都肯定了相关作品的价值。对这一思潮的正面评述，杨剑龙在《新现实主义小说批评综述》中总结为如下几条：（1）肯定了它们关注现实的当下品格，起到了扭转文学脱离现实生活的偏向的作用；（2）肯定了它们揭示社会问题的勇气；认为它们显示出直面现实的现实主义精神；（3）肯定了它们关注百姓生活的真情，认为它们体现出体察民情的社会关怀精神；（4）肯定新现实主义小说对现实主义的继承发展③，总而言之，也即对问题的揭露与对社会的关怀。

但不久之后，批评的风向似乎有了180度的转变。

1996年王彬彬在《当前文学中的现实主义问题》一文中提道："这方面，刘醒龙的《分享艰难》和谈歌的《大厂》便具有代表性。《分享艰难》的主人公是一位镇党委书记，《大厂》的主人公是一位厂长。两篇小说都是写难在缺钱，到处都需要钱，拆了东墙补西墙，仍是照应不过来，至于人们心灵的冲突，灵魂的痛楚，却触及得很不够。这样，小说便仍然只能算是一种肤浅的现实主义。尤其对《分享艰难》这篇小说的题目，我感到有些莫名其妙，到底谁为谁分享艰难，弄不明白。"④ "所谓现实主义'冲击波'中的相当一部分作品，之所以还只能说是肤浅的现实主义，还因为它们在正视现实时尚

---

① 《周介人文存》，广西师范大学出版社2004年版，第475页。
② 秦晋：《走进发展、开放、多元的现实主义》，《文学评论》1997年第2期。
③ 《新现实主义小说批评综述》，《荆州师范学院学报》2000年第1期。
④ 王彬彬：《当前文学中的现实主义问题》，《文艺争鸣》1996年第3期。

有顾忌。对现实中的丑恶、污秽，这类作品揭示得往往是有节制和有分寸的，另外，还要自觉不自觉地给现实涂抹上一层亮色。有些作品，则表现出一种廉价的乐观。这样，便使得这类作品，仍难逃'瞒和骗'之嫌。"① 文章从写作对象（乡镇官员）、作品的价值取向（为谁分享艰难）和作品的伦理观（审视灵魂）等方面对"现实主义冲击波"作品，尤其是刘醒龙小说《分享艰难》进行了批判，尽管文风似乎有"文革"遗风，有很强的言过其实的倾向——尤其对刘醒龙而言，但不可否认，打到了"七寸"，此后的批评似有醒悟之势，对"现实主义冲击波"，尤其是刘醒龙的作品多以批判为主，辅之以"对现实敏锐"的肯定，以示辩证。如童庆炳、陶东风所作《人文关怀与历史理性的缺失》中就认为："他们对转型期的现实生活中丑恶现象采取某种认同的态度，缺少向善向美之心，人文关怀在他们心中没有地位。他们虽然熟悉现实生活的某些现象，但他们对现实缺少清醒的认识，尚不足以支撑起真正的历史理性，所以其对于转型时期的社会评价也大有问题，这就导致他们的作品出现人文关怀与历史理性的双重缺失"。"小说与生活、形式与题材的关系过于紧密，常常直接记录当前社会转型时期的种种社会现象，尤其是基层单位的改革现状与艰难困苦，被戏称为'记者'文学。就是说，小说的叙述没有与叙述的对象（题材）拉开一定的审美距离。"② 其他诸如质疑刘醒龙"公仆意识"还是"公民意识"③……相关批判性的文章较为多见。虽然部分批评有失公允，有待商榷，如对写作对象乡镇官员选择的批判，如对文章过多涉及金钱及缺乏人文关怀的批判，但其警示作用是巨大的，尤其是写作了《分享艰难》这一话题性极其突出作品的刘醒龙。

正如李存葆、韩静霆、石钟山惯于写军事题材作品，张贤亮、王蒙、丛维熙惯于写"右派"故事，韩少功、梁晓声、张抗抗惯于写

① 丁帆：《介入当下：悲剧精神的阐扬》，《钟山》1997 年第 1 期。
② 《文学评论》1998 年第 4 期。
③ 王文初：《"公民意识"还是"公仆意识"——对刘醒龙的"公民意识"的质疑》，《当代文坛》2003 年第 4 期。

"知青"故事，出身于乡镇干部家庭的刘醒龙对乡村领导和乡村政治更加熟悉，其作品以乡镇领导为刻画对象不应该受到质疑。对作品的价值我们不宜有题材决定论，对于作品的价值取向，我们也不应有题材决定论。描述封建贵族生活的《红楼梦》可以成为杰作，描述下层百姓生活的《祝福》也可以是杰作。对于文学而言，重要的不是"写什么"，而是"怎么写"。正如汪政、晓华认为刘醒龙"第一次集中地将乡镇政治生态作为表现的对象"意义重大一样，批评应该从文学价值和史的意义去评价作品，而不宜再一次陷入曾有的"等级观念"和"成分意识"中，先入为主地妖魔化政治和政界人士。对此，刘醒龙感觉莫名其妙，曾反驳说自己多年前就这样写了，确实，他发表于1988年的《发大水啊西河》就写了一位退休失势后的村支书被村民刁难的故事，而发表于1992年的《村支书》也曾引起过较大关注和正面评价。而文章一再地纠缠于"经济问题"和"政绩"与当时的社会现状是密切相关的，20世纪90年代中期是改革最艰难的阶段，工人下岗，"三农"问题突出，在90年代文学大力宣扬"新闻性""体验性"、新状态的语境之下，大量贴近生活，但挖掘不深的作品涌现，灵魂的缺席呈整体之势，而"现实主义冲击波"的出现只是这种浮躁文学风潮之下的产物。笔者认为，当时的"现实主义冲击波"等一系列作品，实际是新写实小说在政治、经济领域的表现，可以称为"政治性的新写实小说"，这些作品和新写实小说一样，紧贴社会现实，平面而密集地宣泄着基层领导政治上的"烦恼人生"，提供的是欠缺提炼但却极具生活真实性的"政治原生态"。在传统的现实主义小说中，我们很难看到的领导人物的委顿与弱势及常见的批判，在这里充分体现了出来。

评论的转向总让人想起"反右"时期部分文学作品的遭遇，如肖也牧《我们夫妇之间》或《武训传》，等等，当然这种类比混淆了两类批评的性质，有极其不恰当之处，但二者确有可类比之处。实际在正反两极的批评之中，也有为这类小说"平反"的文章涌现。如陈冲在《关于现实主义的一些思考》中就认为，"现实主义冲击波"实际是文学刊物自编自导的一出闹剧，他说："我想这个事件其实是批评家们弄出来的。当然，按批评家的说法，是出现了这样一些作品，引起了关注，然后由他们做出了这样的归纳，从而引起了更大的关注。但是在我看来，如果只有这些作品，没有他们的归纳，成不了这个事儿。而他们的归纳，并不是建立在认真和正确地解读这些作品的基础之上，除了一些有意无意的误读，还有不少作品中并不存在的东西——我称之为'预支'和'透支'，以及作品中本来有，但被批评家视而不见的东西，即被批评家截留'坐支'了。""其实谁都能看出来，'冲击波'一类说法都带有明显的引导性，也就是说是在倡导某些东西。"① 在接受《南方日报》记者蒲荔子的采访时，刘醒龙也谈道："当年的现实主义冲击波本是由主编《上海文学》的周介人联手雷达先生一起提出来的"②，综合上文昌切的说法，他们实际在表明这一思潮的出台及引起的广泛批判，实际是一种先纵后擒的商业行为——类似于"十七年"的政治行为。

　　然而客观而言，这一探讨行为，也确有其适时的必要性，乃应运而生。20 世纪 90 年代，文学经历了浮躁的先锋和眼花缭乱的"新"的文学思潮及欲望写作、私人化写作之后，文学亟须开展一次认真的反思与清理，以重回理性和再拾人文关怀，在"人文精神"大讨论之后，"现实主义冲击波"再一次掀起批评的热潮自是势所必然。

二　"现实主义冲击波"对刘醒龙的影响

　　从事后刘醒龙的创作和其在创作谈等多种形式的反馈中可以得知，"现实主义冲击"对其的影响极其巨大，它甚至影响到了刘醒龙此后创作的走向与成就。如果说刘醒龙第一阶段到第二阶段的转变是其创作内部水到渠成的发展变化——从形式主义文学和跟风文学向关注生命、关注情感的现实主义文学的转变（当然这也与世俗化的社会潮流和先锋文学穷途的文学风向相关），那么，第二阶段向第三阶

① 　陈冲：《关于现实主义的一些思考》，《文学评论》1998 年第 6 期，第 61—62 页。
② 　刘醒龙：《中国乡土文学有三大败笔》，《南方日报》2006 年 5 月 30 日。

段的变化则很大一方面源于外界的推动。虽然整体而言，"现实主义冲击波"对刘醒龙的积极影响远大于负面效应。

毋庸置疑，"现实主义冲击波"的评价和归类使刘醒龙具有了"史"的价值和影响，而"史"的价值和影响是作家经典化的重要途径。历史是一把筛子，真正能留存下来的是那些比较大粒的果实，这些果实要么个大、坚实，普通筛孔不可能将其汰选，如现代文学史上的鲁、郭、茅；要么和其他果粒凝结在一起，形成坚不可摧的果粒块，躲过汰选，如文学史上著名的流派和社团。尽管刘醒龙对这一归类极其反感且一直在与之对抗，但"现实主义冲击波"的归类使刘醒龙的创作自此具有了史的意义而被留存下来。综观刘醒龙此前的创作，尽管他写出过《村支书》《凤凰琴》和《秋风醉了》等当时较有影响的作品，但在佳作迭出的文学史上，他们的独特性和影响力毕竟寥寥，而且文学史也对此基本不置一词，它们的经典化或入"史"的可能性更多地存在于普通小说奖项和电影改编；但相对于主流的、代代相传的学院化的文学史，其意义微乎其微。综观几部现有的文学史，对刘醒龙的提及全部集中在"现实主义冲击波"的词条中①。因此，刘醒龙迄今为止的创作被文学界牢记，并在文学史中登堂入室的成就离不开"现实主义冲击波"。

同时，"现实主义冲击波"带给刘醒龙的压力也是极其巨大的。

文学批评惯用归纳的方式将一些有共同特征的作家归为一类，称为"新月派""山药蛋派"等，但正如鲁迅所言，一个豆荚里的，并不全都是豆。这种归类将作家的个体特征淹没在整体特征之中，或为兼顾整体，而强加给作家一些其并不具备的其他个体的特征。这种强求如果是正面的或无关大碍的，自然无妨，但如果是负面、消极或与作家创作倾向极其冲突的，那自然会引起作家的痛苦与反抗。对此，陈冲在《关于现实主义的一些思考》中也谈到"现实主义冲击波"

---

①　在如下四部文学史中，洪子诚《中国当代文学史》（1999）、陈思和《中国当代文学史教程》（1999）都没有提及刘醒龙及其作品；而於可训《中国当代文学概论》（1999）和朱栋霖《中国现代文学史：1917—2000》则在介绍"现实主义冲击波"思潮时，将其作为代表性作家予以提及。

的虚妄，他认为"现实主义冲击波"是批评家们有意"归纳出来的"，而谈歌、何申、关仁山这"三驾马车"又是"现实主义冲击波"的派生物，"后者的归纳只是选取了这三位作家的部分作品中对它有用的那部分，而且中间还有预支、透支、坐支和误读。如果有哪位批评家肯给他们三位每人写一篇作家论，那当然功德无量，人们自会看出他们各自的价值和彼此的不同"①。陈冲认为不仅"现实主义冲击波"是胡乱拼凑，"三驾马车"是生拉硬拽，而且"现实主义"也是一个含糊的概念，"文以载道"对小说而言也属观念错误，同时，对评论所谓的"批判意识""道德缺失"等既结合此前公认的经典之作进行对比，而且从理论上进行否定。他认为现实主义从来就不排斥歌颂，批判与歌颂是同在的；他说："实际上我就想象不出来，一部只有批判没有歌颂的作品，或者反过来只有歌颂没有批判的作品，怎么可能赢得广大读者的喜爱。"② 陈冲认为批判所谓之"道"有失偏颇，在不同历史时期有不同的"道"，评价文章应看其是否有利于历史发展的"道"，于此"现实主义冲击波"作品有引领作用，值得弘扬。对于，争议中的代表性作品《分享艰难》，陈冲更是否定了批评家们文本细读的工夫，他说《分享艰难》怎么讲？你好好阅读，首先会注意那个"享"字。这儿通常应该用"担"字。你没有觉出其中的反讽意味？③ 可以说陈冲是全面、彻底地否定了对"现实主义冲击波"的归类。

这种反抗，在刘醒龙这里成了近乎旷日持久的上诉与抗争。因为"肤浅""瞒和骗""不理性""没灵魂深度""缺乏道德关怀""公仆文学"等指责对一位流行文学作家也许无关痛痒，但于严肃作家而言，则是致命的——尽管批评针对的只是个别的作品，但给读者的印象却是一位作者醒目的标签。在其后的时间里，刘醒龙一直受着这种评价的困扰，深深为之痛苦。刘醒龙此时的写作在很大一方面都来源于对"现实主义冲击波"的洗刷和对抗。这在一般作

---

① 陈冲：《关于现实主义的一些思考》，《文学评论》1998 年第 6 期，第 62 页。
② 同上书，第 66 页。
③ 同上书，第 65 页。

家很难做到，但刘醒龙做到了，就像一个"顽固不化"的上访户一样。

刘醒龙的洗刷主要通过如下三种方式：

（一）在访谈和文章中表白

在关于刘醒龙几乎所有的访谈文章和书信中，"现实主义冲击波"都会是一个绕不过去的话题，而这一话题也最易引发刘醒龙的谈兴和愤怒①。作为一个早在出版第一部长篇时便宣告"用灵魂和血肉"写作②的作者而言，"没有灵魂深度""缺乏道德关怀"的评价是致命的。在1997年《浪漫是希望的一种——答丁帆》中他谈道："我一直不明白，这四个字怎么就那么倒人的胃口，它不就是同舟共济的另一种说法吗！"③　"如果《分享艰难》在不改篇名而仍用先前的《迷你王八》，可能一些人就不大可能对它神经过敏了，甚至可能从中看出像《凤凰琴》一样的浪漫来。换了篇名是否让人有些晃眼了哩！其实字里行间并没有改变，并且'分享艰难'还有另一种浪漫。"④　其苦恼与不解溢于字里行间。经过一段时间的沉淀，在2002年刘醒龙较最初已经变得相对冷静与淡然，他对葛红兵谈到"现实主义冲击波"时说"中国文学有过太多的用暴力来表达不同观点的悲剧"，如果只是坚锐批评他能接受⑤，"对于《分享艰难》，我一直认为正反两方都在误读误解，真正懂的人有多少我也不知道。……陈思和早就提醒过人们，此'分享艰难'非彼'分享艰难'，洪水先生后来也有过'当年有关《分享艰难》的争论，都是犯了盲人摸象的错误'的感慨。……一部作品经过许多人阅读后，却只有一种观点，

---

① 笔者多次对刘醒龙进行访谈，每每涉及这一话题刘醒龙就极其愤怒，并认真辩解。
② 1994年在出版第一部长篇小说《威风凛凛》（作家出版社1994年版）时，刘醒龙在扉页上写道："作家写作有两种，一种是用智慧和思想，一种用灵魂和血肉，我希望成为后者。"
③ 刘醒龙：《浪漫是希望的一种——答丁帆》，《小说评论》1997年第3期，第18—19页。
④ 同上书，第18页。《分享艰难》原名《迷你王八》，后《上海文学》编辑周介人改为现名。
⑤ 《只差一步是安宁》，《上海文学》2002年9月号，第75页。

那将是写作者的失败。"① 只是被曲解的无奈依旧令其难以释怀。
2012 年与李遇春谈及这一问题时他说："如果是纯粹的农民的儿子，所写的作品当中，更多是对于干部的怨恨批判。在《痛失》《分享艰难》等写乡村的作品，我也有批判，但这种批判或者批评往往显出一些温情，这是因为这里有我父母的影子，我也了解他们的为人，他们虽作为普通干部确有这样那样的问题，作为个体，他们也是普通人。"② 以前的激愤已经变成冷静分析与自我解剖了。当然这种情绪变化既有时间对情感的冲淡作用，也有个人进一步成熟对纷争的超越对待，更有作家此后所取得的成就使他对以往的被曲解已经不再像曾经那样介怀。

（二）撇清和"三驾马车"的关系

如果单独看刘醒龙的创作，如批评家所言的"冲击波"式作品并不多见，但将他和一群作家放在一起，是不难找出一批符合要求的文本的。刘醒龙摆脱"冲击波"给其带来的负面影响的另一种方式是将自己与"三驾马车"割离开来，用自己的作品来讨回清白。在《浪漫是希望的一种——答丁帆》中他谈道："始料不及的是，九六年风云变幻，大家忽然将我同何申等作家绑在一起，硬是弄成了一个'冲击波'。其实，从九二年我就开始这么写，也曾有过几篇让人称赞的作品，只是没有像九六年如此轰轰烈烈。有人对我说，现今文坛一个人是成不了气候的，必须有几个人在一起形成一阵势才能打开局面。这话让我在愣过之后不觉有一种悲哀，我实在搞不清楚这同起哄有什么区别。我不知道何申他们是不是真的有意在驾驶一辆马车，但从作品的内容来看，是存在极大差异的。唯一相通之处是大家在作品中透射出的对人的善意。"③ 在与《南方日报》记者蒲荔子的交谈中，刘

---

① 刘醒龙：《浪漫是希望的一种——答丁帆》，《小说评论》1997 年第 3 期，第 18—19 页。

② 《文学是小地方的事情——刘醒龙、李遇春对话录》，2012 年 12 月 15 日下午，材料由刘醒龙提供。

③ 刘醒龙：《浪漫是希望的一种——答丁帆》，《小说评论》1997 年第 3 期，第 18页。

醒龙谈道："当年的现实主义冲击波本是由主编《上海文学》的周介人联手雷达先生一起提出来的，但周先生却明确说过，他其实不喜欢有些人的写作。"① 在与《上海文学》编辑周毅的通信中刘醒龙写道："以我与周先生单独接触中留下的印象来看，周先生对于'现实主义冲击波'的提出是犹豫不决的，原因在于他十分讨厌××等人的写作，很长时间坚持不肯在《上海文学》上发表他的小说。周先生辞世那年五月，《上海文学》举办了一次现实主义文学讨论会。到上海后，我去医院探望，周先生悄悄地说，不让××参加会议是他的意见。"② 这其中的"某些人"和"××"自然不难推断了。这种公开的说法极其冒险且得罪人，但为了还自己清白，刘醒龙甘愿违背常规的人际交往方式。在《只差一步是安宁》中，刘醒龙更谈道："近三年，我有意放下热炒热卖的中短篇不写，就在于我想还原于并且保持住独立于他人的距离。"③ 同时，他也在不同地方谈到周介人对自己作品不属于任何一个门派来佐证，"现实主义冲击波"提法的虚假性。

（三）回避官方意味强烈的说法和写作

刘醒龙受批判的焦点之一是"为谁分享艰难"的问题。这一问题在某些批评家笔下衍化成了"为官员说话""替权力诉苦"。也许为了避嫌，刘醒龙在此后的访谈中极其抗拒对其文学"官场文学"和"主旋律文学""底层文学"等的评价。在一次访谈中记者问："《分享艰难》《痛失》等作品在某种程度上开启了官场小说热潮，你怎么看官场小说这类流行写作？"刘醒龙答："我的作品与官场小说的兴起无关。官场小说是庸俗政治与商业利益合谋的产物，十分无聊，不值得我费脑筋。"④ 在朱小如《刘醒龙印象》中也谈到《分享艰难》之后，"刘醒龙这个作家就此被定位在主旋律作家之列。……那几年，他一下子完成了四五个长篇小说，其中上海文艺出版社还给

---

① 周毅、刘醒龙：《觉悟——关于〈圣天门口〉的通信》，《上海文学》2006 年第 8 期，第 71 页。

② 同上。

③ 《上海文学》2002 年 9 月号，第 75 页。

④ 《刘醒龙：愿用灵魂和血肉写作》，《武汉晚报》2009 年 10 月 19 日。

他的《弥天》也开了研讨会。因而我们见面的机会就多了，当然谈话的内容主要还是小说创作，从他的话语里偶然会流露出自己被定位在主旋律作家上有所顾忌。他似乎更愿意人家说他是个现实主义作家。"①作家通过作品说话，通过作品在后世留名，而文学作品最首要的特征是其文学性和对人的关怀意识，但"官场"和"主旋律"使其作品与政治密切挂钩，使之流于政治文学的范畴，这是深具文学抱负的刘醒龙所不能容忍的。与此相似，刘醒龙同样不能容忍对其作品"底层文学"和"问题小说"的称呼。如周新民曾评价刘醒龙的作品有很强的"底层意识"，刘醒龙立即反对说："'底层'这个词语对我不合适。用'底层'这样一个充满政治倾向的词汇来说文学更不合适。我认为，用'民间'两个字更合适一些。我所有的写作，正是体现了来源于民间的那些意识。"② 同样对其作品"问题小说"的评论，刘醒龙也表达过异议③。而与之相应，此后刘醒龙对其创作提得较多的是"乡土""民间""爱"和"善"，并在创作上进一步加强对普通民众的关怀，有意识地远离对政治官员的书写，加强作品中思想和文化批判意识。

刘醒龙曾谈到，以前听人评论其为"乡土作家"他会感觉莫名其妙，但后来越来越感觉自己的创作属于乡土文学，他也曾谈到人离开故乡大约十五六年后乡土意识才会变得浓烈起来。笔者认为，这种乡土的觉醒也许与"现实主义冲击波"对其的冲击也不无关系。此后，刘醒龙的创作除了《路上有雪》一篇正面描写乡镇官员外，开始大量写作以前较少涉及的工厂题材和城市题材，《生命是劳动与仁慈》《孔雀绿》《寂寞歌唱》《绢纺白杨》等工厂小说和《城市眼影》《我们香港见》等城市题材作品就出现在这一时期。而乡土作品《大树还小》《民歌与狼》《音乐小屋》《心情不好》等都是对城市的批判之作。

---

① 《时代文学（上半月）》2011 年第 7 期，第 51 页。
② 周新民、刘醒龙：《和谐：当代文学的精神再造——刘醒龙访谈录》，《小说评论》2007 年第 1 期，第 67 页。
③ 笔者与刘醒龙对话记录。

　　从作品目录可以看出，"现实主义冲击波"对刘醒龙的影响之剧烈。此后刘醒龙的写作重心转入了长篇小说的创作，在很短的时间里，其长篇《生命是劳动与仁慈》（1996）、《寂寞歌唱》（1997）、《往事温柔》（1997）、《爱到永远》（1998）、《市府警卫》（1999）相继问世。他认为中短篇受篇幅所限，无法尽情表达个人意图，而长篇更能将自己对生命的认识、个人的意图表露明白。这其中既有留之后世的意思，更有避免误读，引起批判的意味。而第二阶段的收尾之作《致雪弗莱》更是一篇对官员和组织的告别与祭奠之作。作品中"我们的父亲"一辈子对"组织"的信仰在新的时代背景之下终于走向了平和，父亲终于回归到了日常生活。这一作品我们同样可以将其看作刘醒龙对"官场"的告别与奠祭。

　　此后三年，刘醒龙放下好读好写的中短篇，着力于长篇的书写。其间，他完成了《政治课》和《痛失》这两部直接承续《分享艰难》的作品，它们在续写《分享艰难》的部分将孔太平（后两部作品中更名为"孔太顺"）置身于当时的社会背景之下，写他通过女人走向权力并在权力斗争的背景下一步步不由自主地堕落的过程，批判性较前大有改进。但为自己辩解的意图太过明确（对此刘醒龙也没有讳言），使作品实际的文学价值受到损害，与《分享艰难》尚有距离。而这两部作品之所以没有大范围流传，是刘醒龙担心此事越描越黑，因为其作品依然有巨大的被误读的空间。

　　2005 年《圣天门口》问世并广受好评，蒙冤已久，淤积深厚的刘醒龙终于赢得了翻身的机会。关于写作这部书的动机，他说："在那些还没读清楚文本就匆忙展开的猛烈批评面前，不少人将自身的写作转变成功利驱使的捷径而有所投靠。在我这里，当时还是赌气，歇下中短篇小说不写，为着他人能够在'现实主义冲击波'中忘却我。"① "从《圣天门口》倒推回去，与当年的'现实主义冲击波'联系起来思考，应该便能发现周先生等人提出的真正道义。"② 也即，

---

　　①　周毅、刘醒龙：《觉悟——关于〈圣天门口〉的通信》，《上海文学》2006 年第 8 期，第 71 页。

　　②　同上。

证明其当时在《分享艰难》中真正表达的"道义"。在《小说应该是优雅而高贵的——访刘醒龙》中，刘醒龙更是直陈："我从九九年开始用六年时间来写《圣天门口》，也是希望文学界回过头来，厘清什么才是真正的现实主义冲击波。"① 在《恢复"现实主义"的尊严——汪政、刘醒龙对话〈圣天门口〉》中，刘醒龙更是质疑了"现实主义冲击波"所言"现实主义"的不足："中国的现实主义需要在课堂上彻底正名，只有摒弃对现实主义文学鱼目混珠的解读，恢复现实主义的尊重与尊严，文学才能真正地融入当下社会生活。"② 而《圣天门口》即为这一"正名"和"恢复尊严"之作。

三　整体评价刘醒龙此期的现实主义创作及其嬗变

尽管被归为"现实主义冲击波"作家对刘醒龙此后的创作有了较大的影响，为了洗刷不白之冤，刘醒龙在此后的创作进行了比较大的调整，但于同一作家而言，其创作风格可以改变，其价值观念、性格特征、人格操守和长期形成的看问题的方法却不是能够立即更改的。

不论我们是否赞成"文如其人"的观点，文学作品显现的终究是作者的内部宇宙。而多年来对"冲击波"执念过深的刘醒龙，一心想超越"冲击波"，更完整地显现自己在相关被批判作品中的表意，澄清误读，同时远离官员题材，远离尽可能带来的是非，但结果却并不能完全如愿。他的念念不忘，反倒强化了其作品对相关题材的关注，因此虽然其表意更明确了，题材似乎远离了官员，但事实远非如此，其此后的文学的确加强了批判性，但其关注对象只是换了官员身份的官员，或者说虽然表面上不是"官员"，但实际仍是"官员"。——当然这里的"官员"并非真实的"官员"，而是整体的社会政治，因为刘醒龙大多以乡村为背景，所以，他作品的中心实为乡

---

① 刘颋：《小说应该是优雅而高贵的——访刘醒龙》，见《文艺报》，转引自刘醒龙博客，http://blog.sina.com.cn/s/blog_46cd54b50100067u.html。
② 《恢复"现实主义"的尊严——汪政、刘醒龙对话〈圣天门口〉》，《南京师范大学文学院学报》2008年第2期，第83页。

村政治（治理），或者说是对理想乡土社会空间的追求——从这一角度，我们可以清晰地得出"现实主义冲击波"对刘醒龙误读的结论。

"凡是优秀的文学，在其整体上总蕴含着时代社会的形象、民族文化的形象、作家人格的形象。正是由于这三个巨大形象的共同确立，才使那个时代的文学获得永久的生命力。"① 正是在对这些形象的书写和确立过程中，作者反映出社会的现实，塑造自己的现实和历史的形象。所以从根本上说，小说实际是个人人生经历和内心世界的展示，刘醒龙通过其小说向我们展示了其隐秘、幽微的内心世界；这种展示不会因其写作的调整而完全被掩盖或消失。正如前文所言，此期刘醒龙所刻画的实际是其理想的"父亲"形象，从《威风凛凛》中的赵长子开始到《致雪弗莱》止，无一不是父辈形象的具象再造。通过对"父亲"形象的想象，构筑出自己心目中的理想人格标杆，以抵抗现实的灰色，营造心灵家园。刘醒龙的父亲是乡村干部，也许是生活经验的缘故，其作品中官员题材相对较多，但题材只是表象，实质是其传达的理想人格形象，在这一层面看，官员和百姓，男人和女人并无太多的区别，甚至通过动物我们也能表达出同样的精神图景。如同期涛涛的《寻找驳壳枪》通过一条军犬的坚守岗位来表达坚定不移的精神品格，邓一光的《父亲是个兵》通过老军人不因年岁老去而懈怠的职业品性来表达出人格的坚贞，他们如刘醒龙作品中的官员形象一样，只是一种人格形象而非职业形象代表。因此，批评因刘醒龙写官员而批判，刘醒龙因评论批判而回避都只注重了皮相而忽略了本真。

小说是寓言性极强的艺术作品。刘醒龙小说实际写的是乡村政治，其写乡村政治的指向是对理想人性、理想人类社会关系和生存空间的追求和塑造。其《威风凛凛》中赵长子是西河镇社会关系的交锋点，赵长子高贵仁善，而五驼子、金福儿代表的西河镇人暴戾嗜斗，赵长子是刘醒龙理想的人格向度，是"父亲"形象的一个向度。《恩重如山》里的四聋子也是所在环境矛盾的交织点，他是传统与未

---

① 《周介人文存》，广西师范大学出版社 2004 年版，第 348 页。

来的交汇和象征——他决定着养子冬至的命运；他也是刘醒龙作品中
"父亲"的代表形象，当然他代表的更多的是父亲形象中应受批判的
一面，这一形象的塑造同样寄托着理想人性的追求。这些形象活跃在
作品的乡镇空间，但这些乡村和村镇又何尝不是生活空间的缩影与代
指。《村支书》《分享艰难》等作品中，刘醒龙写的是官员，但除了
职业身份上的官员符号之外，作品的指向并不是对官员这一形象的美
化，而是着意探讨在当下（新旧交织）的社会情境下集体和个体之
间关系的处理方式。在这一点上，我认为周介人的认识极其到位，而
许多批判性的话语则跑偏了，与其说他们在批判"现实主义冲击
波"，不如说"现实主义冲击波"只是一个话头，是他们借以批判当
时社会"人文关怀"意识淡薄的一个绝好的靶子；当然并非说"冲
击波"相关作品没有缺漏，只是每一部作品都无法应对求全责备，
何况"冲击波"相关作品远算不上完美；正是这些作品留有可供发
挥的余地，才有了"现实主义冲击波"的狂欢式探析，也因此笔者
有了前文提及的特殊时期的文艺整肃再现之感。反倒是最初的编辑周
介人提到这些作品里体现的"大善""大爱"，相对比较接近文本的
核心。方建国本不想当村支书，想种好自家的责任田，但群众拥护，
只好不负重托，勉力为之，最后舍己为民，感动年轻村长；文章宣扬
的实际是道德力量，而非金钱力量对人心的感化。而孔太平所处的背
景较方建国更进一步世俗化，作家也没有卫道士一般地讳言孔太平对
政绩的自私追求，而且政绩的追求与民众生活的改善并无大的冲突，
只是冲突的是政绩全盘把握在恶人洪塔山手中，除恶与扬善陷入了僵
局，除恶不能改变穷困的经济命运（当时最大的"扬善"），不除恶
却陷孔太平个人于屈辱境地，最后小说选择了为众人扬善（也即周
介人所说的"大善"），为己留恶。不同的只是，批评家所指的"善
恶"与刘醒龙所指的"善恶"全然不同，刘醒龙指的是经济改善
（也即所谓的"天下"观），而批评家指的"善"是道德的清正。所
以回顾整场争论，实际是鸡对鸭讲，批评家偷换了小说中的概念。所
以，刘醒龙写官员的作品实为弘扬的是一种道德理想或政治理想，官
员只是大众的一个象征性符号而非一个对立性阶级。但深有意味的

是，"冲击波"后，官员逐渐过渡到刘醒龙作品中与百姓对立的一个阶级，而且与之同步，城乡关系也连带转化，城市逐步转化为乡村的对立面。

当然，对于自己生命中最熟悉的一个阶层，官员在刘醒龙作品中占了极大的部分，从情感而言，在作品中有意败坏他们对刘醒龙而言是一件很困难的事情。因此，他能做的就是回避。从时间上估量，"冲击波"带来的冲击之后，刘醒龙作品由以前频繁地正面书写官员到尽量不涉笔官员。而在对官员这一阶层的刻画中，也大体对官员进行有分别的表达，年轻官员基本是自私、靠不住的，而年老的却是道德和人格上都经得起考验的一群。这一时期，刘醒龙写得较多的是工业题材，但不论《寂寞歌唱》还是《棉花老马》《绢纺白杨》中，官员，尤其是年轻官员都是贪污腐化，腾挪国有资产，导致工人贫穷的罪魁。而中坚力量依然是那样"父辈"楷模们。他们任劳任怨、心怀集体，每一个都是一座道德雕像。因此，这些作品依然不是写官员，在某种程度上说，他们甚至不是写现实，作品主要目的在于通过批判现实，雕画一批浮躁社会的泅渡标兵，倡导回归传统的道德规范。"冲击波"之后，刘醒龙在《浪漫是希望的一种——答丁帆》中说："坦率地说，我现在越来越偏向普通人，我觉得他们更可靠。"而文中与普通人相对的"某些人"特指某些官员。此后，《致雪弗莱》中，"我们的父亲"对代表官方的组织的告别和《政治课》及《痛失》中对孔太顺及其代表的官员的批判也是这一情感偏向的结果。

同样自此开始，刘醒龙作品中的城乡对立变得更加突出。在同一封信中，刘醒龙说："我是有些放弃所谓知识分子的立场，而站在普通人甚至农民本位的立场发出一种让人刺耳的声音，因为在众多写作者纷纷披着文化的外衣，肆意地用文字用语言不近人情地鞭挞那些在穷乡僻壤，无闻地甚至是无效地做着延续历史与生命的琐事的人群的时候，我这样做可能是太不知趣了，这也是过去我一直不入流的原因之一。"内容极明确地显现出作家民粹主义的倾向。这种民粹思想或对农民，对乡土的情感偏向的结果是城市在刘醒龙作品中很分明地成为了对立面。在此前的作品中，刘醒龙写到过城乡的差距和城市的腐化。如《凤凰琴》中城市的现代性象征，《白菜萝卜》中对城市的腐化作用的刻画，但并不曾直接将城市置于乡村的对立面。"冲击波"之后，在《生命是劳动与仁慈》中城乡在刘醒龙小说中则开始了直接对峙的历程，在作品中，城市高傲、浮华、堕落且浅薄，是乡村的侵犯者与掳掠者，而乡村则是田园牧歌式的家园，是高尚与纯粹的精神所在；在《大树还小》文章直接以城市的代表"知青"作为批判对象，指斥其流氓本性，忘恩负义、弑父娶母的卑劣本质。此后的《音乐小屋》《民歌与狼》等作品无一不是将城市和乡村置于两极，对城市进行辛辣的讽刺与批斗。当然这种讽刺与批斗主要着眼于道德的范畴。

与之相伴的另一个变化是，"冲击波"之后，刘醒龙作品的批判性得到了显著的强化，作品中作家个人的道义宣讲意味变得浓厚而主观，有强烈的轻视叙事和形象塑造的特色。此前的作品之中，刘醒龙很少直接指斥或发表见解，虽然其每部作品中都有隐含的两极矛盾对立，但这种对立极其温和，都是通过情节来说事，通过人物代言，即使其批判意识最强烈的《威风凛凛》中也是在和缓的叙事中表达意旨。但"冲击波"之后，《音乐小屋》《民歌与狼》《大树还小》等作品情节大大弱化，故事完全围绕"城市的堕落、庸俗、傲慢和忘恩负义"来设置，显得突兀又主观。

但是，尽管有许多的变化，刘醒龙此期的作品寻求的依然是一个纯粹、理想的道德生活空间，这一空间，刘醒龙将其设置在乡村，通过传统的父辈人物来体现；尽管因此，作家将官员和城市作为对立面来书写，我们依然能清晰地感受到刘醒龙的托尔斯泰式的人道主义和民粹主义乡村政治模式的寻求。

小　结

此一阶段是刘醒龙写作的第二个阶段，也是其创作风格和人生哲学的形成期。

　　经历了前期的迷茫，20世纪90年代刘醒龙由前期的写景转向了对人物的刻画，但是其对人物的刻画实际并非着眼于具体的人的个体，而是人群的集体，是对于空间政治的书写，而具体的个人只是其群体的代表的理想人格的象征。这一理想形象的"个体"在刘醒龙作品中实际就是"父亲"（父辈）。而其人格理想实为《上海文学》主编周介人所总结的"大善"或"仁爱"，这一人格理想在父辈的演绎中，具体而言就是勤劳、包容、担当、仁爱。因此，此期刘醒龙的创作进入了其创作生涯的自觉时期。其《村支书》《凤凰琴》《黄昏放牛》等作品都是这种大善的人格理想的形象演绎。从这一角度，刘醒龙完全可以称得上一位有担当、有关怀的作家。同时，刘醒龙也是一位有巴尔扎克式抱负的作家，其此期的作品立足其所生活的乡镇，对城乡各阶层及其生活进行了细致的刻画，在这一刻画中，乡镇官员和社会精英是其描画的重要代表人物，因为他们作为精英文化的代表更能寄托与传播"大善"的仁爱思想。

　　20世纪90年代是一个灰色的时间阈，在经济转型过程中，社会文化、道德理想等都面临着新的冲击。此期，刘醒龙最初的写作理想似乎是继承鲁迅衣钵，展开激烈的文化批判，对国民性进行揭露，以引起疗救的注意，在这一背景下，他写作了《威风凛凛》《恩重如山》等作品。在现实的剧烈冲击与碰撞中，其写作更倾心于对国民脊梁的树立，《村支书》《凤凰琴》《黄昏放牛》应运而生；但频发的社会矛盾和对生活的敏锐观察及顿悟，使其创作显现出广阔的野心和强烈的担当情怀。官场规则与心态、宗教凡俗与超脱的相对性、城市文化对乡村的腐蚀性等都在其视阈之中。囿于生活环境，故事场景基本在乡镇空间之中。但正是因为这种空间的有限性，使作家将其作为其作品理想的社会政治演绎空间，而这一父辈领导的政治理想实质是作家文化保守心态的流露。

　　变化发生在《分享艰难》之后，这一部"现实主义冲击波"代表作品使刘醒龙的创作饱受质疑，其人文关怀、其批判意识和道义立场都受到质询，但也是这部作品使刘醒龙真正完成了嬗变。这是一次外力推动下的极好创作清理与反思时期，经过这一时期之后，刘醒龙

的创作特色更日趋突出与尖锐。首先，他更加坚定地认清了其创作的
"仁爱"理想。并将其在此后的创作中坚持，这种坚持最终使其取得
了以后的成就。其次，他的小说文体从以前的中短篇为主日益转向长
篇小说。这种转向既为以后作出了创作上的准备，更使其曾有的人生
理想和社会理想得到了深入思考并日趋完善。再者，他的乡土意识得
到强化，民粹观念变得突出。还有，其批判意识变得更加明确而固
执。其后的散文集《寂寞如重金属》和《一滴水有多深》更是对这
种意识与坚执的强化和丰富。

整体而言，此阶段作品是作家对艰难时世的近距离书写，在其塑
造的父辈理想人物形象之外，在现实生活中，其父亲和周介人先生应
该属于其此期创作上的父辈引路人。刘醒龙说针对其初期的创作，父
亲用红笔打了 73 个问号，表示看不懂，这应该是促进其创作转向的
一个缘由，另一位当是对其创作进行精神总结的周介人先生，他的
"大善"论断和"现实主义冲击波"的推出真正推动了刘醒龙此后的
创作。

刘醒龙说，《致雪弗莱》是其第三阶段的开山之作，我更倾向于
将其作为第二阶段的终结之作。作品中，"我们的父亲"从以前对组
织的信仰中解脱，回到了日常生活之中，从政治回归到民间，这足以
成为刘醒龙写作与过去和解，转向平和的一个重要标志。自此之后，
刘醒龙的创作又有了新的篇章。

第四章　奶奶的天堂

刘醒龙说他第三个阶段从《致雪弗莱》开始，这一阶段糅合了在第一、第二阶段写作的长处而摒弃了那些不成熟的地方。这个认识比较到位，其第一、第二阶段作品更多地来自个人生活的经历，第三阶段的作品超越性更强，不再局限于个人人生事情的变形重组，而是基于比较成熟的人生体验与认识。有了更多宗教意识的支援，使文章有了魂，更深刻，有了史诗的意味，更能流传久远；而此前的文章只是有些现实的生气，缺乏久远的魅力。

《致雪弗莱》中"我们的父亲"退出政治，不再倾心于"组织生命"，回归到"家谱"之中是一个隐喻性极强的行为，它不仅隐喻了父亲的生命历程的转折，也隐喻着刘醒龙文学创作的转向。以前现实主义极强，喜好贴近事物批判的写作风格从此告一段落，一种舒缓、绵长、温馨又逼近灵魂的写作风格就此开始。

在《疼痛温柔·序》中刘醒龙谈道：

> 在我的仰望中，一直渴盼着一位慈祥的奶奶。
>
> 没有奶奶曾经的爱抚，中年将是一个非常难得度过的时期。青春的那部分残余还在编织着许多梦幻与理想，而衰败又在远处隐隐约约地唱着悲凉的酒歌，那苦涩的老酒必须用一股子豪情与煎熬共同咽下去，这便是成熟的中年现实。
>
> 更让我不安的是，我们所处的这个社会似乎也是一个没有了奶奶的社会。有时候，我总以为奶奶是处于两在阶级阵营中的小

资产阶级，实际也可以叫做小无产阶级，她那充满人性的调和，总在使不同形色的人，在陌生地域和陌生时期，寻找到一种精神上的家园。很多年来，本是很重要的小资产阶级或小无产阶级的奶奶，被社会放逐了，剩下一些杀伐成性的老少爷们在支配着人的发展，这种所谓的发展实质上就是动荡不安。在每个人的内心深处潜伏着的总是渴望安宁、祥和、温馨和爱情，能给予这些的恰恰只有小资产阶级和小无产阶级的奶奶。

这种由表及里，由情感到灵魂，由个人到社会层层面面对奶奶的渴盼催生出了刘醒龙此期的文学创作。

第一节　仁爱与包容的追寻

刘醒龙曾说："回首这几年走过的道路，他忽然发现，贯穿于他全部创作的一个基本主题是寻找精神家园。"纸上寻找家园，实现精神还乡，这是每一位严肃作家都具有的态度，对许多作家而言，这种还乡有其实在的故乡可以寄托，但对故乡认同混乱的刘醒龙而言，家园最终落实到了亲人身上，落实到情感和价值认同。但这种情感和价值的认同并非一蹴而就，它走过了长长的一段历程。最初它表现为对文化传统的寻求，从爷爷那里寻求文化价值的认同，随后它转向从父亲那里寻求政治上的认同，随着阅历的增长，这些认同最后变得极其虚妄，最后刘醒龙转向了从奶奶那里寻求人性的认同。

一　《致雪弗莱》的转折意义

这是一部不曾引起关注的作品，也许作家本人也未曾对其表达过太多的重视，但这确实是一部重要的作品。对刘醒龙如此，对世纪转折时期的文学未必不是如此。

当代文学甚至整体的新文学，自始以来就过分拘泥于民族国家与政治的书写，从新中国成立以来关于中国共产党政权合法性和历史合理性的论证，到"文化大革命"前后政治路线合理性的论证和反思，再到"八十年代"文化反思，小说始终走着一条事关家国"救亡"与文化"复兴"的宏大路线，甚至先锋试验和历史解构也依然不脱隐形的政治与文化的宏阔背景；然而当其真正回归到家、到人，"新写实"和"私人小说"等作品却又过于彻底地形而下之，失去了文学本该有的意蕴和情趣。90 年代佳作泉涌，但对于政治、文化和社会现状的激愤依然不曾消减，从《废都》《白鹿原》到《心灵史》《马桥词典》，都是如此。这种宏大的意识形态标签明确且排他，真正面向个人，对理想人性探讨的作品相对不足。《致雪弗莱》却讲述了一个宏大情结的破灭神话：我们的父亲曾经是旧社会一个饿得想要上吊求解脱的流浪少年，解放后新政权接纳了他，他将个人全盘交给了组织，一心扑在工作上，家庭也只是组织的附庸。对于老家修家谱的建议，父亲说："我是上了县里编写的组织史的人，不可以再进什么家谱！哪怕家谱里写进一个有关我的字，也是对组织的背叛。"对父亲而言，组织就是家和信仰，就是在"文化大革命"中面临被迫害致死，刘家族人来救他时，他也不肯逃离，选择相信组织。在家族和政治面前，"父亲说小小刘家垸，小小刘氏族，小小刘老头，曾经连自己的命运都把握不了，哪有为自己竖碑立传的资格，只有组织才可以出书入史。"少年离家后，父亲再也没有回过刘家垸。曾经小汽车是父亲最向往的享受，组织教育他"那是一具活棺材"，"哪个阶级坐上去，就会埋葬哪个阶级"；此后，小汽车成了父亲眼中的堕落象征，做外贸局长期间，他宁愿坐大卡车也不坐小汽车，退休后他和其他退休干部通过监督新干部的用车情况来判断他们的清廉。但父亲的堂弟老十一，信奉个人享受，在报纸上做着鸡蛋大的广告"我需要为自己活着"，他找机会做了富家女婿，丧尽良心赚钱，一天班也没上过，却自始至终享受着豪华小汽车和不同的美女。母亲退休后不久，退休费就被拖欠了，父亲偷偷用自己的工资维护组织在母亲心中的地位，当自己也退休，退休费也停发，当年轻的干部日益耽于享受，自己日益被组织遗忘，而堂弟日益受宠之后，父亲彻底感受到自己被组织抛弃，开始和妻子相依为命了；离开五十年后，父亲最后回归到了家庭和家族，终于同意修家谱了，终于回归到少年时期的认识

"雪弗莱是个好东西"。

这个以"我们的父亲"为主人公的作品，自始至终以父辈作为书写对象来叙述坚定信仰的幻灭过程和生命主体的回归历程。在物质强大的解构力量下，"我们的父亲"心灵遭受到持续、野蛮的撕扯，最后他们不得不将自己的"精神家园"——政治上的组织，也是党和国家历史上"高、大、空"的存在埋葬，回到个体小家庭之中。这种对政治和家庭及"大我"和"个我"之间"归去来"的故事，有极大的现实批判力度，发人深思。当孙子读着马克思《共产党宣言》"一个共产主义幽灵在欧洲游荡"，父亲说也有一个幽灵在亚洲游荡，那就是路上那一辆辆小汽车。这种对腐败政治风气的尖锐批判使刘醒龙小说的现实主义批判力度达到了写作以来的顶峰。但是，在这一顶峰之下，也孕育着另一种转向——由对现实政治关注到对个体生存的关注，对个体生命中家庭、亲情等普泛意义上的生存感受和人性价值的关注。

此后，刘醒龙的写作告别了前一阶段紧贴现实的同步书写，开始拉开了写作与现实的距离，逐步转向了历史书写和普世意义上的人性价值的书写。此后的《弥天》《圣天门口》《天行者》等作品即为对仁慈、爱、包容、优雅、高贵等普世价值的思考与呼唤。

与此同时，自《致雪弗莱》始，刘醒龙的创作风格由以前的紧张变得舒缓与从容。此前自《威风凛凛》《村支书》以来步步紧逼的情节发展和叙事节奏终于得以减缓，以前正反双方的尖锐对立和鲜明的道德评判现在以作为中立的旁观者"我们"来叙述。这样，以前叙事视角下满目疮痍、痛心疾首的现实在拉大距离的俯瞰之下，获得了一种平和的审视与思辨意味。也是自此以后，刘醒龙的创作在情节处理上逐渐获得了从容与优雅的气度。这种价值观的调整与叙事节奏的从容，表明刘醒龙的创作进入了成熟阶段。

二　从父系到母系

在刘醒龙创作的人物谱系中，前两个阶段奶奶虽然不是一个重要角色，但她也偶有出场。在《雪婆婆的黑森林》中，慈爱的雪婆婆心怀广阔，使少年阿波罗感受到了神秘和安详；在《招魂》等作品中，奶奶一心要让孙子的灵魂安妥，坚持请道士为其招魂。这其中的奶奶的家园守候和灵魂安顿作用已经极其明确。但在这一年轻气盛之际，作者需要的是"趋时"并"在场"的表达，"奶奶"在刘醒龙作品中并没有获得太多出场机会。不过，与奶奶相同性别的年轻女性倒是常常以配角的形式出场，她们以男主角的情欲宣泄对象和激烈情感舒缓对象的方式参与到作品叙事，如《老寨》中的女佬和宝阳，《村支书》中的金灵和《分享艰难》中的田毛毛等。这两个阶段中，作品的主角基本都是男性，文章关注的主题也都是男性化的外在于个人的主题，如第一阶段关于"文化的根"的探讨和第二阶段现实社会问题的关注，只有到第三阶段，作者才开始将视角转向人性和社会普世价值的探讨。在这种探讨中，女性真正成为作品的主导形象。这种转变，李亮称之为父系形象向母系形象的转变。

　　刘醒龙在寻求故乡认同的过程中，身份认同与亲情认同实现了同一；在亲情认同过程中，刘醒龙的创作又有着阶段性的明确的角色认同，这种角色认同最终催生了刘醒龙创作中的文化性别化，以及在这种文化性别化的文化性别认同。刘醒龙说："在我最早的那些有关大别山神秘的故事里，我爷爷总是化作一个长者在字里行间点化着我"，"对于一个想具备浪漫的艺术家气质的男孩来说，'爷爷'比任何教养都重要。对于女孩来说，当然是奶奶了。"作家明确地表明了其写作的人格属性和性别属性，以及祖孙相传的文化血脉的家族传承；而在第二阶段，作家说："一回，当我从草坪上爬起来时，从远处高山大岭奔涌而来的浩然之气，便会像醍醐灌顶一样融遍我的全身。"孟子说"我善养吾浩然之气"，至大至刚。这种直指现实的阳刚的浩然之气，性别意味依然浓厚。根据作品的形象刻画，这种"浩然之气"书写的是父亲的气度。以上"爷爷—父亲—孙子"的家族传承和文学叙述表明了刘醒龙第一、第二两阶段作品明确的"父系"形象体系。

　　在第三阶段，作家已经人到中年，他说：

没有奶奶曾经的爱抚，中年将是一个非常难得度过的时期。

在我们家族这一代人的字典上，奶奶这个词没有做任何解释……面对周围家庭的温馨和女性的温柔，我常常在心底渗出一种疼痛来。没有奶奶，而母亲又常年工作在外，心灵成长时无人对它进行抚摸，对温柔的渴望和对温柔的解读，成了我生命史上最大的难题。

在我的仰望中，一直渴盼一位慈祥的奶奶。

很多年来，本是很重要的小资产阶级或小无产阶级的奶奶被社会放逐了，剩下一些杀伐成性的老少爷们在支配着人群的发展，这种所谓的发展实质就是动荡不安。在每个人的内心深处潜伏着的总是渴望安宁、祥和、温馨和爱情，能给予这些的恰恰只有小资产阶级和小无产阶级的奶奶。对奶奶的渴望与享受，会延缓自身的衰亡，也就是给心灵注入新的活力，即使人到中年，也不必为那几缕白发发愁。

这些谈话表明，作家期盼着女性的温柔来给自己艰难的中年带来些许温柔，而来自小资产阶级的奶奶带来的安宁、祥和、温馨和爱情尤其可贵。它不仅抚慰了自己的心灵，更抚慰了老少爷们"杀伐成性"带来的社会的动荡。语中的性别选择有明显的等差，雄性的"老少爷们"被排斥，而"母性"尤其是奶奶给的祥和、温柔的母性才是社会和个人的救赎方式。

当然，这与其说是作者对母性的选择，不如说是母性所代表的慈爱人性的选择，这也是作者创作从此前杀伐成性的外在的社会性和政治性主题转向此后宁谧、仁厚的人性主题的转化。

然而，这种对于温柔、慈爱的选择并非是作者经历了中年之后才有的突然选择，这种价值倾向实际一直存在于作家的情感之中，只是在不同时期的表现不同而已。实际在《雪婆婆的黑森林》中，这种情感早已蕴含在雪婆婆的形象之中；在第二阶段的创作《白雪满地》中，这种形象又存在于村长夫人这一仁爱的角色之中；而在这两个创作阶段的许多的女性形象作品虽然不曾着力刻画，但其仁和、宽厚母性之爱依旧见微知著地存在着。而其中的男性形象，虽然以浩气充盈而刚强劲健，但他们的仁爱意识依然隐于言行之中，如村支书方建国对集体、母亲和妻子的爱，界岭小学教师们对孩子们的爱。只是在第三阶段，作家由于人生观念和价值理想的改变，母性更能代表其人性理念和价值追求。因此，在此阶段的作品《弥天》中，温三和在杀伐中被女性温柔的爱所救赎；《圣天门口》中，革命的暴力被雪家女性的仁厚和慈爱所化解；《天行者》中，界岭的艰辛和现实的严峻被王小兰、蓝小梅等女性的温柔所融化。

三 纯洁、高贵的白

作为一位浪漫主义艺术家，其作品中的象征意味是无孔不入的。不仅人物、情感、性别，甚至细小事物如乐器、天气、花朵，等等，都喻示着作家的情感选择和价值判断。在刘醒龙的作品中，颜色就是这样一种表意特征极强的象征性符号。仅从文章标题着眼，就有《黑蝴蝶，黑蝴蝶……》《雪婆婆的黑森林》《倒挂金钩》《赤壁》《红颜》《火粪飘香》《暮时课诵》《路上有雪》《白雪满地》《孔雀绿》《白菜萝卜》《黄昏放牛》等一大批以颜色点睛的作品，而在具体文本中，颜色表意之丰富更令人叹为观止。然而整体而言，刘醒龙作品在颜色表意上因创作阶段不同而有所区别。在"大别山之谜"系列时期，作品中的颜色意象是神秘的"黑"，黑森林、黑牯牛、黑岩石、黑面孔、黑色屋脊、黑的小兽……在新现实主义的第二阶段创作中，作品中的颜色符号是"灰"，灰色的天空、灰色的社会和灰色的心情将转型期的社会艰辛和情感体验展示得淋漓尽致；在第三阶段的创作中，作品的核心颜色意象是"白"，它是作家对高贵、纯洁的喻示。

当然，对于白色的提及在刘醒龙的许多作品中都出现过，但对这一颜色"有意味的"提及却更多地出现在第三阶段的创作中。在第一阶段作品中，作家刻画过雪婆婆的白（《雪婆婆的黑森林》）、算命先生的白鸽子（《返祖》）等，但整体而言，此阶段作品对白色的着意经营并不多见，而且作品中对白色的提及主要着眼于对黑的衬托作用。第二阶段作品中，《白雪满地》《路上有雪》《分享艰难》等作品中，作者刻意着笔"雪"这一白色印象，但此阶段作品的提及，更着眼于"艰难"的突出作用。只有在第三阶段，作者在刻意地经营着"白"这一颜色意象，并集中将其作为高贵品格的象征。当然，这一阶段刘醒龙作品中的颜色也依旧丰富，只是在这多彩的颜色体系中，作者寄寓了更多的深意在白色上。仅以《圣天门口》为例，作品中颜色意象就令人惊讶地丰富，在这部小说中仅以人名为例，就有雪柠、雪茳、雪蓝、雪茄、阿彩、爱栀、杭九枫、柳子墨……核心人物几乎全部被作家"色彩化"，但文章对于白色的营构，又是色彩体系中的重中之重。这种"白"有时指单纯的色彩，但在更多的语境中，它们指白色的雪、白色的花和雪白、纯洁的身体。

在小说《弥天》中，白茫茫的大雪加大了修建水库的难度，半人深的大雪使"千山鸟飞绝，万径人踪灭"，但这苍莽背景却使天地回复到混蒙初开的状态之中。在这一纯洁背景之下，温三和与秋儿激情相爱，纯净的背景使他们的情感纯净、高贵，没有物与欲的参与而纯粹。而同样在这样素净的背景中，宛玉和金子荷被乔俊一枪杀，这种"白茫茫大地真干净"的潜在暗含和"千红一窟，万艳同悲"白色祭奠，使他们的死显得更加高贵与素洁。——这种高贵正是作家一再提及的经典作品《红楼梦》中的高贵。

在颜色体系丰富的《圣天门口》中，高贵的"白"卓然独立，出淤泥而不染。首先，全文十五章标题有三章都直接呼吁着"白"：黑暗照亮牙齿（第二章），天不落不白的雪（第三章），一盏灯更黑暗（第十四章）。这些标题体现出作品鲜明的黑白对举，以黑衬白的用意。而这种以"白"命名的意旨，在作品核心人物的命名上更显精彩。作品中符合作者所宣扬价值观念的家族以洁白的"雪"来命名，而"雪"在作品中喻示着高贵、纯洁、温柔。而与"雪"家联姻的另一族代表高洁"民族精神"象征的姓氏以"梅"来命名，笑傲霜雪的"梅"更是白色冬季、茫茫大雪中的极端高贵物的指代，在文中"气质高贵的梅外婆在武汉三镇都能处处显得与众不同，更莫说在白沙似雪、绿草如茵的乡间河畔"，"梅外婆高贵得就像最蓝的天空上惟一的白云"。与雪家联姻的梅家女儿名为"爱栀"，栀子本是白色、芳香的花，"爱栀"这一命名实为对白色的礼赞。而与雪家相对的暴力一族的代表人物，作品中名为"杭九枫"。"枫"，一般所指为红色，象征暴力和革命；"九枫"音近"酒疯"，是癫狂，不理智的象征。另一与雪茄（音同"雪家"）无法相爱的主要人物，文中命名为"阿彩"，也是一个色彩意义上的名称；驳杂的阿彩一生与暴力、癫狂的杭九枫纠缠不清，她虽然长得漂亮，但最终在高贵的雪家面前低下了头，受到纯净、仁爱的感染。而雪家一众女性在梅外婆的带领之下，成就了天门口镇在黑色或红色动荡年代里的圣洁与仁善，形成了一幅"梅雪傲冬"的美景。

与此相应，"高贵的白"有时候指文中众多女人抢夺的雪狐皮大衣，它犹如特洛伊王子的"金苹果"，它是高贵、美丽、权力的象征；有时候是"一只全身没有半根杂毛的雪白的波斯猫"，"那种高贵的样子也不是平常人家能有的"，有时候指雪柠总也看不见的天上的云，它摒弃了人间的低俗与物欲；有时候指女人雪白、高贵的皮肉。

而在《天行者》中，雪花则被喻为纯粹、洁白的精灵，是净化心灵的高贵的象征。在张英才转正离开界岭之时，"天上开始纷纷扬扬地落雪了。第一片雪花落在脸上时，张英才情不自禁地抖动了一下，他想不到这是落雪，以为是自己的泪珠。待到他明白真的是落雪了，抬头往高处看过一阵，还是不愿认可，这些从茫茫天际带来清凉与纯粹的东西，不是泪花而是雪花。"文中晶莹的泪与洁白的雪同时出场，意喻界岭教师们精神的纯净与高贵达到了感天动地的力量。而文中，对雪与笛的描写："落雪的时候，鸟都不飞，云也不飘，只有界岭小学的笛声还能与雪花一道轻舞飞扬。""笛声一响，夏雪就情不自禁地朗诵起一首诗。""笛声飘来，再飘走时，连心也一起带走，甚至还能看到她飞出窗口，在漫天飞舞的雪花中追逐笛声的样子。"更是一幅幅绝美的诗意画境，其中的典雅、纯净与高贵意境可听、可触、可见、可感。当然，白色也是人物高贵、纯洁的象征。夏雪初来界岭时，"穿着一袭白色连衣裙，像云一样从山路上飘来的夏雪，让他一时间疑为天人，界岭一带也有穿白裙子的，却不如眼前的夏雪洁白得如此灿烂"。这从名字、到人物到环境的纯粹的白，正是作家刻意营造的画面。

第二节　长篇的历程：刚健与阴柔的二重奏

在文体上，刘醒龙文学创作有着从短到长的发展规律。第一阶段，以短篇为主，中篇辅之，没有长篇；第二阶段，中篇为主，长篇较多但质量稍弱，绝少短篇；第三阶段刘醒龙基本没有中短篇①，专攻长篇小说创作。这一过程反映出作家写作的逐步成长过程。对此刘醒龙说："短篇小说抓住一个灵感，抓住一个人物，抓住一个细节就可以。长篇不行，得有层出不穷的灵感，一批成熟的人物，一批鲜活的细节。在厚度，广度，深度上必须有更充分的东西，仅仅靠幽默，仅仅靠俏皮，仅仅靠抒情，都是不够的，必须是这几个方面的成熟结合和建构，才能写出一部出色的长篇小说。"② "拥有天籁般资源的长篇小说，有着明显的生命体征，正如真正的登山者，每一点每一滴的超越，都会产生动物年岁植物年轮那样的生长印痕。"③

语言透露出刘醒龙有着非常自觉的小说文体意识，对他而言，中短篇只是个人生活中的灵感与体悟的表达，而长篇则是生活的积累和人生哲学的建构的产物，是更坚实和系统的产品；透过长篇，读者能感受到作家写作的成熟程度。因此，通过梳理刘醒龙长篇小说的创作，我们能清晰地了解刘醒龙心灵成长的轨迹和意欲表达的内容，这种梳理对于我们了解刘醒龙第三阶段的创作有重要的铺垫作用。

---

①　《致雪弗莱》完全可以看作第二时期的终结之作；而《音乐小屋》《民歌与狼》于2000 年前后刊出，却是前些年的成果；发表于《人民文学》等刊上的中篇《谁最先被历史所杀》《天不落不白的雪》等中篇，实为《圣天门口》的拆零之作。

②　余加新、刘醒龙：《答〈杭州日报〉余加新》，刘醒龙提供，访谈时间：2011 年 9月 26 日上午，地点：武汉东湖大门口妙语悠香咖啡厅。

③　周毅、刘醒龙：《觉悟——关于〈圣天门口〉的通信》，《上海文学》2006 年第 8期，第 71 页。

因此，本书根据刘醒龙创作的时序和作品内容主旨将其长篇小说创作分为如下三个阶段：

（一）国民性批判与时代批判阶段。代表作品为《威风凛凛》《生命是劳动与仁慈》和《寂寞歌唱》。

（二）人性探讨时期，代表作品有《往事温柔》《爱到永远》等。

（三）政治与历史批判及心灵的建构时期。《弥天》《圣天门口》《天行者》等。

在这三阶段的分析中，我们将结合本节主旨——母性因素在作品中的体现与成长——来分析刘醒龙的创作。

一　国民性批判与时代批判

从《威风凛凛》可以看出，刘醒龙最初的写作就是极具知识分子的启蒙立场的。作品中，启蒙的知识分子赵长子置身于庸常百姓之中犹如羊入狼口，二者的价值观和行为处世规范完全处于两个体系之中。一方从他人的畏惧和落魄中感受到自己的成功和价值，一方从帮助他人精神提升和实现自己中感受生命的价值；一方的行为宗旨是暴力斗狠，他纠集了全镇的百姓和杀人不眨眼的混混们，一方的宗旨是奉献、感化，全部力量只有相依为命、人人得而诛之的父女俩。二者看似势不均，力不敌，但强力遇上了坚韧，最终铁锤打在棉花上。这似乎是刚强与柔弱的对峙，柔弱的赵长子手无缚鸡之力，是阴弱的一方；而文中，赵长子思想的承传者，女儿习文更是这方面的代表，她美但无力，任人欺负，但在这柔弱中却有着无比刚硬的力度。这种力度体现在作者的反思与批判之中。

文章似乎重在进行国民性批判，但其时代批判性和政治批判性同样强劲。文中：

> 我爷爷说，狗日的赵长子，硬是可以靠诗文过日子。
> 赵长子就是赵老师。
> 我说，你不懂，诗文是精神财富。

爷爷说，那"四人帮"的精神财富，怎么不能让大家过日子？①

作品直接展开了对"文化大革命"及"四人帮"造成的精神和文化上的影响的思考：同样是"精神财富"，诗文带来的和"四人帮"带来的究竟有何不同？但它不仅仅局限于"文化大革命"，它同时延及我们今天的改革与社会生活：诗文象征的礼教和"四人帮"的批判与斗争，两种精神财富，今天我们该如何取舍？在此基础上，作者更进一步深入思考了改革提出的"优胜劣汰"口号：

镇长瞪了金福儿一眼，说，别人都在忙改革，你们却只知道欺侮老实人。

金福儿说，改革的目的不就是要搞优胜劣汰吗？

镇长说，不是长子教你们认几个字，你拿什么优！

金福儿说，长子教的字我早忘了，我现在的知识是在革命斗争和生产实践中学会的。②

这些对话体现了"新时期"以来，中国社会和文化中"文化大革命"和革命时期的暴力遗毒的深重影响。同时作家从文化上深刻思索了中国向何处去的问题：是继续"左"的"愚民"的暴力还是全面发展文化教育，培育文明的现代的国人？这一思考，在20世纪90年代的语境中无疑是独具一格，极具深度的。首先，90年代初，能真正沉淀下来对国族命运、整体的民族文化走向进行深入思考的作家并不多见，绝大部分作家都被新的文化和写作浪潮所裹挟，各种"新"的小说形式和流于简单地嘲弄和趋赴新的潮流的作品不断复制。其次，与当时较为深刻、有影响的长篇作品比较，《威风凛凛》亦属深刻且不落下风的。例如当时较有影响的"陕军"的三部长篇

---

① 《威风凛凛》，作家出版社1994年版，第8—9页。

② 同上书，第73页。

《废都》《白鹿原》和《热爱命运》分别从消极的时代批判、儒家文化的重建及对生命原动力的服从三种角度思考了民族文化命运和个体人生的问题，除《白鹿原》较有文化深度之外，其余两部更多的是一种情绪宣泄和生命感受，在思想深度上并不惊艳；而影响较巨的《九月寓言》和《心灵史》则分别从农耕文化质朴、野性和宗教情怀的坚执方面思考文化的重建。这些思考虽然各有所长，但真正能从历史、文化的角度，切中时弊地深刻挖掘，并给出建设方案的并不多见，基本都只流于发泄和一种见解的表达。而《威风凛凛》结合国民性的剖析、暴力文化的历史根源和新文化的重建等方面切入应该说达到了前所未有的深度。从这个角度而言，我们可以得出如下的认识：一是刘醒龙作品的思想起点有超出时代的高度；二是刘醒龙的作品是从最初开始就是立足于文化而非政治的批判与重建。

作品中，针对时代对"文化大革命""精神财富"的继承导致的后果，胡校长说："论学问、论人品，我连老赵脚趾缝里的泥都不如。我现在活得人模狗样，他却落得如此下场，你说这天理何在。"①将改革以来社会道德沦丧、信仰和文化精神缺失直接归因于"文化大革命"：认为"文化大革命"是人们政治上和生活中"斗狠"与对文化的冷酷的直接导火线，"文化大革命"是颠倒黑白、混淆人妖的渊薮。作品力透纸背，而更加发人深思的是其侦探小说的结构：以好人被杀，寻找凶手的方式来为新的时代找出路，通过找文化与良心的杀戮者的方式来引起关注，囚禁罪犯，是极"有意味的形式"。文中，虽然强力战胜了柔弱，但柔弱却显现出正义、理想的永恒价值。整体论之，《威风凛凛》实际在思索着刚强、暴力的革命文化与柔善、仁爱的儒家文化的对峙问题。

《生命是劳动与仁慈》和《寂寞歌唱》都是时代批判性强烈的作品，其雄性的文风，强力且群集的男性主人公形象似两首男子汉之歌。由于《生命是劳动与仁慈》更有深度和厚度，而《寂寞歌唱》则太过贴近时代具体问题、相对浅薄，此处仅以前者为分析对象。

---

① 《威风凛凛》，作家出版社 1994 年版，第 51 页。

　　这是一部雄健且悲壮的时代之歌，也是一首百转千回的求偶曲，但更是一部寻求心灵家园的皈依之作。作品多线并进，主要线索叙述的是主人公陈东风爱上了邻居方月，而方月却嫁给大自己20岁的工厂厂长陈西风做了填房。陈东风尾随方月来到工厂，但方月并不爱他，方月爱的是虚华的生活；但有不少城市姑娘喜欢陈东风，农村家里翠也在等着他，何去何从，陈东风一时无法决断。第二条线索是，改革开放大潮之下，农村凋敝，农民们一窝蜂拥入城市，但面临城市人的轻视与压榨，不得不出卖尊严求活；而普通的城市百姓一面轻视乡下人，工作偷奸耍滑，另一方面也生存困苦，对社会不公正抱怨丛生；社会呈现出大鱼吃小鱼，小鱼吃虾米的险恶状态。第三条线索是段飞机、方豹子的救赎之路，通过个体企业的兴建，吃掉城市国有企业。第四条线索是陈老小、高天白等老一辈劳模的人生之路：勤勉、克己、为公、为人的仁厚之道。生存与竞争，尊严与抚慰充斥了整部作品，层层叠叠的挤压与反抗使文本始终呈现出矛盾与怨愤的意韵。这是一部雄性的杀伐之作，但杀伐过后——段飞机挤垮了城市国有企业，文章的高潮不是享受胜利的成果，而是更上层楼的以德报怨：经济上，长期被侮辱的玉儿和小英为国有企业找关系，段飞机让出自己企业的生产合同帮国企发展；精神上，城市"乡村屋"里的老奶奶和乡村陈设抚慰一众人等的灵魂，翠为陈东风准备了温暖、安宁的乡村之家。仁善与母性再一次以灵魂安顿者的形象出现，消融了所有的紧张与矛盾。

　　作品在沸反盈天的时代乱象——全社会的不务正业、不劳而获思想，阶层之间的敌视与拆台中，给出了两个亮点：父辈的勤勉任怨，翠的坚定与纯朴，使文章的中心意旨得以闪耀：生命的本质在于物质上勤劳，精神上仁慈。尤其是翠，这一貌似名字和性格、身世都借鉴沈从文《边城》主人公翠翠的女主人公形象，更是全文一直引而不发，但最终陈东风无法拒绝的最终归属，她挺拔、勤劳、温婉、宽厚、不慕荣华，实际就是作家人生观的形象化代指。

　　两部充满雄性冲突的刚健之作，最后都以雌性的温柔化解，结合此期刘醒龙的其他创作，很难说刘醒龙真正地有了母性价值观的自觉性——刘醒龙此期的中短篇作品中，对于女性的角色意识依然停留在传统的服从与轻视的层面，但他无意识的哲学选择依然是母性的仁爱的救赎。这种价值观对他其后的创作带来了更多深入的影响。

二　历史与情感

《往事温柔》与《爱到永远》等作品与刘醒龙此前的作品有很大的不同。此前作品的现实批判与文化思考极端分明，而此期作品书写的则是历史中的情爱关系。虽然此前刘醒龙的作品也有些许的情感纠葛和历史思考，但如此集中地将二者合而为一的作品此前没有。其次，这两部作品都以女性为核心人物，这对于喜好刻画社会政治与文化情境中的男性形象的作家而言，有极强的转折意义，——这种转折与"现实主义冲击波"不无关系。这一转折使刘醒龙作品由重视外在的政治和社会文化转向了内在的情感和人性。对其此后的创作而言，它有重大的开拓意义。

《往事温柔》改写自刘醒龙前期的作品《倒挂金钩》，但作品的丰富性和深刻性早已超越了《倒挂金钩》。作品写的是：出身于金钩大院大富之家的大姑和团长指腹为婚，但却爱上了团长的连副并有了肌肤之亲，本欲远走高飞的二人，一个被逼娶了县长女儿，一个和团长结婚；婚姻不幸的团长在抑郁中为国捐躯，连副的妻子也怀着别人的孩子；罪恶感深重的大姑从此陷入了深深的忏悔之中，对贞操的守护与对情爱的向往都撕扯着她的内心，此后，她一方面极端残忍地处死了连副的妻子，下令家门不让男人踏入，对所有存非分之想的男性处以严酷的报复；另一方面，对连副的继室细姑进行着长达一生的情感和精神控制，阻止她与校长的爱情。但在情爱之外，大姑却是仁爱、大义之人，她收养幼女，接济并教育三姑，支援革命……深明大义，舍己为人，劳作不辍。看似无欲无求的大姑，凛若寒冰，长年用幽闭功保护自己和家园；但在曾经的连副，后来的细姑的丈夫大陆探亲之前，她功力紊乱，寝食难安地离开了人世，并要求埋身倒挂金钩，这一风水最凶煞的地点，以示死后继续自罚；但连副回乡要探访和相亲的并不是未曾谋面的细姑，而是大姑。这部深刻描画伦理与人性的作品，在刘醒龙此前的小说中还从未涉足，或远没有如此的深度，在刘醒龙的创作中有里程碑的作用。

强者，要关注其命运；弱者，要关心其生存。这是周介人先生对刘醒龙的告诫。刘醒龙此前的作品《生命是劳动与仁慈》和《寂寞歌唱》《市府警察》等对现实的关注太过贴近，虽然各有深意，尤其是《威风凛凛》与《生命是劳动与仁慈》两部，完全具备成就一部优秀作品的可能性，但太过切近的指称和有待深入的挖掘，及较为单薄的人物形象，使它们没能真正脱颖而出。《往事温柔》弥补了此前的不足，人物性格在历史中得以发展，既立体又丰满：大姑婚前单纯、浪漫，婚后系列的变故使她因不贞而愧悔，守寡和被弃又使她对不贞者的惩罚凶残而暴戾，对情敌几十年既守护又阴鸷，对即将归来的情人既渴盼重逢又不敢面对背弃。同时，形象具备了历史的典型性和人性的深度，它深深刻画了旧时代女性在历史的无情拨弄之下，在无力主宰婚姻的背景下，个人情感和人伦道德之间的深深纠缠。这是一部极具《呼啸山庄》阴森、凄凉，百转千回的风格的作品，在人性挖掘上它也同样精彩，不足之处是故事的清晰度不够，过分分散的枝蔓（既将前后两代人的几段情感进行对比，还引入了太多的历史过程和细姑的情感故事）使文章深度和情感的丰富性不能得到显现，使每一段情感都显得单薄而语言不详。在第二阶段的强劲的现实批判之外，刘醒龙重拾了第一阶段的神秘浪漫风格，对其此后的创作有较大的铺垫作用。在此后的《圣天门口》中，我们能看到《往事温柔》中的许多故事在其中得到了发展和丰富，使其创作达到了另一个高峰。

另一部刻画女性情感的作品是《爱到永远》。这虽是一部向旧三峡的告别之作，但其思想内蕴却绝非一部应景之作这么简单。

《爱到永远》又名《一棵树的爱情》，是极具画面感的一部作品。小说以长江三峡为叙事背景，以一棵甜橙树为焦点，以半个世纪的中国历史为纵轴，刻画了"我"父辈（父亲和屈祥）与桃叶姑姑几十年的情感纠葛。这部作品一改以前作品"小乡村"或"小时段"的局面，视野变得宏大，价值观超出了城市和乡村二元对峙，迈向了整体的人类情感；表达了作者对坚韧、不屈的情感的张扬。文中险陡、高峻的三峡和滚滚东流的长江是考验情感的空间和时间的隐喻性景物，而树则是坚定人物形象的代指。主人公屈祥和桃叶如江边岩石，石壁上的望夫石和甜橙树一样坚韧与守信，为捕获一条鲟钻子，屈祥几十年如一日待在江中一动不动，桃叶则数十年在峡岸上等着心上的人。作品仿佛是一部爱情小说，但在言情之外，作品写道："山水毁灭人不知痛，也许是这样的原因，才有了新滩的屈祥与桃叶。上苍将他俩做成活生生的能说能唱的峡江，当人毁灭时，人是知道痛的。"文章分明超越了简单的爱情故事，将人与物等同对待，成功地实现了对人物的塑像和风景的人格化。这些人和景互相映衬，共同构成了一幅粗粝、坚贞的史诗。相比其以前的作品纠结的城与乡，传统与现代，《爱到永远》奠定了其以后作品的超越基调。作品中，桃叶姑姑就是三峡望夫石与甜橙树的化身，她集望夫石的执着、温情与甜橙树的温馨、包容于一身。作品广阔的时空视角，天人合一的宇宙观和浪漫主义情怀使文章别具一格，深有韵味。作品中，桃叶的柔韧与屈祥的刚强恰成了刚强与阴柔构成天地间极其和谐的一道风景。

　　《往事温柔》与《爱到永远》都以女性为主要书写对象，以历史（时间）为叙事脉络，探析了爱情的深度、广度与韧性，通过作品，作家实际歌颂了情感对时间的超越性。

三　人生哲学

　　之所以说此期是刘醒龙创作的成熟期是通过其几部长篇来体现的。在此期，刘醒龙的主要长篇有《弥天》《圣天门口》《天行者》①，它们无论从主题意韵，还是写作技法，还是哲学境界都较以往的作品明显高出一层。刘醒龙此前的长篇基本是针对一时一事一地展开故事，表达一个比较外在的社会主题，或刻画一段情感。如《威风凛凛》直接针对"文化大革命"流毒，影射社会的脑体倒挂，

────────

　　① 《政治课》和《痛失》由于其过分强烈的为《分享艰难》分辩的意味，且作家多次表明现今所出版的并非其作品的全部内容，还有《痛失（二）》和《痛失（三）》因担心招致更进一步的误解，而没有发表，因此本书不将这两部作品置入讨论之列。

文明和野蛮异位；《生命是劳动与仁慈》直接针对的是"三农问题"和城乡矛盾问题；《寂寞歌唱》针对的是国有资产流失问题；《倒挂金钩》和《爱到永远》是两部言情小说，基于的是两岸寻亲和三峡截流事件。虽然，作家在相关的事件的基础上，进行了深入的文学加工和哲学生发，但作品的境界与格局依然受到限制。而此期的作品，已经超出了此前的脑体、城乡、个体与集体等现代性问题，和时空与情感之间的矛盾交织，转向了整体的心灵成长、人生哲学和社会大义问题。

　　《弥天》是一部性与政治对抗的作品。性与政治，作为两个最有普遍意义的人类存在方式，一为感性疯狂的代表，一为理性僵硬的化身，分别是人类动物性与社会性的指称。但在一个非理性的社会，权力和贪婪使政治变得疯狂，正义得不到伸张，认识的理性被压抑，本能的人伦完全政治化之后，心灵的成长受到抑制，正在成长中的少年如何健康成长便成了问题。作品中，17岁的高中毕业生温三和见识到了多种恶：军代表乔俊一是地方说一不二的毛主席，扛着枪趾高气扬，其下属王胜飞扬跋扈，玩弄女性，下属的下属意蜂助纣为虐；说真话的"知青"丁思聪被枪毙，腹内的婴儿也被踩死；清醒的知识分子倪老师一再受到监视与打压，妻离子散；百姓处于蒙昧的看客状态，对各种恶一味叫好与附和；为了修建政绩工程，乔队长不惜牺牲几万人的心血修建一座装不了多少水的水库，老百姓们知道却无动于衷。鲁迅说过"救救孩子"，刘心武在《班主任》中也针对成长中的少年表达过"救救孩子"的主题。温三和这一刚刚从学校走进社会的少年的心灵需要呵护，人格需要被指引，他在社会上一再由着自己的本心做事，收藏倪老师的书籍，与意蜂及王胜顶着干，对宛玉表达好感，他像《皇帝的新装》中的孩子一样戳穿了水库虚假的把戏……在这一特殊背景下——连父母、妹妹们都已经被虚假政治洗脑、腹中胎儿都无法正常成长的背景下，是几个女子给了他心灵的呵护与指引，使他得到了生命中的真。作者借温三和精神启蒙者倪老师的语言指出："除了美丽的女子还有什么值得去留恋。美丽的女子是这个世界上最后的希望。……（美丽的女子）一旦受到伤害时，也将是最彻底最残酷的。"作品正是通过这种时代的丑陋和彻底的残酷来表达对政治的批判意识和对人性和发自灵魂的本真的美的赞扬。这是一部不论在情节结构和深层意蕴上都有意识地借鉴名著《红楼梦》的作品①，《红楼梦》通过一个家族的灭亡和美丽女子的毁灭表达一个时代的虚伪，但刘醒龙在多次的创作谈中珍视的却是《红楼梦》的高贵，他在这部作品中着意凸显的也是置身污浊背景下的女子的洁净的灵魂和呵护心灵成长的爱意。这种立意诉求，较此前的现实干预和情感探索更有普世意义。因此虽然《弥天》在文学成就上，因其情节的单调和过分强烈的表意心态，也许离优秀小说还有一段距离，但其哲学探讨与人性追求已经实现了飞跃，这种飞跃必然使其此后的文学创作呈现出更宏大的格局。

出版于 2005 年的《圣天门口》是刘醒龙真正的一部集大成的作品，这一作品才是作家才力和已臻成熟的世界观和人生观的真正体现。经过此前对于现实、历史的思索，对情感、人性和理想社会人生的探讨刘醒龙的笔力变得纵深和宏厚，在这部作品中他对历史的深度和人性的隐微都有独到的体察，对于理想的社会形态与人生哲学都有深入的思索和认识。作者谈到，这是一部借"小地方"和"小人物"的历史，写大的历史的作品，作品通过对"天堂寨"的书写，表达了一个人类几千年来共同的愿望，对理想的"大同"世界的呼唤与构造。这种宇宙意识与普世情怀，使作家的创作自此达到了"创世记"的史诗的高度。

获得第八届茅盾文学奖的《天行者》是作家此期的另一部值得重视的作品。这一部改写自其早年重要作品《凤凰琴》的小说，呈现出了与《凤凰琴》迥然相异的境界。在《凤凰琴》中，主人公张英才和其界岭小学的同事对体制内的承认和城市充满向往，其人生的价值很大一方面来源于对乡村空间和乡村身份的摆脱，虽然最终他们

---

① 在文中，温三和多次自比贾宝玉，将其他女子比作《红楼梦》中女子。如第十章作者写道："温三和心里开始多了一份难受，他发现自己就像《红楼梦》里的贾宝玉一样，只要女子出嫁就会伤心不已。"第八章中宛玉嘲笑温三和"将工程日志写成《红楼梦》了"，温三和认为宛玉"像《红楼梦》里的那些女人"。

没能全部实现体制化和身份城市化，但这种厕身荒僻乡村的行为照亮了其精神境界，这一境界也即作为人民教师"燃烧自己，照亮他人"的光辉的蜡烛精神。虽然这一崇高的精神很有浪漫主义情怀，但毕竟是迫不得已的行为，并非发自己内心的人格体现和人生选择。因此，对其歌颂不可避免地带有强烈的意识形态意味和主旋律特色。但《天行者》通过三次的体制内转正机会的考验使体制化和城市化变成一种荒诞的游戏而欠缺了最初的神圣感——转正实际就是金钱的较量和人格残缺的比拼，通过城里青年人夏雪和骆雨的乡村实践，使界岭成为了洗刷耻辱和过错、净化灵魂的高地，通过蓝小梅、王小兰、叶碧秋等女性的参与使界岭成为深具人情味和充满爱意的场所，这些情节使《凤凰琴》中提到的"中毒"不再局限于此前的怜悯和敬佩的情感，而转化成为《天行者》中的有担当、有情义的人格高地和心地净化的圣地。文章最后通过张英才对界岭的回归将乡村执教提升成为一种人生选择和人格高贵的体现，它不再是迫不得已的奉献，而是承传孔教圣人的仁爱情怀，使敌者服、使远者来的人生选择。这种处理使作品脱离了《凤凰琴》的小格调而境界开阔，具有人类的普世意义。

第三节　《圣天门口》

这部刘醒龙耗时六年的作品，蕴含着作家许多的寄托，诸如前文提及的对"现实主义冲击波"的还击与正名，及自己人生的体悟、文化感怀、政治思考及文学上的"安身立命"（刘醒龙语）。从作品的质量而言，这部百万巨著，也真正成为了刘醒龙创作生涯的一座高峰，成了其文学上的代言之作和集大成之作，也是中国当代文学史上一部难得的佳作。洪治纲称之为史诗性的"伟大的中国小说"[①]，何平认为：它是一部百科全书式作品，"在这一系列的'史诗性'书写

---

① 《"史诗"信念与民族文化的深层传达——论刘醒龙的长篇小说〈圣天门口〉》，《当代作家评论》2006年第6期，第141页。

中，刘醒龙的《圣天门口》无疑是一部有着自己信仰，并且为中国当代长篇小说写作提供了新经验的代表之作。"① 陈晓明、施战军等都认为其是对现代历史还原的史诗性作品②。《圣天门口》的代表性，不仅从作品的文学成就而言，从作家思想的成熟度、当代文学对社会干扰所能达到的高度等多方面都有大的突破。

一　总结性作品

回顾刘醒龙创作，不难感受到其创作野心是逐步成长的，其文学视野是在逐步扩张和调整的，其创作成就和高度也在逐步地成长和堆积。《圣天门口》就是其创作不断成长过程中形成的一部杰作。

作品讲的是小镇天门口的故事。平静的天门口小镇，谦和、仁慈的雪家是世代的书香之家，虽人丁不旺，却是小镇最有威信的家族；勇猛、强健的杭家男丁众多，个个雄俊，是小镇最有霸气的家族，勇猛的杭家虽对文弱雪家的影响力心怀不满，但却也世代相安无事。一日，怀抱振兴中华、改造世界的理想主义者傅朗西来到天门口，妄图以农民暴力革命的形式实现包围城市变革现存社会秩序的理想。但这犹如打开了潘多拉的盒子，革命的双方永无止境地比拼，日本侵略势力、民间的投机分子各自施展手段，天门口从此成了恶的演习地，本欲过上好日子的农民们一轮又一轮地被侵扰、被杀害，再也无法重回原有的平静与安宁。在变局中，雄健的杭家用强壮的躯体和大炮作为最大的筹码投身其中，虽然总是首当其冲、所向披靡，但也不断地带来和遭受打击与杀戮，造成了一次次的屠城，自身也一再被利用，当作炮灰；反倒是手无缚鸡之力，女性为主的雪家通过一次又一次的忍让和付出，在不同的强悍势力之间调解、劝和，息事宁人，并对弱者施以安抚和救济，使天门口人得到一丝安慰，多次化险为夷。这部情

---

①　《革命地方志·日常性宗教·语言——关于〈圣天门口〉的几个问题》，《南京师范大学文学院学报》2008 年第 2 期，第 84 页。

②　参见陈晓明《对现代历史的彻底还原——评刘醒龙的〈圣天门口〉》，《扬子江评论》2009 年第 2 期，第 52 页；施战军《人文魅性与现代革命交缠的史诗——评刘醒龙小说〈圣天门口〉》，《文艺争鸣》2007 年第 4 期，第 51 页。

节貌似平常的作品，将此前历代的说书，山寨的生活场景和现实的争斗和民众生活的日常和宗教性的人文关怀熔为一炉，在其中，我们能大量看到其此前作品的元素，但却又大大超越了此前的创作，是刘醒龙文学上的集大成与超越之作。

首先，在故事取材与情节设置上，我们能看到其此前作品的大量剪接与再次利用。

在《圣天门口》中关于国内革命战争的故事，我们在刘醒龙第一时期的创作中都能找到源头，比如《牛背脊骨》中的安大妈一家之于梅外婆代表的雪家，他们几十年来支持革命，调和革命中的不同势力与关系，在一方地域内发挥着不可或缺的作用；不同之处是安家勇猛、暴力的男性在《圣天门口》中替换成了雪家柔弱的女性，而安家愚钝、勇猛的兄弟们和作品中的中尉、安杰等男性们则可看作《圣天门口》中杭家男人和傅朗西、董重里的后续和化身，他们气质上有大体相似的对应关系。同样的对应关系还可以在玉兰与圆嫂子等角色身上找到；而《倒挂金钩》中鱼儿祖上的发家致富情节、家族仇恨、营长与连副之间的情感纠纷、大姑一家与王班主和李小林之间的求助与报恩之举等情节与《圣天门口》中阿彩父亲广西佬对雪家的试探、雪杭两家的世仇，杭九枫与雪茄的情敌关系，雪家与王指导员之间的求助与回报关系之间都有明显的情节对应；《圣天门口》中常守义这一形象就是《异香》中老灰的再现，《异香》中老灰和梅所长在山洞中对谈所涉及的残忍的杀戮故事，文中只有一句话，在《圣天门口》中通过常守义的一系列暗中杀戮行为得以生动扩写；第一阶段《鸡笼》等作品中的攻城情节在《圣天门口》中多次再现；《大水》中的捉鳖佬是《圣天门口》中余鬼鱼的前身，郑、武两家的家族仇恨在《圣天门口》中以"前史"的形式得以再现；《圣天门口》中的天堂寨实际就是《老寨》中"老寨"的改写。

而第二阶段作品《致雪弗莱》中关于父亲在大武汉的相关的故事情节能在《圣天门口》中阿彩与杭九枫的武汉故事中找到类似描述，《威风凛凛》中"我父母"被雷击身亡的情节在《圣天门口》的雪柠父母身上得以重现，而雪柠形象更趋近《威风凛凛》中的习

文，柳子墨则是赵长子前半生形象的再现。在《白雪满地》中村支
书夫人李春玉面临困境和刁难，始终仁慈、宽厚，顾全大局的形象与
梅外婆、雪柠体恤镇民，嘘寒问暖的仁善表现极具相似度，而此期对
于乡镇领导体恤民情及彼此之间的钩心斗角的刻画在《圣天门口》
不同革命势力间展露无遗。此前刘醒龙作品对于乡村政治的书写相对
简单，《圣天门口》中则进一步规模化与集中化。而作品中的杭九枫
的形象实质以作家父亲的形象为原型，这一形象在《致雪弗莱》中
得以全方位展示。

因此，在具体故事情节上，《圣天门口》并没有太多的新意，它
实为作家前期作品故事的综合与重构，但是这种综合与重构在一个更
大的背景与时段之中，通过新的排列与组合方式，使之成为一个与此
前故事迥然不同的境界更为阔大的新故事。

其次，在审美风格上，《圣天门口》也是此前作品的融合之作。
对此，刘醒龙也有明确的认识，在《和谐：当代文学的精神再
造——刘醒龙访谈录》中他就谈到自己第三阶段创作对前两个阶段
优点的吸收与缺点的摒除。① 对第一阶段优点的继承体现在，对大量
民间风俗文化的书写和对神秘文化及浪漫主义文学风格的吸收，以及
对民族文化纵深探索的兴趣。在第一阶段作家对神秘的地域文化、古
老的民间风俗和道德规范兴趣浓烈，但却不免陷入了为猎奇而怪诞、
为神秘而寻根的误区，因缺乏更深远的目的性而显得单薄、乏味。此
期作家对文化的刻画融合在日常生活之中，融合在人物的命运之中，
使之如盐入水，并无异相。如作品中广西人嫁女之前对雪家人格品性
的考察比之于《倒挂金钩》中近乎神话的荒诞发家故事，虽然大同
小异，但故事与整体情节相连，与生活现实结合紧密而更显自然和可
信；文中民间的传统说书与核心人物、核心情节紧密相连，既符合历
史现实又深深融入主题营造，毫无突兀之感；其他如雪家房屋的样
式、侍女杨梅咬脚等民间的传统文化和习俗，以及杭九枫硝狗皮的技

---

① 周新民、刘醒龙：《和谐：当代文学的精神再造——刘醒龙访谈录》，《小说评论》
2007 年第 1 期，第 62 页。

法、驴子狼进村，等等，民间传统和山村生活场景的加入，都因参与了整体故事的流程，有了统一的表意指向而意趣横生，避免了第一阶段此类写作的牵强与孤立性。在审美风格上，显得诗意盎然，浪漫而不呆板。同时，刘醒龙第一阶段后期在《倒挂金钩》《牛背脊骨》《鸡笼》等一系列作品中所呈现出的对历史和战争场景的兴趣在《圣天门口》中得以复活，并得以展示和发扬其作为历史和战争的本质的特色。在《倒挂金钩》等文中历史和战争是作为"传奇"而出现的，其意在展示中国文化中的古老而怪诞的一面或是作为地域空间中引发人事变迁、命运起伏的由头，只有在《圣天门口》中，历史才还原了其深邃、启迪性的本质，战争也回归到其暴力、破坏与掠夺性的本质上来。如果说刘醒龙第一时期的作品，读者往往遍读终卷而不知所云的话，在第三阶段其叙事的指向性则变得清晰而连贯，在这方面，我们能明确地感受到其创作的增长，甚至质的飞跃。

这种变化是与其第二阶段创作的现实主义追求密切相关的。第二阶段作家抛弃了虚浮的叙事，所有的写作都贴近于生存与命运，其对于现实的贴合性，及其对苦难、对命运、对社会的关注度都使其作品有了明确的表意，其对人物的体恤、对社会的批判、对理想秩序的追求和对理想人性的塑造都远非第一时期创作所能比拟。这两个阶段的创作各处一极，它们在第三阶段的创作，尤其是《圣天门口》中发生了中和，使刘醒龙的创作出现了去芜存精，相得益彰的效果。在《圣天门口》中，第一阶段的怪诞和盲目消弭了，第二阶段叙事的过分迫近感和浅层的问题感消失了，作品变得从容、大气、深邃而有意蕴。至此，作家的创作也真正进入了成熟期。

再者，在文化反思上和精神追求上，《圣天门口》也达到了前所未有的高峰。

在创作初期，刘醒龙的意愿是改变生存境况，实现个人精神追求。在从事这一精神探索的活动中，刘醒龙并非自觉地进行着文化探寻与现实关注，其创作尚处于亦步亦趋的跟随状态，其文化探寻更加着重于神秘的自然文化和沿袭已久的观念文化之中，对自然文化其意旨在于猎奇，对古老的文化习俗和道德观念他倾向于尊重与承传。这种文化态度虽然保守，但也体现出刘醒龙的文化追求和精神家园图景——他更倾向于传统的小国寡民、宗法自治、礼仪有序，有所敬畏的"老寨"式生存空间；在这空间之内，现代的文化可以有，但不必过分张扬，也不宜完全压制。在 20 世纪 80 年代的文化反思潮流之中，这种文化守成的思想具有一定的代表性。随着社会的日益世俗化，20 世纪 90 年代，文学创作的文化幻想症实际已经不存生，理想家园的破灭导致了对现实的批判与新的社会秩序的追求。在这一阶段，刘醒龙在作品中关注的更多是社会制度文化和民间的观念形态，如官场文化、市场经济对传统民间秩序的冲击和城乡差异等。在这一追求中，前一阶段体现出的对传统宗法秩序、道德伦理空间的追求依然鲜明，在其此期几乎所有的作品，如《村支书》《凤凰琴》《分享艰难》等中，都致力于塑造一个清明、理想的道德、伦理空间。其所有的精神的实现都倚赖于这一理想空间的营建。在通常的评价中，此一阶段刘醒龙的创作是现实主义的，但在这现实主义的批判与体恤之中，实际都有着理想主义的升华，如《村支书》中方建国对文村长最终的感化，《凤凰琴》中现实的纷争之后的集体心灵净化。第一和第二阶段的文化追求和道德空间的构想，在第三阶段得到了进一步的升华与拓展。在第三阶段，其作品明确地展示出对仁慈、宽厚，也即《圣天门口》中成为他人福音的追求。这种成为他人"福音"也即儒家所说的"成人之美"。这种"己所不欲，勿施于人"的福音社会或人与人之间的"福音"关系的存在空间就是作家在《圣天门口》中努力营造的天门口小镇的"天堂"空间，也即作者所营造的理想社会空间。在这一等同于乌托邦的大同空间中，柔善、仁慈、成全、高贵、优雅的品性和行为也即作家所追求的文化空间和精神家园。

二 圣与善的实现

《圣天门口》是一部有着明确终极关怀的作品。作品中，救赎（大善）是全文的核心命题，探析的是救赎的方式。文章开始，北伐军攻打武汉受阻，青年革命家傅朗西受托为吴佩孚说情，希望梅外公和国际友人乌拉能伸以援手。但遭到了梅外公和乌拉拒绝，"梅外公是一个对任何暴力行为都深恶痛绝的人。他有一句名言：任何暴力的胜利最终仍要回到暴力上来。乌拉每次听到这话，都要使劲地拍他那长满金色汗毛的巴掌。梅外公还有一句积前半生经验教训才有的醒悟：'革政不如革心'。"这与傅朗西产生了巨大分歧，傅朗西认为现有世界不公平太多，恶的势力太过强大，而"革心"式的非暴力进展太慢，民族无法久耗，解放大众不应搁置，通过以暴抗暴，以恶除恶的方式才能收到奇效；在将敌对势力打败之后再施以仁善，提倡非暴力是一种更好的方式。当时正值第一次世界大战胜利，作为胜利者协约国的一方，中国国民欢腾雀跃，奔走相告。面对武力相拼的世界大势，傅朗西更加坚信必须通过暴力革命的方式来击退一切反动势力，实现共产主义，解放大众。由此，文章就转入了"如何处置恶"的探讨：既然实现善举必须去除恶，那么根除"恶"要不要暴力？这一问题，如同莎士比亚的"生存还是死亡"，陀思妥耶夫斯基的"在不要信仰宗教"一样，使叙事陷入了伦理困境和哲学两难。而国际友人的参与和世界大战的背景使这一问题更加具有现实意义。

"如何去除恶"成为了"如何实现善"的前提条件，而这一问题实际也困扰了刘醒龙的整个写作生涯，成为其写作必须解决的一个困境。在他长期的写作中，往往对恶束手无策。在"大别山之谜"系列中，恶人老灰主宰了整个村镇，其家族世代恶性遗传，破坏着大家的幸福，但连同派出所所长在内的所有善良人都只能任其胡作非为，残害无辜；《威风凛凛》中，面对整个恶贯满盈的世界，善良无助的赵长子只能任其宰割。这两部作品仿佛是关于恶的展示之作，虽然作品寓意深蕴，但深入探讨乏力使其思想内涵受到了极大的制约。而在其饱受非议的作品《分享艰难》中，面对大恶人洪塔山，孔太平忍辱负重，为其开脱招致汹涌的批评。但刘醒龙似乎生性如此，其所有作品中，没有一部真正实现了暴力的反抗，其作品中最激烈的反抗举动只是文化馆系列作品中的斗智行为。也许刘醒龙本人并没有意识到，《分享艰难》之后，《上海文学》主编周介人在其作品看到了"大善"与"大爱"，这一语中的的评价对刘醒龙此后的创作深具影响。综览刘醒龙的创作，其宗教情怀和终极意识一直都极其鲜明，其宗教性题材作品不时涌现，如《鸭掌树》《暮时课诵》《赤壁》等，其作品对恶的敏锐性和对于救赎的需要和迷茫从来都极其强烈。《分享艰难》之后，他在《生命是劳动与仁慈》中第一次提出了自己对于世界的救赎方式——劳动与仁慈。此后，在《爱到永远》《弥天》中作者进一表达了，通过女性的温柔与坚韧来抵抗环境的恶的主题。而《圣天门口》则将这一救赎主旨进一步深入革命历史与日常生活之中。

　　革命如果以救赎为目的，它是否必须通过暴力？为了崇高的理想是否可以不择手段？对待卑劣的人性是否也还之以卑劣？这种质疑和追问自始至终贯穿在作品之中，并通过各色人物，在家国、民族、爱情、生死、幸福等多个主题上展开情节。与傅朗西及杭九枫等雄性的抗恶口号："金木水火土，世上的事总是一物降一物，恶要恶降，毒要毒克"不同，梅外婆和雪柠的口号是"成为他人的福音"，同时，阿彩、杨梅、董重里、段三国、小岛兄妹等人也各有自己的选择。

　　梅外婆在教育雪柠时说："我最担心的是，你也学会仇恨别人了。沾上这种恶魔，人活在世上就没有好日子过。我来这儿，是要帮你，让你找到只爱莫恨的好日子。"她从事的是救死扶伤的医护工作，退休后也力推非暴力的拯救。而对于其拯救的目标，梅外婆说："你梅外公活着时，总想以一己之力来救赎一国，结果没有成功不说，连命都搭进去了。轮到你梅外婆，自觉力量不够，才来天门口，想以一己之力来救赎一方，看来也不成功。所以你梅外婆觉得，如果你这一生也想学梅外公和梅外婆，不如用一己之力来救赎某一个人。"① 这种以爱为核心的生活哲学和由小及大，先个人，再国家，再天下的救赎之道就是雪家人实现善的救赎方式，它直接与传统儒家哲学相对接，体现出无穷张力。所以，当暴力抗恶成为一种世界性的救赎选择的时候，刘醒龙展示了仁爱哲学由小及大的无穷威力。梅外婆为首的雪家女人的仁爱的救赎方式，以人为对象，不论友仇，以和为目标，以成为他人福音为目的，在乱象丛生的岁月里承受了巨大苦

---

① 《圣天门口》（下），人民文学出版社2005年版，第763页。

痛，其仁慈、高贵与优雅散发出无穷的震慑力，成为一方百姓的庇护圣母，它使暴力的杭家屈服，让仇恨的阿彩羞愧，让淫荡的圆妹子从良，让心怀天下的傅朗西折服，让国共两党为之钦敬，使日本侵略者退却……成为了真正有效的救赎方式。

　　由于作品中一再出现"福音""基督"等语词，《圣天门口》中所传达的"圣"容易让人与基督教信仰联系起来。对此，刘醒龙说："不能因为小说中出现'福音'和'小教堂'，就往这方面联想。小说中还出现有'巴黎公社'，难道就要说她有异国情调吗？十年前，我的小说就被周介人先生评价为有一种'大爱与大善'。这种判断十分重要。文学当中的中国传统才是我一直所看重的，我始终没有停止过这方面的探索……客观来看，有没有信仰和信仰什么并不会导致社会生活出现重大分野。譬如，泛神主义者可以认为'圣'就是我们的敬畏之心，环保主义者可以认为宁可走路也不坐汽车就是一种'圣'。""我不认为，'圣'是可以升到高天之上的精神控制，我景仰的'圣'可以小到记忆中，那户人家的孩子将一块洗净的旧布叠得方方正正装在荷包里，作为清洁自己的手帕。所以，才有小说中的董重里，因为随身的一块手帕始终保持着洁白，才被在'肃反'运动中杀人如麻的欧阳大姐法外施恩。我要强调的是，人人心里都存有一个圣的角落，所以，每个人在对待他人时，都要记住并由衷地尊崇这类角落，这也是你就小说所提出来的所谓雪家精神。"① 作品更多地将"圣"指向了中国传统，如前文所提的善与爱。同时，刘醒龙进一步将"圣"普泛化，指向了所有高贵与值得敬畏的行为，如环保意识、注重个人修养。总而言之，刘醒龙的"圣"有着个体精神和个人道德修养等多种指向。

　　中国思想文化中有着源远流长的崇圣历史，圣人、诗圣、药圣、茶圣、歌圣、情圣……类似的称呼并不鲜见，"圣"成了某一方面极其杰出、罕有匹敌人员的代指。虽然中国文化中缺少西方思想文化中

---

　　① 姜广平：《"文学一定要成为世界的良心"——与刘醒龙对话》，《莽原》2007年第2期，转引自姜广平博客，http://blog.sina.com.cn/s/blog_54841d8301009f21.html。

更为坚定和单一的宗教信奉，但关注现世、重视实用的价值指向使神和圣民间化，使宗教信仰普泛化。宗教信仰对许多人而言，并非没有，而是实现了转化，它与个人的价值选择、现实需求同构化，更为实用和内在，缺少更为仪式化的表达。刘醒龙在其后的多次访谈中都谈及了其对优雅与高贵的重视。这种优雅与高贵也即刘醒龙所言"圣"的核心，即精神高贵和行为高雅。他说："优雅是一种圣，高贵是一种圣，尊严也是一种圣。一个圣字，解开我心中郁积八百年的情结。对圣的发现，不只让这部小说拨云见日，更是使其挺起人在历史中的风骨，哪怕是马鹞子这一类的命运，也不再被历史抛弃。身为书写者，如果没有小说中日益彰显的优雅、高贵与尊严时刻相伴，信息时代的六年沉默，就会形同六年苦役。年复一年不与外界接触的写作，因为有了圣，才不枯燥，才有写小说二十几年来，最为光彩幸福的体验。"

作家在挖掘自己的灵魂时，发现了周围社会、国家、民族的灵魂，发现了人类的心。同时，在思考社会、国家、民族发展与命运时认识到个人的价值选择和行为规范。刘醒龙通过一个"圣"字继往开来，展示了生命应该有的高贵、优雅与尊严。作品中，天门口所对的高山被称为"天堂""天门口人索要公平时所说的天下，不是那种普天之下，而是他们的栖身之所"。这里"天门口"实际是"天下"的缩影与代指。在几十年的风雨经历中，天门口小镇包蕴了整个世界的风云，它是城市和乡村的交汇，是暴力与和平的共同演练场，亦村亦城，现代和愚昧交织、交战。梅外婆、雪柠、傅朗西等从城市来到了乡村，但中国革命又从乡村走向并包围了城市，人类存在与历史原本紧密相连。作者在这部作品中实际在探寻一个人类和谐相处、有尊严地生存的天堂空间和圣地。

小　结

从对乡村政治的关注到对存在的迷茫，2000 年以来，刘醒龙作品的境界较以前大为开阔，从《致雪弗莱》中"我们的父亲"脱离

"组织的人"，成为"社会的人"开始，刘醒龙的作品随"我们的父亲"一起进入了日常生活，更深层地对政治、历史与社会存在进行总结与质疑，对普遍的情感寄予了更多的关注，对于真正诗意的生存空间通过系列典型形象展开了自己的构造。在《弥天》中，作家虽依然没有脱离政治，但已经不再聚焦于政治，而是集中于对历史恶的展示及其对心灵和美的伤害的控诉；在《圣天门口》中，作家从世界范围内普遍存在的暴力出发，质疑了目的正义性的暴力行为的正确性，探讨了替代和救赎的可能方式，《天行者》则进一步探讨了存在环境与理想、幸福的相互关系。作品对普遍存在的关注和普世价值的重视使其作品一扫现实主义时期的沉滞与狭窄，呈现出大的气魄与经典现实主义作品的气象。

在这一阶段的作品中，女性从以前作品中的从属地位真正走上了前台，女性，尤其是独具睿智而弃却浮华与热烈的奶奶们的温柔、包容、坚韧、高贵与优雅成了融化世界冰冷的最有力的武器，她们也是作者心中普世价值的代表者。如果说《红楼梦》是曹雪芹为豆蔻少女们立传，写她们的纯美，那么在此期的作品和此前的部分作品中，刘醒龙在替"奶奶们"作传，传写她们的仁慈、包容和睿智，其中蕴含着深深的圣母意识。这种圣母形象，最初是《往事温柔》中的大姑，坚守着情感和坚贞，几十年如一日地支撑门户，在心上人到来之前撒手西归，她是最日常的圣母；其次是《爱到永远》中的桃叶形象，她是长江峡岸上的望夫石，饱经历史的风雨，却依然坚定、乐观地等候着自己的爱情；然后是《圣天门口》中的梅外婆，她慈悲为怀，救苦救难，优雅、慈祥，是普度众生的观世音；最后是《天行者》中的梅小蓝和王小兰等，她们如基督圣母，为替天行道的苦难英雄们送去最珍贵的慰藉，使他们更坚于前行。

正如刘醒龙在创作谈中所说，此期其作品日益关注中国传统，如家族、如和谐、如仁爱、如天人合一，在这种传统价值的坚守中，作家更在两方面做出了自己的创造性突破。一为营造天堂的生存空间，这一空间一反此前桃源世界的怡然自得和与世隔绝，这是一个与恶并处的现实空间，其理想生活需要居民们的仁爱和优雅来创造，极具现实意蕴。一为突破中国传统圣贤的性别规定，给予女性以"圣"的称谓，并极力推举其所代表的价值。这些都使刘醒龙此阶段的创作成熟、独特且重要。

结语　有灵魂和血肉的写作

　　对有些作家，文学是玩票，他们随时可以将目光转向；写作只是生命中的一站，到此一游而已。而对某些作家，文学是回家，是一辈子的事业，是非如此不可的宿命；他们通过作品与世界沟通，他们视自己的文字如灵魂和血肉，他们在乎这些文字在尘世中的遭际，他们希望通过不断的文字修炼能早日靠近心中的神明。刘醒龙是后一种作家，在作品和创作谈中他都一再表明了其对精神家园的追寻。他像蜗牛一样，背负着貌似原罪又似桂冠的沉重的壳，一步一跪地慢慢前往文学圣殿，通过文字寻找回家的路，安顿漂泊的灵魂。而另一些作家则像壁虎，文学于他们只是一条修长而窈窕的尾巴，貌似必不可少却随时都可以断掉，然后轻松迅捷地逃离。不同的态度也决定了他们作品内涵的差异性，逃离者回避自身存在的窘困，满足现时的浮光掠影和浅层痛楚表达；直面者正视内心深处的激烈搏击，深层拷问，愿意通过长时间的修炼，领悟生命的真。

　　刘醒龙的作品以其生存的大别山区为表现对象，通过对大别山的书写，将个人对环境、对社会、对历史、对文化、对人生的体验、困惑都揉入其中，生动地表达了自己的生存感受和人文思考。其创作历程既是一部大别山的现代史，是认识大别山的百科全书，更是一部个人精神的探索史，中国现代社会发展史。刘醒龙透过个人的孤独和迷惘，去表现自己的孤独与迷惘，并发掘自己周围群体的孤独与迷惘，使读者结合大别山的谜与痛认识到世界的谜与痛。

一　大别山之谜与痛

整体存在的大别山空间，是刘醒龙作品中最重要的角色，"大别山之谜"就是透过作家的眼光表现的一个人文地理空间的谜题集合。作为一个客观存在，它的自然景观，它的历史、现在，它的村落、政治与其大智不言的智慧，都是让作者困惑与作品所要表现的谜题。

首先，大别山广阔的空间使刘醒龙有家园的迷失感，因此伴之而来有"家园何在？"的迷惑。这一颇具西方现代主义的追问，却是一个并不轻松且包蕴广泛的话题。它既指向了生存空间，表达着生存和发展的焦虑，如《黑色青春》中因贫杀人的少年，《村支书》等一系列作品中的村庄困境；又指向精神焦虑和对精神家园的找寻，如《黑蝴蝶，黑蝴蝶……》所提出的在哪里实现个体价值，《去老地方》中所表露的归园田居的冲动。更是一种人生态度和生命哲学的主张，如《圣天门口》中对暴力的摒弃，对仁爱的主张。这是一个哲学层面逐步深入的主题，是生命主体从内而外，从物质到精神的追问与安置。

其次，这是一个现代与过去的时间之谜和传统与现代的文化之谜。大别山苍老的群山和久远流传的文化习俗和民众心态，在面对外来文化与现代发展诉求之时，该如何选择如何扬弃？这是另一个谜题。"寻根"是其中的一种表达方式，但如何清理我们"文化的根"是另一回事，所以作家在作品中一再出现犹疑，游走两端的情怀。钟华的现代的"水泥"之桥与十三爷的花桥，长乐爷对大堤的守护与淘沙者的狂热，胡家大垸里的撤村改市……都是在可笑与可敬之间的文化选择，每种文化倾向的形式与精神都良莠杂陈；四聋子养儿防老，"父母在不远游"的观念、方建国与文村长二者在管理望天畈村的不同的文化选择，孔太平究竟该不该处罚洪塔山……这种现代发展与传统文化、伦理习俗之间的谜端远非一目了然，这都是刘醒龙所要展现的大别山之谜的一部分。

再者，是历史之谜。民间与官方，精英与大众，不同群体有不同的历史真实。关于大别山的历史、过程、结果、性质，在不同群体间差异判然，什么才是真实的历史？历史是暴力的演绎还是和平的追求？是杀人还是救人？"革命"中的红白两派，犹如一室两胞，正如杭九枫与马鹨子，他们是否是不共戴天的敌人？一个全民族甚至全世界性的无产阶级革命战争，当它由乡村混混所挑起，被投机分子所利用，被理想主义者所实验，原始形态只因两个家庭之间的矛盾恩怨所集结，它是否可以称为家族仇杀？当革命之后百姓生活较之革命之前更加痛苦艰辛，革命的价值究竟该如何定性？而"文化大革命"和"知青"的历史是否一如书中所言的建设与光明，刘醒龙从百姓、农民、村庄的感受出发表达出自己认为的历史。

再有，刘醒龙的作品同时关注了人性之谜及社会伦理之谜，它们与大别山自然世界连成一体。在人性上，老灰家族代表的恶，桂儿代表的欲望，柳柳、雪柠代表的高贵与圣洁，杭家代表的暴力，陈老小、翠等代表的仁慈与勤俭，这不同的人性组成了丰富多彩的大别山人际世界；在社会伦理方面，女佬代表的老寨伦理、《威风凛凛》中弱肉强食的丛林伦理、《圣天门口》中的成为他人福音的仁爱式成全伦理、《天行者》中的献祭伦理等，都是刘醒龙探讨的命题。

这一系列的谜题，刘醒龙结合个体的生活阅历和精神困境，透过大别山这一特定的生存空间来表达，但其辐射范围早已超出了大别山的阈限，成为人类生存的普遍与集体谜题。在现在与过去，在城市与乡村，在身份的转换和时间的流转之中，"故乡"与"本我"已远非古典时代那么简单明了。大家一方面停留在过去的时间之中，另一方面对现代的时间非常向往，这种时间和空间的矛盾是大别山之谜与痛的来源。每个现代人都在"迷途"，都在"解谜"之中。刘醒龙通过文字在为自己寻找家园、确立身份的同时，也在为现代人倾吐着存在的迷惑，在为其他个体的困境寻找着出路。

二　空间变迁、形象变换与社会发展及心灵发展的对位

小说写作，不仅仅是反映社会现实，而且是通过一系列空间和人物的塑造和主体话语的营构来塑造自己的现实和历史的形象。从山寨到乡镇到天堂，从黑的空间到灰的空间到白的空间，从爷爷到父亲再

到奶奶，刘醒龙不同阶段的作品叙事空间的变化极其显著，并具有极强的指示意义。

20 世纪 80 年代，刘醒龙尚处于青年时期，对社会、对人生、对自己的身份尚处于迷茫状态，急需一位人生导师来给自己指引，而有许多人生经历和传说故事的爷爷正是他最好的指引者。因此，在其作品中反复写到一位慈祥的爷爷所代表的文化传统与社会规范。而当时的中国社会正百废待兴，传统文化在百年的历史浩劫（近代以来"西学"对"东学"的强势及"革命"对"文化"的打压）中一蹶不振，在新的崛起面前，文化上的寻根问祖与重新构建自信的传统文化极为重要，返回我们民族古老的"山寨"，找寻传统文化上的"爷爷"成了社会心态和文化思潮的期盼。在大别山之谜期，刘醒龙通过黑色的山寨和山寨里代表古老文化的爷爷来展现自身对世界的迷茫和大别山传统文化的深厚，撒播古老传说的爷爷形象代表着对根的寻找和对传统伦理秩序的回归。对作家个人而言，这同时是一次身份上寻根之举和文化还乡之旅，慈爱的爷爷表明自己人生的源头与出处。使经历"文化大革命"暴力和政治纷争及家园流离的作家再一次找到中断的身份和文化联系。

20 世纪 90 年代，作家人到中年，受曾经理想主义时代的革命激情的影响，对社会、对文化都有着更浪漫、更纯净的期许，但商品社会的现实使一切世俗化、货币化，被物质和享受支配的社会让作家无所适从，为了自己的信念不受打击，为了抗击外界的潮流，他迫切需要找到一种人格精神的支撑力量，将情感寄托于亲人的刘醒龙意识到了自己默默奉献的父亲的可贵。而其个人的人生困惑正应对着整个中国社会的精神焦虑。90 年代，市场经济中的乡土社会在发展经济的指导原则之下，人伦失序，为了物质和权力，不择手段的行为比比皆是。发展成为社会主题，但经济发展带来的问题却使精神陷入沉沦之中，在刘醒龙的作品中，这是一个灰色的时代，80 年代寻找的传统文化已经远水救不了近渴。在社会伦理上失序的时代，迫切需要寻找到一位人格上的"父"作为举世楷模，从精神和行动上指引社会。在这一文化背景之下，刘醒龙作品中民间、基层，上有老下有小的父亲，以身居城市与乡村之间的乡镇干部的形象来挖掘时代的良心和民间的良心。当然，刘醒龙的作品书写的更多的是个体的认识和要求，表明自己对勤苦、仁慈、忍耐担当的"父亲"的需求，只是作家个体的需求暗合了时代的需求，而父亲这一人格形象就担当起了救治整个时代的人格典范。作家个体的心灵焦虑成了整个时代的精神焦虑。

进入 21 世纪，刘醒龙进入中年，面对生活节奏加快，社会现实日益繁杂，人与人之间，政治、经济集团之间各种利益比拼和势力对峙，对生活和社会政治、哲学、伦理深入思考之后，他在《疼痛温柔·序》中再三谈到了对慈爱、宽容的奶奶的期盼，并认为整个社会也急需一位慈祥奶奶的照拂。于是在《圣天门口》等作品中，身着白衣的护士奶奶来到了天门口，为战乱和革命中的人们创造了一片天堂圣地。

在刘醒龙作品中，作品空间形象、人格形象与个人心灵发展形成对位关系，而作家在解除心灵迷雾，建构理想时代形象的同时，正暗合了时代和社会的需要。因此，大别山世界虽是作家的文学世界，但它早已超出作家个人的园地，成为整体社会甚至人类世界的缩影，作家的个人心灵发展史展现的是整个社会的心灵发展史，"大别山之谜"所表达的迷惑与构建的灵药也是整个社会的迷惑与灵药。

参考文献

一　著作类

［1］［美］爱德华·萨义德：《东方学》，王宇根译，生活·读书·
　　　新知三联书店 1999 年版。

［2］［美］海登·怀特：《形式的内容：叙事话语与历史再现》，文
　　　津出版社 2005 年版。

［3］［法］皮埃尔·布迪厄：《艺术的法则：文学场的生成与结构》，
　　　刘晖译，中央编译出版社 2001 年版。

［4］［苏联］巴赫金：《史诗与小说》，钱中文译，《巴赫金全集》第
　　　三卷，河北教育出版社。

［5］［美］本尼迪克特·安德森：《想象的共同体——民族主义的起
　　　源与散布》，吴睿人译，上海人民出版社 2003 年版。

［6］［美］亨德里克·房龙：《宽容》，迮卫、靳翠微译，生活·读
　　　书·新知三联出版社 1985 年版。

［7］［美］费正清、［美］赖肖尔：《中国：传统与变革》，陈仲丹等
　　　译，江苏人民出版社 2012 年版。

［8］［法］丹纳：《艺术哲学》，傅雷译，人民文学出版社 1963 年版。

［9］［美］利奥·马克斯：《花园里的机器：美国的技术与田园理
　　　想》，马海良、雷月梅译，北京大学出版社 2011 年版。

［10］［法］托克维尔：《论美国的民主（上）》，董果良译，商务印
　　　　书馆 1988 年版。

［11］杨义：《文学地图与文化还原——从叙事学、诗学到诸子学》，

北京师范大学出版社 2011 年版。

[12] 徐复观：《中国人性论史》，华东师范大学出版社 2005 年版。

[13] 蔡翔：《革命/叙述——社会主义文学—文化想象（1949—1966）》，北京大学出版社 2010 年版。

[14] 毛峰：《神秘主义诗学》，生活·读书·新知三联书店 1998 年版。

[15] 《心灵世界：王安忆小说讲稿》，复旦大学出版社 2007 年版。

[16] 赵园：《地之子》，北京大学出版社 2007 年版。

[17] 陶东风：《社会转型与当代知识分子》，上海三联书店 1999 年版。

[18] 黎湘萍：《台湾的忧郁——论陈映真的写作与台湾的文学精神》，生活·读书·新知三联书店 2004 年版。

[19] 温儒敏：《中国现代文学批评史》，北京大学出版社 1993 年版。

[20] 孟悦：《人·历史·家园：人文批评三调》，人民文学出版社 2006 年版。

[21] 周宪：《中国文学与文化的认同》，北京大学出版社 2008 年版。

[22] 上海师范学院中文系文艺理论教研室编：《文学理论争鸣辑要》，上海文艺出版社 1984 年版。

[23] 费孝通：《小城镇四记》，新华出版社 1985 年版。

[24] 杨念群：《儒学地域化的近代形态》，生活·读书·新知三联书店 2011 年版。

[25] 罗刚、刘象愚：《文化研究读本》，中国社会科学出版社 2000 年版。

[26] 洪子诚：《我的阅读史》，北京大学出版社 2011 年版。

[27] 严家炎：《中国现代小说流派史》，人民文学出版社 1995 年版。

[28] 鲁迅：《鲁迅文集全编·杂文集卷·且介亭杂文二集》，国际文化出版公司 1995 年版。

[29] 茅盾：《茅盾全集》第 21 卷，人民文学出版社 1991 年版。

[30] 刘绍棠：《乡土与创作》，吉林人民出版社 1982 年版。

[31] 丁帆：《中国乡土小说史》，北京大学出版社 2007 年版。

［32］周作人：《谈龙集》，北京十月文艺出版社 2011 年版。

［33］王安忆：《小说课堂》，商务印书馆 2012 年版。

［34］李书磊：《村落中的"国家"——文化变迁中的乡村学校》，
浙江人民出版社 1999 年版。

［35］吴雁南、冯祖贻、苏中立等：《中国近代社会思潮（1840—
1949）》第一卷，湖南教育出版社 1998 年版。

［36］张英：《文学人生：作家访谈录》，上海教育出版社 2005 年版。

［37］张承志：《心灵史》（改定版），湖南文艺出版社 2012 年版。

［38］李茂增：《现代性与小说形式：以卢卡奇、本雅明和巴赫金为
中心》，东方出版中心 2008 年版。

［39］洪子诚：《中国当代文学史》，北京大学出版社 1997 年版。

［40］贺仲明：《一种文学与一个阶层——中国新文学与农民关系研
究》，人民出版社 2008 年版。

［41］张华侨：《拯救乡土文明》，湖北人民出版社 2008 年版。

［42］周介人：《周介人文存》，广西师范大学出版社 2004 年版。

［43］陆象淦：《死的世界，活的人心》，社会科学文献出版社 2006
年版。

［44］许纪霖：《激进与保守之间的动荡》，李世涛主编《知识分子立
场——激进与保守之间的动荡》，时代文艺出版社 2000 年版。

［45］程光炜：《文学想象与文学国家——中国当代文学研究（1949—
1976）》，河南大学出版社 2005 年版。

［46］陈思和：《中国当代文学史教程》，复旦大学出版社 2008 年版。

［47］朱寨：《中国当代文学思潮史》，人民文学出版社 1987 年版。

［48］於可训：《中国当代文学概论》，武汉大学出版社 2004 年版。

［49］江汉大学作家作品研究资料中心：《刘醒龙研究资料汇编（一、
二、三）》，2011 年版。

［50］李向平：《信仰、革命与权力秩序——中国宗教社会学研究》，
上海人民出版社 2006 年版。

［51］程世洲：《血脉在乡村一侧——刘醒龙论》，湖北人民出版社
2001 年版。

二　论文类

［1］李正武：《对乡土中国的深切忧患——作家刘醒龙印象》，《人民日报海外版》2001 年 7 月 11 日。

［2］术术：《刘醒龙：写作史诗是我的梦想》，《新京报》2005 年 7 月 1 日。

［3］朱小如、刘醒龙：《血脉流出心灵史》，《文学报》2005 年 7 月 21 日。

［4］汪政、洪治纲、朱小如：《民族叙事与史诗意味的凸显——刘醒龙长篇新作〈圣天门口〉三人谈》，《文汇报》2005 年 9 月 11 日。

［5］刘醒龙：《历史是当下的心灵》，《齐鲁晚报》2005 年 10 月 4 日。

［6］李鲁平：《〈圣天门口〉学术研讨会部分发言纪要》，《文学报》2005 年 12 月 22 日。

［7］李俊国：《厚重历史的个人化审美叙事——刘醒龙长篇小说〈圣天门口〉的叙事学意义》，《湖北日报》2006 年 1 月 20 日。

［8］朱玲：《真正的文字无需炒作》，《北京青年报》2006 年 5 月 29 日。

［9］刘醒龙、刘颐：《文学应该有着优雅的风骨》，《文艺报》2006 年 8 月 10 日。

［10］韩春燕：《刘醒龙长篇小说〈天行者〉用疼痛的文字书写平凡的英雄》，《文艺报》2009 年 9 月 29 日。

［11］卜昌伟：《刘醒龙推出〈政治课〉，关注知识分子官员品质》，《京华时报》2010 年 3 月 26 日。

［12］刘醒龙：《一种文学的中国经验——在突尼斯国际书展上的讲演》，《文艺争鸣》2010 年第 19 期。

［13］胡孙华：《武汉作家刘醒龙摘取茅盾文学奖》，《长江日报》2011 年 8 月 21 日。

［14］徐海波、李鹏翔：《刘醒龙：在悲凉和柔情中反思人性》，《深

圳商报》2011 年 8 月 25 日。

［15］饶翔：《刘醒龙："我相信善和爱是不可战胜的"》，《文艺报》2011 年 9 月 19 日。

［16］曹静、刘璐：《刘醒龙曾被人嘲笑"坐家"：我不是写作天赋高的人》，《解放日报》2011 年 11 月 25 日。

［17］李萍：《刘醒龙：现实主义作品都是正面强攻》，《深圳特区报》2011 年 11 月 25 日。

［18］刘醒龙：《为什么写彼岸是家园》，《中篇小说选刊》1995 年第 1 期。

［19］刘醒龙：《信仰的力量》，《延河》1996 年第 4 期。

［20］刘醒龙：《现实主义与"现时主义"》，《上海文学》1997 年第 1 期。

［21］刘醒龙：《浪漫是希望的一种——答丁帆》，《小说评论》1997 年第 3 期。

［22］刘醒龙：《仅有热爱是不够的》，《当代作家评论》1997 年第 5 期。

［23］俞汝捷、刘醒龙：《由〈大树还小〉引发的对话》，《江汉论坛》1998 年第 12 期。

［24］刘醒龙、葛红兵：《只差一步是安宁》，《上海文学》2002 年第 9 期。

［25］刘醒龙：《一个人说》，《长江文艺》2004 年第 1 期。

［26］周毅、刘醒龙：《觉悟——关于〈圣天门口〉的通信》，《上海文学》2006 年第 8 期。

［27］周新民、刘醒龙：《当代文学的精神再造——刘醒龙访谈录》，《小说评论》2007 年第 1 期。

［28］刘醒龙：《我们如何面对高贵》，《文艺争鸣》2007 年第 4 期。

［29］胡殷红、刘醒龙：《关于〈天行者〉的问答》，《文学自由谈》2009 年第 5 期。

［30］刘醒龙、姜广平：《历史的品质几乎就是心灵的品质》，《西湖》2010 年第 4 期。

［31］斯冬：《一个新的生活层面的展示——"刘醒龙作品讨论会"在京召开》，《小说月报》1992 年第 10 期。

［32］彭韵倩：《从迷的追寻到人的写真——评刘醒龙的小说创作》，《文学评论》1993 年第 5 期。

［33］丁永淮：《一片充满生机的青翠草木——评刘醒龙近年的小说创作》，《文艺理论与批评》1994 年第 4 期。

［34］李明全：《文明与愚昧两种"威风"的较量——读刘醒龙长篇小说〈威风凛凛〉》，《当代作家评论》1995 年第 2 期。

［35］王先霈：《你的位置在哪里？——致刘醒龙，何存中》，《长江文艺》1995 年第 4 期。

［36］於可训：《愚昧与野性的悲剧——〈威风凛凛〉漫论》，《小说评论》1996 年第 1 期。

［37］周毅：《心如明镜台——刘醒龙作品联想》，《上海文学》1996 年第 1 期。

［38］《现实主义再掀"冲击波"——编者的话》，《上海文学》1996 年第 8 期。

［39］《文学审美中的公民意识——编者的话》，《上海文学》1996 年第 10 期。

［40］丁帆：《论文化批判的使命——与刘醒龙的通信》，《小说评论》1997 年第 3 期。

［41］李鲁平：《生命的意义源泉及对劳动的审美——评刘醒龙〈生命是劳动与仁慈〉》，《小说评论》1997 年第 3 期。

［42］徐兆淮：《激情·体验·超越——刘醒龙〈生命是劳动与仁慈〉阅读随想》，《小说评论》1997 年第 3 期。

［43］李贯通、陶纯：《充盈之美——刘醒龙印象点滴》，《当代作家评论》1997 年第 5 期。

［44］贺仲明：《平民立场的现实审察——论刘醒龙近期小说创作》，《当代作家评论》1997 年第 5 期。

［45］萧夏林：《泡沫的现实和文学——我看"现实主义冲击波"》，《北京文学》1997 年第 6 期。

[46] 何言宏：《现世空间的批判与重组——刘醒龙的两部长篇及相关话题》，《当代作家评论》1997 年第 11 期。

[47] 童庆炳、陶东风：《人文关怀与历史理性的缺失——"新现实主义"小说再评价》，《文学评论》1998 年第 4 期。

[48] 曾军、李骞、余丽丽：《分享"现实"的艰难——刘醒龙访谈录》，《长江文艺》1998 年第 6 期。

[49] 刘安海：《居安思危与作家的某种预演——读刘醒龙新作〈心情不好〉》，《长江文艺》1998 年第 6 期。

[50] 沈嘉达：《论刘醒龙小说的文化品格》，《当代文坛》1999 年第 3 期。

[51] 杨剑龙：《论新现实主义小说的审美风格》，《复旦学报》（社会科学版）1999 年第 3 期。

[52] 程世洲：《现代审美视野中的新景观：刘醒龙"新乡土话语"的叙事分析》，《当代文坛》2000 年第 5 期。

[53] 韩青松、杨立元：《寻找精神家园的艰难——刘醒龙小说论》，《唐山师范学院学报》2000 年第 5 期。

[54] 李正武：《对乡土中国的深切忧患》，《出版科学》2001 年第 3 期。

[55] 丛友干：《漂泊无着的灵魂之旅——论刘醒龙小说中主观浪漫与客观现实的悖离》，《当代文坛》2001 年第 5 期。

[56] 丁帆：《一个痛失道德和良知的新的艺术雕像——刘醒龙长篇小说〈痛失〉读札》，《小说评论》2001 年第 6 期。

[57] 李遇春：《走出"文革"叙事的迷惘——从阎连科和刘醒龙的二部长篇新作说起》，《小说评论》2003 年第 2 期。

[58] 罗关德：《风筝与土地：20 世纪中国文化乡土小说家的视角和心态》，《文学评论》2005 年第 4 期。

[59] 贺仲明：《论中国乡土小说的二重叙事困境》，《浙江学刊》2005 年第 4 期。

[60] 许琦：《描画城市的眼影——读刘醒龙小说集〈城市眼影〉》，《长江文艺》2005 年第 6 期。

［61］丁帆：《中国乡土小说生存的特殊背景与价值的失范》，《文艺研究》2005 年第 8 期。

［62］段崇轩：《聚焦新的农民形象》，《雨花》2006 年第 7 期。

［63］於可训：《刘醒龙专辑·主持人的话》，《小说评论》2007 年第 1 期。

［64］王光东：《"乡土世界"文学表达的新因素》，《文学评论》2007 年第 4 期。

［65］刘川鄂：《鄂地乡村的苦难叙事——以刘醒龙，陈应松为例》，《文艺争鸣》2007 年第 8 期。

［66］孔范今：《重识现实主义》，《小说评论》2008 年第 3 期。

［67］庞立生、王艳华：《精神生活的物化与精神家园的当代构建》，《现代哲学》2009 年第 3 期。

［68］丁帆：《对转型期的中国乡土文学的几点看法》，《文学教育》2010 年第 2 期。

［69］何锡章、陈洁：《现实主义在现代中国的历史命运及其文化成因》，《天津社会科学》2010 年第 5 期。

［70］李勇：《20 世纪 90 年代以来乡村小说叙事新变及其研究批评》，《文艺评论》2011 年第 1 期。

［71］王春林：《刘醒龙小说创作论》，《扬子江评论》2011 年第 6 期。

［72］李修文：《进得此门的人有福了——小记刘醒龙》，《时代文学》2011 年第 7 期。

［73］刘川鄂、邓雨佳：《刘醒龙："高贵"文学理想大厦的精心构造者》，《中国作家》2011 年第 9 期。

［74］王春林：《对 20 世纪中国历史的消解与重构——评刘醒龙长篇小说〈圣天门口〉》，《小说评论》2005 年第 6 期。

［75］白烨：《历史叙述中的人文思考》，《文学自由谈》2006 年第 2 期。

［76］李遇春：《庄严与吊诡——评长篇小说〈圣天门口〉》，《南方文坛》2006 年第 5 期。

[77]　孟繁华：《小说是作家的一个梦——评刘醒龙的长篇小说〈圣天门口〉》，《中国读书评论》2006 年第 5 期。

[78]　朱凯：《消解"革命"的"圣战"——读刘醒龙〈圣天门口〉》，《潍坊学院学报》2006 年第 5 期。

[79]　陈美兰：《对历史意义的追问与承担——从〈圣天门口〉的创作引发的思考读》，《当代作家评论》2006 年第 6 期。

[80]　洪治纲：《史诗信念与民族文化的深层传达——论刘醒龙的长篇小说〈圣天门口〉》，《当代作家评论》2006 年第 6 期。

[81]　张志忠：《宏大叙事，革命反省与圣教质询——〈圣天门口〉简评》，《当代作家评论》2006 年第 6 期。

[82]　周新民：《〈圣天门口〉：现实主义新探索》，《小说评论》2007 年第 1 期。

[83]　施战军：《人文魅性与现代革命交缠的史诗——评刘醒龙小说〈圣天门口〉》，《文艺争鸣》2007 年第 4 期。

[84]　宋炳辉：《〈圣天门口〉的史诗品格及其伦理反思》，《文艺争鸣》2007 年第 4 期。

[85]　张未民、陈思和等：《追求历史的还原或建构——〈圣天门口〉座谈会纪要》，《文艺争鸣》2007 年第 4 期。

[86]　罗兴萍：《〈黑暗转〉与〈圣天门口〉的互文性研究》，《当代作家评论》2007 年第 6 期。

[87]　汪政、刘醒龙《恢复"现实主义"的尊严——汪政，刘醒龙对话〈圣天门口〉》，《南京师范大学文学院学报》2008 年第 2 期。

[88]　何平：《革命地方志·日常性宗教·语言——关于〈圣天门口〉的几个问题》，《南京师范大学文学院学报》2008 年第 2 期。

[89]　朱向前、傅逸尘：《"诗意的现实主义"与"超越性"的历史叙事——关于刘醒龙长篇小说〈圣天门口〉的对话》，《艺术广角》2008 年第 2 期。

[90]　於可训：《读〈圣天门口〉（修订版）断想》，《南方文坛》2008 年第 4 期。

［91］陈晓明：《对现代历史的彻底还原——评刘醒龙的〈圣天门口〉》，《扬子江评论》2009 年第 2 期。

［92］尹正保：《荒芜英雄路——评刘醒龙长篇小说〈天行者〉》，《当代文坛》2009 年第 6 期。

［93］傅华：《暧昧时代的精神叙事——评刘醒龙的〈天行者〉》，《小说评论》2009 年第 9 期。

［94］王春林：《良知是高尚者的墓志铭——评刘醒龙长篇小说〈天行者〉》，《南方文坛》2010 年第 1 期。

［95］冯晓：《知识分子立场的坚守与重构——评刘醒龙的长篇小说〈天行者〉》，《小说评论》2010 年第 1 期。

［96］洪治纲、张婷婷：《乡村启蒙的赞歌与挽歌——论刘醒龙的长篇新作〈天行者〉》，《文艺争鸣》2010 年第 3 期。

［97］何言宏：《乡村知识分子的精神写照——刘醒龙长篇小说〈天行者〉读札》，《扬子江评论》2011 年第 6 期。

［98］汪政、晓华：《一个作家的乡村政治学》，《小说评论》2010 年第 6 期。

［99］陈海英：《评刘醒龙新作〈政治课〉》，《小说评论》2010 年第 6 期。

［100］杨建龙、陈海英、蒋进国：《官场病态与理想坚守——刘醒龙长篇小说〈政治课〉三人谈》，《海南师范大学学报》（社会科学版）2011 年第 4 期。

［101］张炯：《深入反映城乡之间的历史脉动——兼评刘醒龙，何申，关仁山的若干小说》，《小说评论》1996 年第 1 期。

［102］沈嘉达：《现实主义品格·乡村情怀·生命意义——刘醒龙小说解读》，《小说评论》1999 年第 2 期。